Viagem para a liberdade

António Neto Guerreiro

Viagem para a liberdade

Espaço Editorial

São Paulo
– 2011 –

Diagramação:
Tarlei E. de Oliveira

Revisão
Luiz Gonzaga S. Neto

Capa:
Tarlei E. de Oliveira

Dados Internacionais de Catalogação na Publicação

Guerreiro, António Manuel Neto
Viagem para a liberdade. António M. Neto Guerreiro. São Paulo : Espaço Editorial, 2011.

16 x 23 cm. 309 p.
ISBN 978-85-903392-5-0

1. Literatura brasileira 2. Romance. I. Título

CDD B869.3

netoguerreiro@superig.com.br

Espaço Editorial
Rua Pintassilgo, 457 – Moema
Cep 04514-032 – São Paulo – SP
Fone: (11) 5543-7099

Impresso no Brasil / *Printed in Brazil*

Nota do autor

O romance *Viagem para a Liberdade* que acabo de escrever, tem como escopo denunciar mazelas sociais de povos irmãos Portugal e Brasil que, desde sempre andaram unidos por laços e costumes do linguajar da nossa tão bela e amada Língua Portuguesa.

Num primeiro momento, neste mundo do dinheiro e vida dificíl, os meus personagens vivenciam uma vida de dificuldades e críticas mordazes e injustas de uma parte da sociedade em que estão inseridos, nem sempre honestas, sobre certas particularidades circunstanciais. Muitas vezes mal compreendidos e mal julgados no decorrer de suas vidas, são censuradas e recriminadas por praticarem ou deixarem de praticar, certos atos que nós os oriundos desses movimentos tanto deploramos, na nossa vida pregressa de imigrantes dessa tão falada Diáspora portuguesa que não dignifica ninguém.

Alguns fatos narrados ou acontecidos nesta história são verdadeiros,porém a grande maioria é pura ficção do autor e, em razão disso, certas personagens desta história se confundem com pessoas da vida real e é muito provável que neste caso existam algumas personalidades dentro destas comunidades, tanto em Portugal como no Brasil, que se assemelhem e se confundem a pessoas da vida real. Porém, se alguma semelhança houver, será mera coincidência, porque não é nosso propósito atingir ninguém em especial. São fatos verdadeiros, por exemplo: a traição ao José Cândido Guerreiro (José Caixeiro), pela primeira esposa e o assassinato do José Jóia. Os demais fatos são quase todos, ficção.

A minha grande paixão pela minha terra foi e é, o grande objetivo que me levou a escrever este texto, com personagens da minha infância e adolescência, guardadas em minha memoraria ao longo dos anos, e, portanto no âmago no meu coração. Todavia, não espero com isso quaisquer recompensa ou benesse de qualquer espécie; espero isso sim, o amor, o respeito e o carinho de todos os meus conterrâneos, e se algumas vezes critico no texto, esta ou aquela atitude menos social ou menos atenciosa nas muitas histórias contadas é com o intuito de que os atuais messinenses, evitem praticar tais excessos na convivência com seus semelhantes no dia a dia.

Viagem para a Liberdade, outra razão não tem senão a de ser o mais fiel e mais próximo da vida real de pessoas simples do lugar onde nasci. Conclamo, aos meus caros messinenses – que ora trabalham, passeiam e se divertem naquela sagrada terra –, evitem bater com a língua nos dentes, sobre os seus vizinhos, seus colegas e seus amigos e parentes, tal como aconteceu a Leonor Teixeira Guedes ao chegar à sua terra, com tantas e tantas dificuldades e tantas saudades do seu pequeno mas amado, torrão natal.

O livro é um romance como se disse: nada disto é verdade, mas também como se disse, alguns fatos reais aconteceram, todavia não obsta que levemos tudo o que foi escrito ao pé da letra, porque, nas suas primeiras duzentas páginas, das quais temos alguns testemunhos *(ín loco)*, onde há uma verdadeira identidade, e, que se desenvolve num ambiente de convivência, ora de tragédia ora de comedia, ora de hilaridade, do dia a dia, e que logo se propaga com violenta velocidade,pelos mais recônditos lugares dos distantes rincões dos ambientes bucólicos, dos campos e pradarias das cercanias da nossa terra, onde na urbe reside a grande maioria dos personagens, há uma diferença substancial, entre um ambiente e outro, que deve ser levado em conta para que nos acomodemos neste lugar que muito amamos!

S, P. – A.N.G., em 20/10/2011

1

Foi numa manhã de primavera que o avião 477 da TAP aterrissou no Aeroporto da Portela de Sacavém, em Lisboa, às sete horas e trinta dois minutos de uma quarta-feira.

A bordo da grande aeronave, encontravam-se entre os passageiros Leonor Guedes Teixeira e seu filho, Duarte Teixeira Guedes, rapaz de vinte anos, que se tornara mentalmente incapaz, em decorrência de uma covarde agressão. Sofrera o ataque no interior de uma enxovia da cidade de Niterói por causa da nefasta política nacional brasileira.

Por volta das oito horas daquela manhã, os dois passageiros passaram pela polícia alfandegária portuguesa carregando duas malas velhas de papelão, com roupas e alguns objetos de uso pessoal, simples e baratos, porém, de grande valor sentimental: um diploma de Bacharel em Direito, emitido pela Faculdade Federal do Rio de Janeiro; uma Menção de Honra ao Mérito, emitida pelo Colégio José Clemente, de Niterói, um dos mais tradicionais da cidade; e mais algumas cartas de recomendação. Tudo emitido em nome de Duarte Teixeira Guedes, além de um álbum de fotografias com várias dedicatórias e lembranças felizes de eventos sociais que ambos vivenciaram enquanto residiram no Brasil.

Assim esta simples família retornava à pátria natal, após viver e trabalhar mais de vinte anos em terras brasileiras, com muito sacrifício e dignidade. Para trás ficaram recordações, muitos amigos e uma vida cheia de sofrimentos e desilusões, não apenas pelo tempo perdido, mas sobretudo

por terem deixado sepultado Fernando Guedes, querido chefe da família, assassinado pelas mãos de um indivíduo a quem ele sempre ajudara.

Depois do passamento do marido Fernando, Leonor voltava a Portugal, onde, recentemente, haviam falecido também os pais dela. Desencantos eram o que não faltava especialmente a Leonor. Seu filho Duarte, no estado em que se encontrava, era como se não existisse. A sua grave doença, tida como incurável, e a busca por um tratamento motivava-lhes o regresso à terra natal.

O retorno não era uma fuga de Leonor, um voltar as costas às lides cotidianas, mas se dava pela nobre causa da saúde de seu filho. Causa que estava acima de todas as razões porque a família se desfizera de todos os seus haveres e pertences, angariados a duras penas durante anos de trabalho ativo e árduo, visando somente a recuperação da saúde ou a cura da doença que tanto afligia Duarte. Sua mãe pensava apenas em recuperar o único bem que lhe restava, a saúde do filho, após todas suas andanças pelo enorme Brasil.

Não obstante todos os infortúnios, já no saguão de espera do aeroporto da Portela de Sacavém, para sua desilusão, Leonor não lobrigou nenhum familiar ou amigo à sua espera. Nem ao menos a sua cunhada, com quem matinha correspondência regular, nem o seu irmão com quem, em tempos idos, se desfazia em carinhos e afagos, nem outros parentes quaisquer. Ninguém se encontrava no vasto salão de espera do aeroporto. Incrédula pela falta de seus familiares, maldisse a sua sorte. Tristemente pensou na sua vida de sofrido fado e chorou copiosamente pela falta de carinho e de sentimentos de sua gente. Um desgosto se instalou em sua alma e em seu coração. Depois, em solilóquio, disse:

– Como não me vieram esperar, o jeito é procurar uma pensão e ficar os dias que precisar em Lisboa, para arrumar os papéis que necessito e, em seguida, ir para o Algarve, para a minha terra, o meu único lugar no mundo.

Tomada a decisão, pôs as duas malas de papelão no carrinho de carregar bagagens e dirigiu-se para o ponto de táxi. Cumprimentou o motorista e indagou:

– Ó, moço, o senhor conhece por aqui alguma pensão que não seja muito cara, para eu e o meu filho passarmos uns dias na cidade, a fim de tratarmos de uns documentos que necessitamos para, em seguida, viajarmos para a minha terra?

O motorista, uma dessas poucas pessoas honestas neste mundo cão, observando aguda amargura no rosto da mulher, que levava o filho (aquele homenzarrão) pela mão, levou-a a uma das pracetas da Avenida Almirante Reis, onde havia uma boa pensão barata, que conhecia de longa data.

A conhecida Pensão Reis ficava num prédio de cinco andares. Ao lado da recepção, logo à entrada, um vasto salão acolhia os hóspedes, que lá costumavam assistir televisão. A janela do salão dava para a praceta muito bem tratada, com chafariz central e arruamentos calçados e cercados de azaleias floridas, bem cuidadas e a gosto da viuvez de Leonor. Ao fundo da pensão, havia outro salão nas mesmas dimensões do da frente, onde funcionava o restaurante, com mesas quadradas e cadeiras para quatro pessoas, onde os pensionistas faziam suas refeições.

O aposento em que Tereza, a dona da pensão, acomodou Leonor e o filho era um pequeno apartamento no quinto andar. Nele havia duas camas de solteiro, um pequeno guarda roupa de uma porta, um banheiro onde mal cabia uma pessoa, um lavatório, um vaso sanitário e nada mais. Tereza, que tinha cerca de 45 anos, era obesa, de uma carnadura branca, com roscas anafadas no pescoço. Como era curta de vista, usava óculos com lentes de fundo de garrafa. Apesar de não ter obrigação de servir o almoço aos dois hóspedes no dia que ali se instalaram, fez questão de lhes dizer para almoçarem, sem que nada lhes fosse cobrado pelas refeições. Por volta de meio dia, os dois hóspedes desceram ao refeitório.

No restaurante, havia muita gente almoçando e Leonor, acompanhada do filho, sentara-se a uma mesa para duas pessoas a um canto do salão. Bem em frente à mesa onde estava Leonor com o filho, um jovem casal discreto ocupou outra mesa. Pelo sotaque deveriam ser alentejanos. Numa outra mesa, sentaram-se dois rapazes, também jovens e bem vestidos, de cabelos compridos. Pelo linguajar, não deveriam ser da capital. Um deles, que desmunhecava demais dando a impressão de ser homossexual, tinha um sotaque à moda do Porto, cheio de denguices e de requebros.

Algumas mesas vagas logo foram tomadas por outros pensionistas e, passados dez minutos, não havia mais lugares no salão do restaurante. A refeição, simples e discreta, foi rápida. Não conhecendo ninguém ali, Leonor não encontrou ambiente para ficar no recinto à toa, apesar de estar habituada a ver gente daquele entremez durante o tempo em que vivera em Niterói. Eram as mesmas maneiras e trejeitos, dando-lhe a impressão de estar convivendo com gente estouvada e doidivanas, semelhante àquela do lugar de onde tinha vindo havia pouco tempo. E isto a irritava. Mal terminou a refeição, pegou na mão do filho e disse: – Vamos embora.

Balançando a mão de Duarte, subiram ao quinto andar para escovar os dentes e, depois de descerem pelo elevador, foram dar um passeio pelos arredores para espairecer um pouco. À tardinha, voltando do passeio, e como ainda não fossem horas para jantar, foram sentar-se no salão, onde estava a televisão ligada. Era o momento do noticiário das sete horas. Em frente ao écran estavam várias pessoas de olhos e ouvidos ligados nas notícias do dia. A indignação logo se espelhou nos rostos dos assistentes, com a informação da morte de um pelotão de jovens soldados portugueses numa emboscada da guerra travada em Angola.

De uma poltrona junto ao aparelho, levantou-se um homem de fato surrado e com gravata ensebada, de barbas compridas e brancas (com ares de professor). Indignado, vociferava contra aquela guerra inglória e dizia:

– O Salazar e este governo nazista estão a praticar o maior genocídio jamais visto em Portugal em toda a sua história!... Isto não pode continuar! Isto é um assassinato coletivo da nossa mocidade! O povo, a nação, não pode consentir mais nesta mortandade! Todavia, outro sujeito, que estava a seu lado, virando-se para o das barbas brancas, com sotaque esquisito (arrastando pesadamente no xis), respondeu-lhe, sem rodeios:

– Então, o que o senhor quer que o Salazar faça? Naturalmente o senhor é daqueles que querem que o governo deixe os rebeldes tomarem conta das nossas terras lá da África, assim sem mais nem menos, não é? É isso que o senhor quer?...Olha o meco, hein! Não querias mais nada, não? Olha que tipo de patriotas que nós temos hoje em dia em Portugal, hein? –, concluiu, furibundo da vida.

O homem das barbas brancas, que embasbacara feito palerma ao ouvir aquele chorrilho de doestos e de patriotadas obtusas, voltou-se para o estulto e respondeu-lhe:

– Olha aqui, meu amigo, pelo seu palavreado chulo e cheio de empáfia e pela ignorância de seus argumentos descabidos, nem valeria a pena perder tempo consigo e nem tampouco dar-lhe ouvidos. Mas, para que o senhor não fique pensando que é mais patriota ou esperto do que todos nós, só lhe respondo e pergunto ao mesmo tempo:

– Que terras são essas que Portugal tem em África? Pois, para seu conhecimento, as terras portuguesas são estas que nós ocupamos aqui na Europa. É este retângulo "na parte mais ao Leste do Continente Europeu, que faz fronteira com a Espanha e com o Oceano Atlântico" que são as nossas terras! Nada mais além disso, meu amigo, nada mais, entendeu? – Sem se despedir, pegou uma pasta velha que tinha colocado em cima da cadeira, deu-lhe as costas e, resmungando sozinho, saiu porta afora. Praguejando e dizendo vitupérios em voz alta pela Avenida Almirante Reis, gesticulava como um louco.

Leonor assistiu à discussão dos dois pensionistas com algum interesse porque, afinal de contas, uns vinte e tantos portugueses perderam a vida na guerra de Angola. Ela achava que o homem das barbas brancas tinha razão. Acabada a discussão, pegou o filho pela mão, subiu ao apartamento, lavou as mãos e desceu outra vez ao restaurante para jantar. Depois de jantar, Leonor e o filho foram sentar-se ao fresco, na praça em frente à pensão, perto do chafariz.

A noite, doce e amena, estava deliciosa para ficar ao sabor da fresquidão da primavera da capital portuguesa. Casais de namorados de mãos dadas caminhavam pelo jardim das azaleias em flor da primorosa praça. Simultaneamente, algumas crianças brincavam e corriam pelas arruelas no meio das flores. De repente, uma das crianças, ao sair do jardim, entrou a correr pela rua que circundava a praça, sendo colhida por um automóvel que contornava o jardim. O motorista se evadiu. Leonor estava com o filho e, presenciando o acidente, correu imediatamente para o lugar onde se dera o desastre. Sem pensar duas vezes, pegou a criança ao colo e a socorreu. Mas a criança aos gritos dizia:

– Ai, as minhas pernas, ai que me partiram as minhas pernas, ai que vou ficar paralítica!...

Ao ver a aflição da criança a pensar que lhe tinham quebrado as pernas, Leonor, com as pálpebras umedecidas, clamava:

– Não, não estão quebradas, só estão muito machucadas, vamos depressa ao hospital e logo ficarás curada e boa. Não te aflijas, não fiques nervosa que é pior.

Sem olhar o que poderia acontecer a seu filho, que não tinha noção de perigo, ainda assim Leonor, com a criança ao colo, tomando um táxi que por ali trafegava, pediu ao motorista para levá-la ao hospital mais próximo. A criança estava muito ferida e perdendo muito sangue, necessitava urgentemente de socorro.

Ao chegar ao hospital, atabalhoadamente, ela carregou a menina para o serviço de urgências, relatando aos médicos de plantão o atropelamento. Entretanto, o médico, ao aperceber-se o que poderia ter acontecido à criança, indagou:

– A senhora é a mãe da criança? Porque, se ela apresentar algum osso quebrado e precisar ser operada, a senhora tem que assinar um termo de responsabilidade, entendeu? E, se for o caso de ter de operá-la, a senhora tem de autorizar a operação. Como sabe, estas coisas são assim!...

– Oh, senhor doutor! –, exclamou Leonor. – Mas a criança não me é nada! Eu apenas assisti ao atropelamento e, por gesto humanitário, como não havia mais ninguém que a socorresse, abandonei tudo, inclusive o meu filho, que também é doente, e trouxe a menina para o hospital. Mas eu não tenho nada a ver com isso. – O médico respondeu, com o dedo em riste:

– Só estou avisando a senhora do que pode acontecer. A senhora sabe que para internar uma pessoa num hospital tem de haver alguém que assuma essa responsabilidade?

– Sim, eu sei, mas não posso assumir essa responsabilidade porque nem residência fixa eu tenho aqui em Portugal.

– E de onde vem a senhora? –, perguntou o médico?

– Acabo de chegar do Brasil. Desembarquei ontem, estou hospedada numa pensão onde provavelmente a família da criança também deva estar! Tenho um filho muito doente que ficou lá no local do acidente e tenho que me ir embora imediatamente porque o meu filho não pode ficar sozinho um só minuto! O senhor entende a minha situação, não é?

– Sim, entendo! Mas e quem vai ficar responsável pela criança? –, indagou o médico

– Ah, isso eu não sei! Olhe, nem sei o endereço da pensão onde eu estou hospedada! Só sei o nome da pensão, nada mais que isso! –, exclamou Leonor muito aflita.

– Então, ao menos escreva aí num papel qualquer pelo menos o seu nome e o da pensão para, se houver algum problema, eu ter com quem me comunicar sobre o estado da menina, está bem? –, pediu o médico.

Leonor escreveu apressadamente o nome e o endereço da pensão e arrematou:

– Agora o senhor Doutor dá-me licença que tenho de me retirar correndo!

E saiu pela porta do hospital numa correria louca, dando a impressão de ser uma pessoa desequilibrada. Quando chegou à pensão, Duarte já estava sentado numa poltrona da sala de espera, perto da televisão. Afobada, apertou o filho contra o peito com muito carinho e depois foram para o apartamento dormir.

No outro dia, às sete e meia da manhã, desceram ao restaurante para tomar o pequeno almoço. Dona Tereza, proprietária da pensão, lhe veio dar os parabéns pela coragem dela de deixar o filho doente ali na praça para socorrer uma pessoa que ela nem conhecia.

A atitude de Leonor despertou em quase todos os hóspedes generosa solidariedade a ela. Já nessa manhã, alguns hóspedes mais sensíveis vieram cumprimentá-la por sua voluntariedade e desprendimento em ajudar os outros. Foi assim que os pais da criança, que naquele momento estavam no hospital, deixaram com dona Tereza um recado de grande agradecimento a Leonor pela bonita ação que tivera com a filha deles, que muito os sensibilizou.

Mas como tinha conseguido os papéis que necessitava nesse mesmo dia, Leonor deixava Lisboa com destino ao Algarve. Tomou um táxi para a levar e ao filho à Praça do Comércio, de onde partiam as barcas com destino à cidade do Barreiro. Nessa cidade, tomariam o combóio que os deveria levar à sua terra natal.

MESSINES - ALTE

2

No sopé da encosta arborizada do Penedo Grande, ficava a Vila de São Bartolomeu de Messines, pequena mas próspera povoação onde nasceu Leonor Teixeira Guedes. Era uma das vilas do Concelho de Silves, muito vasta e larga, com terras entre o barrocal e a serra árida. Apesar da aridez serrana, no pequeno vale era vigorosa a espessura dos arvoredos verdejantes de suas cercanias: oliveiras, amendoeiras, figueiras, alfarrobeiras e raramente alguns pomares de laranjeiras compunham a maioria das terras da freguesia. A outra parte, formada por terras de semeadura, contribuía para que a povoação fosse uma das vilas mais prósperas e ricas do Concelho. A vila ficava num vale entre dois serros e era atravessada por um barranco que, de longe, deitava um odor desagradável de águas de esgoto nele despejados.

O principal ponto de encontro dos personagens mais ilustres da terra era a farmácia do Dr. Graça Mira. Ali se juntavam para bater papo o presidente da Câmara Municipal de Silves, o João Figueiredo; o padre Lola; o presidente da junta da freguesia; Eduardo Clemente; o regedor José Jóia; o dono do Café Central, José Horta; e mais alguns personagens satélites destas estrelas reflorescentes da extensa freguesia.

O folclórico padre Lola, gravemente vestido com sua batina de alpaca preta, já surrada pelo uso, quando subia a calçada do correio, chegando ao topo da ladeira, exclamava consigo mesmo, com a face avermelhada:

– Cacete! Arre!, que ainda hoje consegui subir ao céu! – Com as maçãs do rosto pegando fogo pelo esforço, benzendo-se, dizia: – O Senhor seja louvado!

Quando chegava em casa, trôpego, tirava a batina e as botinas, chamava a Emília Chia, sua governanta, e rosnava ofegante:

– Traga-me uma bacia com água fresquinha porque estou com os pés pegando fogo!

Os colegas de papo chamavam o padre, pelas costas, de *Lola Catarroso* pela bronquite crônica que carregava consigo há muitos anos. Tinha a contraído ainda novo, quando se levantava, nas noites de inverno quando dormia em ceroulas amarelas de flanela, para se vir deitar com a velha amante, a governanta. Com o peito a chiar e o catarro a sair-lhe pelas narinas e boca, e como os amigos não lhe queriam tirar o prestígio, puseram-lhe a alcunha de "O Catarroso".

Era para este lugar de gente chasquiedora e zombeteira que Leonor voltaria a conviver, quando se dispôs a tomar o combóio no Barreiro, depois de atravessar o Tejo, numa barcaça velha e enferrujada. Aquela manhã viera ensolarada e alegre, com o sol radiante, muito branco e quente. O combóio, misto de carga e de passageiros, não poderia ser veloz, mas deslizava pelos trilhos a uma velocidade de normal para lenta. Todavia, como Leonor não tinha pressa de chegar à terra natal, não importava se a condução fosse morosa ou rápida.

O combóio carregado seguia coleando pelos trilhos por entre as sebes de pequenos arbustos que cercavam o leito da estrada de ferro. Os vagões resfolgavam com um tom pachorrento, percorrendo e papando os quilómetros, parecendo dizer: "pouca-terra/pouca-terra/pouca-terra...". Incessantemente silvavam pelos trilhos a caminho da estação mais próxima.

Leonor observava com atenção redobrada a paisagem, recordando a última vez que por ali passara, quando da sua ida a Lisboa para depois

embarcar para o Brasil. Ao chegar a Alcácer do Sal, avistou o milenar castelo da velha cidade alentejana, com sua torre albarrã, cheia de ameias, que tanto trabalho deu a Afonso Henriques para conquistá-la. Ainda no Alentejo, admirou e ficou maravilhada e com imensas saudades das extensas lezírias do Sado, plantadas de arrozais. Nessas planícies de inundação, os arrozais já começavam a amarelar de maduros, para depois serem ceifados pelas mãos calejadas das ceifeiras do Alentejo, cantadas em prosa e verso por todo o povo português.

Avançava o combóio num ramerrão fastidioso, parecendo à viajante que não se movia do lugar, mormente para quem viaja pelas várzeas ensolaradas, calorentas e intermináveis do Alentejo. A tudo isto, Leonor assistia muda, ainda que estivesse acompanhada do filho que, por causa da sua doença, nada falava.

Já passava do meio dia e aquela tranqueira ainda não saíra do vale do Sado e, cada vez que chegava a uma estação qualquer, parecia que descarregava um navio de mercadorias, pela demora. Olhou para o banco ao lado, um pouco atrás do seu, onde viajavam dois homens mal encarados que deveriam ser estrangeiros porque falavam uma língua confusa e imperceptível.

Notou especialmente o de barba serrada preta e comprida, que lembrava aqueles maraus alentejanos, jogadores de pau que vadiavam pelas aldeias procurando rusgas e brigas para demonstrar valentias. Só de se lembrar dessa gente se aterrorizava. Felizmente, num dos bancos da frente viajava um casal que, pelo modo de se vestir e de se comportar, deveriam ser pessoas distintas e de bem.

Já era hora de almoço e Duarte, incomodado, dava sinais de estar com fome. Precavida, Leonor trazia numa cestinha de vime uma pequena vianda, que repartiu com o filho, como se fosse um almoço. O calor do meio dia viera impertinente, só atenuado por uma brisa que penetrava pela janela aberta da carruagem. Já cansado e com a cabeça pendida e encostada ao ombro da mãe, Duarte dormitava.

Deveriam ser três horas da tarde quando o combóio entrou pela zona das serras que separam o Alentejo do Algarve. Sem ter o que fazer, lembrou-se de um livro comprado em Lisboa de um poeta de sua terra. Abriu a mala, tirou e opúsculo e, desfolhando-o, viu uma quadra satírica em que achou certa graça:

Camões cantou o Tejo,
E as ninfas que nele havia,
Canto o arroio de Messines,
Que de longe muito fedia!...

Achou graça na quadra e no deboche do poeta, que decerto não deveria ser famoso porque nunca ouvira falar dele e de sua obra. Havia comprado o pequeno infólio apenas porque o autor falava da sua terra. Certamente deveria ser daqueles poetas sem expressão, como talvez o Joaquim Cabrita, marido da famosa Beatriz Costa (não tão famosa), mas rameira de Messines. O poeta de quem sempre ouvira falar muito bem era o João de Deus, o lírico. Como achou graça na quadra, tentou decorá-la. Fechou os olhos, começou baixinho: *"Camões cantou o Tejo / E as ninfas que nele havia..."*

Todavia, a sua memória, antes tão boa, agora já não decorava nada. Como sentisse dificuldade em decorar a estrofe, pegou o livro e guardou-o, aborrecida consigo mesma.

O combóio parou na pequena estação de Saboia, uma vila conhecida. Algumas pessoas saíram, outras entraram na carruagem, como um casal que se veio sentar no banco ao lado de Leonor. Olharam-se e cumprimentaram-se como se fossem conhecidos. Leonor, cansada de não ter com quem falar, arrumou um pretexto para entabular um diálogo:

– Poderia a senhora me informar se ainda falta muito tempo para chegarmos a Messines?

– Messines? –, repetiu a senhora. – Parece-me que faltam duas estações, não é, Artur? –, consultou a senhora ao marido.

– Sim, sim –, respondeu Artur Gouveia, querendo-se mostrar útil a Leonor. – Sim, são apenas mais duas estações abaixo.

– Muito obrigada, senhor Artur –, disse Leonor, calando-se em seguida. Intrigada, vendo aquele rapagão ali sempre encostado em Leonor, a senhora indagou:

– Desculpe-me, mas esse rapaz é seu filho?

– É, sim senhora, é meu filho.

– É que o vejo assim tão agarrado à senhora que logo me pareceu que lhe era um parente muito próximo!

– É meu filho, como disse. Infelizmente ele ficou assim sem memória por causa de um acidente.

– Ah, que pena não ter saúde um rapaz tão bonito e forte. Foi desastre de carro?

– Não, foi vingança de um policial que o espancou quando estava preso e algemado numa cadeia, por causa da política, lá no Brasil.

– Cruz credo, que gente ruim aquela do Brasil. Estragar a vida de um rapaz dessa idade só por causa da política? O bandido não foi preso? –, indagou.

– Imagina! Ele é policial. Quem é que o vai prender? A senhora já viu policial prender policial? Isso é coisa rara! –, exclamou Leonor, limpando uma lágrima que lhe corria pela face.

– Mas diga-me uma coisa, a senhora perguntou há pouquinho se Messines ficava muito longe. A senhora vai morar em Messines?

– Vou, sim senhora, por quê?

– Sei lá! É que não faz sentido a senhora vir do Brasil para morar em Messines, a senhora não acha? Se viesse do Brasil para morar em

Lisboa, vá lá! Mas vir do Brasil para morar em Messines é um tanto esquisito, assim eu entendo –, respondeu a esposa do senhor Artur.

– Pode até parecer esquisito! –, contra-argumentou Leonor. – Mas há uma explicação para isso. É que sou de Messines e estou regressando à terra, à procura de cura para os males do meu filho. Entendeu a senhora?

– Ah, bom! Agora entendi. Mas a senhora é dali de que famílias?

– Bem, a minha era a família Teixeira, que morava na rua de cima, e o meu marido era da família dos Guedes, a senhora por acaso conheceu alguma destas famílias?

– Não. Moro em Messines, mas sou alentejana, de Saboia.

– Ah, a senhora não é de lá, mas então o que é que a levou a vir morar em Messines?

– É que o meu marido comprou, na sua terra, uma loja de roupas prontas para vestir e nós estamos morando lá.

– Veja só como são as coisas: eu e o meu marido emigramos para o Brasil porque ali não havia espaço para nós. A senhora, que é do Alentejo, veio encontrar ali o seu meio de ganhar a vida! Isto só se pode atribuir ao destino, não é verdade?

– Pensando bem, não resta menor dúvida de que, quando nascemos, já trazemos o destino marcado – disse o senhor Artur, que se mantivera calado durante toda a conversa entre as duas mulheres.

– Mas a senhora tem casa para morar na sua terra? Porque em Messines não se encontra hoje moradia com muita facilidade. Não é, Artur?

– Bem, os meus irmãos moram todos lá, mas não sei se eles me podem ou não ceder um quarto. Pelo jeito que as coisas estão correndo, acho pouco provável. –, respondeu Leonor com alguma tristeza.

– Por que esse pessimismo? Afinal, eles não são seus amigos? –, indagou a esposa do senhor Artur.

– Antigamente eram. Agora não lhe posso afiançar nada, do jeito que as coisas estão a correr, não sei, não. E sabe por quê? Quando saí do Brasil, escrevi dizendo a hora e o voo do avião que eu chegaria a Lisboa. Se quiser que lhe diga, não apareceu ninguém no aeroporto para me esperar! Mas sei por que eles não me vieram receber.

– Então por que não vieram? –, interrogou a mulher do senhor Artur.

– Porque regresso pobre do Brasil, não trago dinheiro. É isso! Não tive sorte, regresso mais pobre do que quando fui. Por causa disso, eles não me foram esperar ao aeroporto!

– Credo! Quer dizer que a sua família é assim tão egoísta, que só andam por dinheiro?

– O diabo é que não é só a minha família! Isso é um mal de todas as famílias! Infelizmente, os portugueses ainda não mudaram de vida nem de costumes. Os interesses estão à frente de todas outras coisas, quer sejam elas sentimentais, comunitárias ou filosóficas. O interesse material está acima de tudo. – Após breve pausa, disse Leonor:

– A senhora vai tirar a prova de como o que estou falando é verdade. Daqui a poucos momentos, chegaremos à estação de Messines. Aposto que não estará ninguém a minha espera! E não será por falta de avisar a minha gente que eu chegaria hoje por este combóio.

– Será isso possível? –, respondeu a senhora.

– Devemos estar a chegar, a senhora vai ver se é ou não verdade? É só esperar para ver!...

De fato, depois de cerca de meia hora, o combóio apitava insistentemente, sinalizando que a próxima estação estava a uns três quilómetros. Foi reduzindo a marcha quando finalmente chegou à estação de Messines. Leonor olhou de um lado para outro e não viu ninguém de sua família. Mais uma vez os seus olhos se encheram de lágrimas e, com muita tristeza, disse:

– A senhora está vendo, não me vieram esperar e não foi por falta de os avisar. Mandei até um bilhete postal informando-os do combóio em que eu viajaria com todos os detalhes.

– Credo! Que família egoísta! E agora para onde vai a senhora?

– Bem, o remédio é ir para a casa do meu irmão mais novo, que se chama Mário Teixeira e, segundo me dizem, é o que está melhor de vida neste momento!

– Mas a senhora tem o endereço dele?

– Claro que tenho –, disse Leonor. E por falar nisso, nós estamos conversando há já uma porção de tempo e ainda não sei como se chama a senhora. Qual é mesmo o seu nome?

– Maria do Carmo, mas na intimidade me chamam Carminha. Olhe, não se aflija, nós vamos levá-la à residência do seu irmão. Fique tranquila, está bem! Nós temos a nossa carrinha estacionada perto da estação e não nos custa nada levá-la até lá!

– Sendo assim, desde já lhe fico muito grata, D. Carminha! Muito obrigada mesmo, pela sua gentileza –, disse Leonor, emocionada.

O desembarque foi um pouco atribulado porque Duarte não queria sair do combóio. Teimava em ficar ali sentado balançando as pernas. Foi preciso a mãe dizer para ele desembarcar e prometer-lhe um brinquedo qualquer para ele sair.

O senhor Artur ajudou Leonor a descer as duas malas do combóio e, depois conversando com a esposa, disse:

– Vocês vão andando para o lado de fora da estação enquanto vou buscar a carrinha. E saiu de ombros curvados a buscar a condução. O irmão de Leonor, que se chamava Mário, morava numa casa assobradada no Largo João de Deus. Foi para lá que Artur se encaminhou para deixá-la, com o filho e as duas malas.

A esposa de Artur veio até onde estava Leonor, cumprimentou-a com afeto e desejou-lhe boa sorte assim como ao seu filho, a quem

29

desejava de coração aberto, muitas melhoras. Despedindo-se, pegaram a carrinha, com expressão dolorosa foram para casa.

Leonor mais uma vez conferiu o número da porta com o do papel que trazia bem dobrado, verificou se estava correto e, com os nós dos dedos, bateu duas vezes à porta. Do interior da casa, uma voz de criança perguntou quem era.

– É uma visita –, disse Leonor. – Uma visita especial.

De repente abriu-se um postigo e apareceu uma menina de uns 10 anos, muito viva e esperta, e perguntou:

– Como se chama a senhora?

– Eu sou uma visita e você quem é? E como te chamas?

– E eu sou a filha mais nova do senhor Mário. Chamo-me Valéria!

– E o teu pai está em casa, Valéria? –, indagou Leonor surpreendida com o desembaraço da criança.

– Não, o meu pai está trabalhando, mas a minha mãe está lavando roupa no quintal. Quer que a chame?

– Sim, diz-lhe que está aqui a tia Leonor e que a quer ver, faz favor!

A menina saiu correndo a avisar à mãe que à porta estava a tia Leonor. Teresa, a esposa de Mário, irmão de Leonor, deixou toda aquela barrela de roupa no tanque e veio correndo receber a cunhada. Teresa conhecia Leonor apenas por correspondência. Muito embaraçada, pedia desculpa pela maneira como viera receber a cunhada, toda despenteada e desarrumada, às voltas com a roupa e com os afazeres de casa, já que não esperava visitas àquela hora.

Leonor entrou em casa do irmão, com o filho por uma mão, e uma das malas, na outra, naquela tarde ensolarada de maio. A sobrinha de 10 anos pegou logo na outra mala e Teresa, cheia de satisfação, dizia à cunhada para ficar à vontade, como se a casa fosse sua. E perguntou:

– Oh, mana, por que não nos escreveu a dizer que vinha para nós a irmos esperar à estação?

– Oh, Teresa, não diga uma coisa dessas! Escrevi ao Mário a dizer-lhe que chegaria hoje neste combóio que acabo de chegar. Ora essa, então você acha que eu viria para a sua casa sem ao menos avisar? Não pense isso de mim, pelo o amor de Deus. Até parece piada!–, refutou Leonor, com certa indignação.

– Mas o seu irmão não me disse que a mana viria hoje –, exclamou Teresa, surpreendida. – Juro por tudo quanto é sagrado que ele não me avisou que a mana vinha!

– Teresa! Quer saber de uma coisa, deixa isso pra lá! Não vale a pena discutirmos essas pequenas banalidades. De mais a mais, estou muito fatigada, preciso é descansar um pouco. As desculpas da família, nós resolveremos outro dia!

– Oh, mana, pode descansar aqui mesmo neste sofá. Vendo a cunhada bastante fatigada, Teresa serrou as cortinas de voal creme da janela e a cunhada mais o filho, exaustos, dormiram.

Era já alta noite quando o irmão de Leonor chegou do trabalho. Trabalhava na Casa Ramires como chofer de caminhão e costumava chegar tarde. Quando a mulher lhe deu a notícia que a irmã Leonor tinha chegado, ele, admirado e confuso, exclamou:

– Ó diabo, esqueci-me de te avisar que ela chegaria hoje! E como está ela?

– Está bem, ficou um pouco aborrecida de não ter ido ninguém à estação esperá-la, mas de resto está tudo em ordem! -esclareceu Teresa,

– Já estão dormindo?

– Estão.

– Amanhã, conversarei com ela para lhe pedir desculpas pelo esquecimento de não os ir esperar. Depois se foram deitar porque era tarde e o outro dia era de trabalho.

3

No dia seguinte, o assunto principal na vila era a chegada de Leonor Teixeira Guedes à terra natal. Porém, já no mesmo dia, se espalhou pela comunidade local que Leonor vinha pobre e sem dinheiro. Ainda para mais espantar, além de não trazer cobres, pratas nem sequer alguma fortuna, trazia, isto sim, duas malas de papelão com roupas simples, fora de moda, sem luxo. Também não trazia as joias que um dia levara para o Brasil, onde lhas roubaram. E trazia também, para seu desgosto, um filho meio abobalhado. Regressava mais pobre do que quando tinha partido para o Brasil que, naquela época, era tido como o país do futuro e das oportunidades.

Os dias seguintes foram túmidos de críticas e maus juízos de quase toda a população por causa do seu estado de pobreza. Logo os mexericos, as censuras e os boatos se espalharem pela vila como erva daninha. A comadre Isabel Encarnada aumentava ainda mais a penúria dela; a D. Josefa Farinha galhofava do filho bobo, chasqueando a sua idiotice ou seu estado mórbido: e ainda a Francisca Cavaco, que dizia à boca cheia para quem quisesse ouvir:

– Oh, meu Deus, o que é que essa mulher vem de lá tão longe fazer aqui? Mais valia ter ficado onde esteve todo este tempo. A senhora não acha, comadre Bia? – E vociferava contra Leonor a uma outra sua comadre e amiga regateira que, sem nenhuma parcimônia, continuava a novela e exclamava:

– Fartos de pobres estamos nós cá na terra. Ainda se ela trouxesse dinheiro, tudo bem! Mas pobre do jeito que veio e ainda por cima com aquele seu filho boboca e parvo atrás? Mais valia que essa gente ficasse por andou todos esses anos!, dizia D. Francisca Melra.

O irmão tinha conhecimento das críticas que faziam a Leonor as pessoas maldosas e mal intencionadas da terra. Porém, como sabia também o motivo de a irmã ter regressado a Messines, não dava importância a tais manifestações. Porém, em conversas em casa, certo dia disse à irmã que ela era alvo de mexericos, por ter regressado à terra mais pobre do que um dia partira para o Brasil. Leonor exasperara-se e como não tinha papas na língua, mal-humorada e irritada dizia:

– Tu queres saber de uma coisa, Mário? Vim com o meu dinheiro, não devo nada a ninguém. Por isso, vou ficar aqui o tempo que eu quiser e que achar necessário, quer eles queiram, quer não queiram. Ficarei, tá bem! Que ladrem, que falem, que se lixem o quanto entenderem e quiserem. Só me vou embora daqui quando entender ou quando o meu filho estiver bom e curado e pronto! Está acabado! E queres saber mais? Com as pedras que me atirarem quando passo pela rua, hei de construir um belo serralho para receber todos esses ignorantes que me criticam com um belo e opulento regabofe.

– É isso mesmo, mana! –, chasqueou Teresa com a mesma veemência com que Leonor acabava de desabafar sobre os mexericos das velhas regateiras da terra. – É isso mesmo, mana!... O melhor que a mana faz é não dar ouvidos a essa gente ignorante: são umas víboras, umas línguas de trapo, só sabem falar mal dos outros! Não ligue, não dê importância ao que dizem e pronto, está acabado!

Houve um pequeno silêncio provocado por aquele ambiente altamente desqualificado. Entretanto, depois Leonor, ainda nervosa e com raiva, voltou a defender-se das más línguas dizendo:

– Infelizmente, Messines continua na mesma, com a velha mania

desta gente daqui de se meterem na vida das pessoas. Falam mal dos outros só por falar, não sabem das dificuldades porque as pessoas passaram lá fora. Depois de tantos anos, esta gente continua como dantes! Mas que raiva, meu Senhor! Entra ano, sai ano e as malditas intrigas continuam, jamais têm fim. Que praga! Que maldição, meu Deus! –, desabafou Leonor, fula de raiva.

Mário entendia que Leonor tinha razão em se indispor com as críticas dos conterrâneos. O pior de tudo, desgraçadamente, eram os motivos torpes daquela gentalha rude e despreparada: só por ela ter regressado à terra de mãos abanando!

De fato, este motivo não deveria ser razão para as pessoas porem em dúvida a sua honra, o seu caráter de pessoa honesta e trabalhadora. Ora, meu Deus!, era de estarrecer o escândalo que as pessoas faziam só por ela não vir rica. Afinal, se não veio rica foi porque não teve sorte ou por algum outro motivo contrário à sua vontade. Mas uma coisa era certa: não veio rica, mas também não devia nada a ninguém. Isto para uma pessoa honesta já é muito, não dever nada a ninguém.

E, Mário, dando de ombros acrescentou:

– Na verdade, conviver com estas zombarias e escárnios é até desagradável para quem não está habituado a ouvir esses dichotes. Mas até acho normal esse nosso velho costume. Por isso, aconselho à minha irmã ter um pouco mais de paciência e calma porque não será com gestos nervosos que vai consertar o mundo. Mudar esses velhos e absurdos costumes, essas atávicas maneiras de pensar do povo, não é assim tão fácil como parece à primeira vista.

Todavia, a irmã não se conformava, não aceitava pacificamente essa situação torpe e vexatória contra si. Rilhando os dentes de raiva, dizia:

– Pois então, nesse caso, que vão todos para o diabo que os carregue! E quem me vier com censuras ou conversas desse tipo levará o troco, na mesma hora. Tá bem assim?

Leonor abominou toda a comunidade Messinense pela censura de regressar à terra que tanto amava e que tanto defendeu em suas pequenas perorações, por onde quer que andasse. Por isso, revoltava-se, considerando-se desde logo ser uma pessoa excluída da sociedade da sua terra só pelo fato de regressar pobre e sem dinheiro.

Mas depois do que estava acontecendo à sua volta, sentia-se deprimida, triste e aborrecida. Levantando-se da cadeira de madeira em que estava sentada, vociferou:

– Pensam que, falando de mim, me deixarei abater? Se assim pensam estão enganadas porque não desanimarei na busca da saúde do meu filho, que foi a causa principal que me moveu a vir para Portugal. Não serão as más línguas deste lugar sórdido que me demoverão de lutar contra tudo e contra todos estes preconceitos esdrúxulos. Lutarei enquanto puder e Deus me ajudar.

Ao mesmo tempo, Leonor calculava "de certa maneira acertadamente" que estava nela desfazer toda aquela má impressão do povo da sua terra em julgar mal a situação financeira em que se encontrava. Em razão disso, iria demonstrar a toda aquela gente que sempre foi uma mulher disposta a brigar pelos seus brios e sua honestidade. Não seria agora que desistiria de inverter esta má impressão que o povo havia intuído, nem deixaria de lutar pela conservação do seu bom nome. A conversa, que esquentara a princípio, chegava agora ao seu fim. Já eram horas de deitar para no outro dia começar de novo.

Quando na outra manhã Leonor se levantou mais o filho, já o café estava na mesa. A mana Teresa tinha-se levantado cedo para dar o café ao marido, para ir para o trabalho, e aos filhos, para irem à escola. Leonor, ainda cansada da viagem e aborrecida com os mexericos das tais comadres, depois do desabafo na noite anterior, havia dormido como uma pedra, foi um sono só. Quando acordou, lavou o rosto, escovou os dentes e, com o filho pela mão, dirigiu-se à sala de jantar para tomar o café. Torradas de pão caseiro, barradas de manteiga estavam postas na mesa da modesta cozinha, à espera dos dois familiares.

Teresa, com muita atenção e zelo, sentindo a mana Leonor com o Duarte na sala, veio comovida dizer a ambos que o café estava pronto, mas na mesa da cozinha.

– Oh, mana, desculpe, pensei que servisse na sala, mas na verdade aqui na cozinha é que se está bem! –, disse Leonor.

– Nós costumamos tomar o café aqui porque é mais aconchegante –, disse Teresa com as mãos envoltas no avental. Enquanto conversavam, Teresa enxugava a louça suja na pia da cozinha e a mana Leonor e Duarte tomavam o pequeno almoço. Eram quase 10h00, quando os dois acabaram de tomar o café e Leonor queixou-se de que, apesar de ter muito que fazer, ainda não se concentrara por onde iniciar os seus afazeres.

– Ora, mana, ainda ontem chegou e já está com pressa, caramba! Descanse, descanse mais, os afazeres nunca se acabam, mana!

– Mas você já imaginou, Teresa –, retrucou Leonor – o que esse povo não irá dizer de mim se eu ficar aqui sem fazer nada por muito tempo?

– Deixe-os falar, mana! Não ligue para o que essa gente diz. Afinal de contas, a mana não é mais criança para se deixar levar pela opinião dessa gente!

– Sim, isso é verdade, mas você entende bem o que esse povo é capaz de dizer e de fazer se eu ficar aqui muito tempo sem fazer nada!...

– Oh, mana, não ligue para o que o povo diz, deixe-os ladrar! Os cães ladram e a caravana passa! Não se amofine com isso!

Leonor ficou calada e pensativa. Para falar a verdade, a cunhada tinha razão. Por que diabo se ralava ela tanto com as velhas comadres a falarem de si ou da sua vida? Pois, o melhor seria ela não se ralar tanto com o que falavam, pois poucos dias mais e ninguém se lembraria dela e acabar-se-iam os cochichos.

Veio até a porta, abriu o postigo e olhou pra rua. A manhã estava ensolarada e linda. Deu-lhe vontade de dar um pequeno passeio pela rua, ir à Fonte dos Afogados espairecer, reconhecer as ruas, enfim distrair-se um pouco. Chamou o filho que estava sentado no sofá e murmurou baixinho:

– Vamos, Duarte, vamos dar um passeio até a fonte, vem com a mãe, filho!

De mãos dadas foram andando, desceram a Rua do Arco, que estava pessimamente calçada. Viraram à esquerda, passaram em frente à igreja matriz e, andando sempre em frente, foram ter à Fonte dos Afogados, cuja água salobra só servia para lavar roupa. A um canto do largo dessa fonte, algumas mulheres lavavam roupas. Numa pedra avermelhada, natural do lugar, chamada pedra **"Grés de Silves"**, estavam a comadre Isabel Encarnada, a D. Joaquina Cavaco, a Teresa Reis e outras mulheres, lavando os seus trapos velhos e sebentos, cheios de remendos.

Ao avistar Leonor com o filho pela mão, Isabel Encarnada parou de esfregar a roupa ensaboada. Indo ao encontro de Leonor, que já não se lembrava dela, exclamou, açodada e tagarela, numa arremetida de admirações insólitas:

– Ora, ora, veja só quem está por aqui... – e, chegando-se mais perto de Leonor, perguntou:

– Então de regresso a nossa terrinha, não é verdade? Já ouvi dizer que estava cá e queria muito vê-la. Mas vejo com alegria que está bem e...

– Ora essa –, atalhou Leonor. – Por isso não perca a vontade de me ver, aqui me tem.

Leonor pendeu desoladamente os braços, sentindo naquela conversa um cinismo insolente. Ruminava aquele chasco que lhe pesava na alma por causa das censuras de que fora alvo um dia atrás. Como lhe informara o irmão, fingindo não saber de nada, cinicamente arrematou:

– Como a senhora vê, aqui estou com a minha passagem de volta já paga. Não trago luxos nem faustuosidades porque nunca fui disso. Mas acredite se quiser, não devo nada a ninguém nem daqui e nem de onde venho, que é do Brasil!

A lavadeira ficou estática e apalermada, olhando para Leonor sem saber o que dizer. Depois, recuperando o sangue frio, exclamou, chamando a atenção das outras lavadeiras:

– Olhem como ela veio bonita! Como está nova! Sem rugas na pele, sem cabelos brancos! Cruz credo, que idade a menina tem hoje?

– Olhe, para seu governo e para que não digam que minto sobre a minha idade, adianto que tenho um filho que aqui está e que tem 24 anos. Por aí vocês podem deduzir qual é a minha idade. Está certo ou querem mais? E quer saber mais, sou mais velha que a Sé de Silves, por aí pode calcular a minha idade!

As lavadeiras entreolharam-se espantadas. Olharam novamente Leonor dos bicos dos pés à cabeça. Como num clamor, ouviu-se a uma só voz!

– Nossa! Que nova que está! Não parece ter filho com a idade desse rapaz. Como está jovem!

A seguir, de novo, todas emudeceram e embasbacaram, voltando às lides de esfregar as roupas ensaboadas para colocá-las ao sol nos varais de arame previamente estendidos ao redor da fonte. Leonor, com familiaridade e voz meiga e carinhosa, pegou a mão do filho, despedindo-se de todas aquelas criaturas rudes e analfabetas, como se estivesse se penitenciando de algum mal entendido. Em seguida, desejou a todas um bom dia, como se quisesse se reconciliar com aquele povo, e seguiu o seu caminho.

Caminhando pelas ruas da vila e pensando melhor, verificou que este primeiro encontro com a comunidade messinense não fora de todo mal. Aliás, ela fez o que já tinha em mente fazer desde quando o seu irmão veio contar-lhe as intrigas que corriam pela vila sobre a sua vida privada.

Por isso, logo pensou em ir uma noite até ao Café do Romeu, a fim de saber como a sua chegada fora aceita, se fora bem ou mal recebida pela comunidade da sua terra. Pelo conceito da sua família, a receptividade não foi nada de especial, muito pelo contrário. Três dias depois desta sua incursão pelas ruas do lugar, Leonor convidou o irmão, a cunhada e os dois filhos do casal para irem tomar um cafezinho.

A casa da elite messinense era o Café do Romeu. Era a mais chique e glamorosa, aquela onde se reunia a fina flor da comunidade. A casa estava cheia. Mas o garçom Manuel deu um jeitinho de arrumar uma mesa para as cinco pessoas que acompanhavam Mário Teixeira, frequentador assíduo da casa, onde todas as noites tomava o seu café e fumava um cigarro antes de se deitar.

No recinto, reunia-se costumeiramente a classe média da comunidade. Para muitas pessoas, Leonor era uma velha conhecida. Para outras, sobretudo para as mais novas, quase ninguém sabia de quem se tratava. A uma mesa grande, rente à parede oposta à entrada do salão, estava um grupo com umas senhoras que "Leonor soube depois" eram ou diziam ser os pseudo-intelectuais da comunidade. Uma parte destes personagens conhecia Leonor. Numa outra rodinha mais ao lado, estava um grupo de amigos. Alguns deles eram contemporâneos dela e tinham convivido com Leonor ainda nos tempos de solteira.

A mesa onde se sentaram os Teixeiras era a mais reparada pela população local. Não porque houvesse da parte da família algo que merecesse gestos menos nobres ou observações mais estridentes. Era o costume da terra diante da novidade, da falta de assunto e de quem se falar. Era a notícia nova, rara nesses meios rurais, de modos simples e bucólicos, do interior de Portugal.

Café do Romeu

Em meio aos murmurinhos, entrou pela porta principal do café um indivíduo gordalhufo, de cabelos pretos, lissótricos e empastados, com uma marrafa ao meio dividindo a cabeleira em duas partes. Atabalhoadamente, veio sentar-se junto a outros amigos, cujas xícaras vazias jaziam em cima de uma mesa. Ali todos bisbilhotavam a vida dos outros: o Silveira, todas as noites vinha ao café para ler o jornal porque não queria gastar 10 tostões com o diário. Como a segredar, apontando o indicador para Leonor, perguntou ao colega sentado a seu lado:

– Quem é aquela senhora na mesa do Mário Teixeira?

– Oh, homem! –, disse o outro. – Então você não conhece a irmã do Mário, aquela que emigrou para Brasil?

– Ah, é a Leonor, aquela moça que casou com o Fernando Guedes! Oh, diacho! Sabem que já me não lembrava dela! Está tão mudada, tão estragada!

– Pudera! –, exclamou o outro. – Depois de uns vinte e tantos anos, querias que a mulher não tivesse mudado nada! Que asno! Tu por acaso não envelheceste? Olha quem fala!

– Bem, eu tinha uma imagem diferente dela. Que queres tu, oh, Serrinhas? –, chasqueou Silveira, gozando e balançando a sua pança balofa. Depois de identificar quem era ela, decidiu cumprimentá-la. Silveira levantou-se, meteu-se por entre as mesas do café cheio de gente e foi, com a maior cara de pau, cumprimentar Leonor. Interrogando o irmão dela, perguntou:

– Oh, Mário, esta senhora é a tua irmã que está no Brasil, não é? – O irmão de Leonor olhou o indivíduo com certo desprezo e disse:

– É ela mesma, por quê?

– É que eu já a não conhecia, homem!

Todos que estavam à mesa com Leonor se mexeram como se estivessem acordando das gastas cadeiras do velho café. Uma muda ociosidade se abatera como se o mundo parasse. Todos olhavam para aquela figura grotesca, quase quadrada de tão obesa, que se arrastara até a mesa, com sua conduta de intrigante mexeriqueiro, para fazer pergunta tão obtusa. Todavia, Silveira não limitou a sua vil curiosidade. Ainda se afoitou a indagar de Leonor:

– Naturalmente, depois de tantos anos no Brasil, traz umas boas massas, não é verdade?

Leonor, já predisposta e retrucar a perguntas indiscretas, respondeu à altura da pergunta:

– Olhe, o que o senhor me está perguntando não merece resposta. Mas posso lhe garantir que estou com o meu dinheiro e não devo nada a ninguém. Está entendido?

– Ora essa! –, exclamou Silveira, mostrando-se indignado com a resposta. Sentando-se numa cadeira que estava ao lado dela, disse:

– Olhe, quando lhe perguntei se trazia muitas massas, era apenas para me regozijar com a senhora? Não foi por mal, entendeu?

– Meu caro senhor, se trago massas ou macarrões, isso é da minha conta. Nada tenho a dar satisfações ao senhor e nem a ninguém. É assunto meu, estamos entendidos?

– Claro, claro, entendo a sua posição, não falamos mais nisso.

– Nem disso nem de outra coisa. Não me interessa a sua conversa –, disse Leonor, furibunda de raiva com a conversa. Percebeu desde logo que se tratava de um dos maiores intrigantes da vila. Atirando um gesto largo, como se quisesse abraçar o mundo e varrer do ambiente do café todos aqueles mal-entendidos, Silveira exclamou:

– Ora esta, hein! Eu só queria saber se ela trazia algum dinheiro. Há por acaso algum mal nisso? Que mulherzinha, hein? E foi sentar-se outra vez onde estavam os seus amigos ao fundo da sala.

Leonor, conversando depois com o irmão, dizia encolerizada: – Que tipo de gente esta, meu Deus!

Como já passava da meia noite, pediu ao irmão para se retirarem. Ao que disse Mário: – Vamos embora porque amanhã temos de levantar cedo para trabalhar.

Subiram a Rua do Arco. Quase no fim desta rua, ficava o Largo João de Deus, onde moravam os Teixeiras. No céu estrelado, a lua brilhava branca e clara, iluminando as pedras gastas da calçada, pois haviam sido feitas nos velhos tempos em que fora governador o primeiro Visconde de Messines.

4

Três dias depois, rememorando Leonor as suas saídas pelas ruas da vila, chegou à conclusão de que nem tudo estava perdido. Pairava no ânimo de algumas pessoas bons sentimentos e predisposições pessoais para uma convivência fraterna e sólida. Com essas pessoas poderia se relacionar e conviver sem maiores dificuldades. Essa percepção a fazia indagar-se porque diabos não poderia ela tentar mais algumas experiências de boa convivência com os seus conterrâneos. Sim, mandavam as boas maneiras de civilidade e diálogo que não se pode tirar conclusões apressadas da maledicência apenas porque uma parte ínfima da comunidade padecia do preconceito de maldizer os seus vizinhos.

Naturalmente, como se podia deduzir, era uma maçada, um aborrecimento ter que discutir com um e com outro a sua posição de recém-chegada à vila. Mas não havia outra maneira de se fazer ouvir, a não ser através da conversa e do diálogo. Seria necessário ceder um pouco se quisesse conviver novamente com a gente da sua terra. Teria de encarar essa realidade e resolver esses percalços com alguma dignidade. Encerrando este pensamento em seu espírito, arrependia-se agora de ter ficado trancada esses dias em casa, sem sair à rua por causa dos cochichos e aleivosias dos seus conterrâneos.

Por isso, na mesma hora chamou o filho e foram fazer uma visita ao casal que os trouxera da estação do combóio até a casa do seu irmão. O casal morava na rua do cemitério, número 25, numa casa assobradada.

Moravam de aluguel. A casa, apesar de modesta, era confortável. Em casa só estava a D. Carminha, o senhor Artur estava trabalhando no estabelecimento comercial, perto do mercado municipal, no centro da vila.

Foi uma surpresa agradável para D. Carminha ver Leonor e o filho, ao abrir a porta da casa. Abraçaram-se, beijaram-se e Leonor, com Duarte pela mão, dizia muito comovida:

– A senhora sabe, D. Carminha, lembrei-me de vir visitá-la porque estou cansada de ficar fechada em casa, sem fazer nada!

– Pois fez bem em vir. Tenho muito gosto em recebê-la. Como tem passado estes dias? Bem, não é verdade? – Perguntou Carminha.

– É como lhe disse: tenho passado os dias trancafiada em casa como uma prisioneira. Saí apenas duas vezes, assim mesmo ali por perto da casa onde o meu irmão Mário mora.

– Então ainda não encontrou nenhum dos seus contemporâneos, não é verdade?

– Não, isto é, encontrar eu encontrei alguns no Café do Romeu, mas seria melhor que não os tivesse encontrado!

– Mas por quê? – Indagou Carminha admirada! – Aconteceu algum contratempo, algum mal entendido?

– Bem, a senhora sabe como são as pessoas desta terra. Sempre aparecem aquelas a querer vasculhar a vida pessoal das outras, a vida íntima e financeira. Não vim para cá para me expor às críticas e ao crivo dessas pessoas. Se houver alguém que me queira criticar ou julgar, estes serão certamente os meus familiares e mais ninguém. A senhora não acha que tenho razão?

– Com certeza, com certeza! – Ponderou dona Carminha. – De mais a mais, a senhora não vem para cá viver às tenças de ninguém, não é isso?

– Como lhe disse da última vez em que conversamos, as coisas pouco ou nada mudaram de quando saí daqui. Mas isso pertence ao passado e não me quero amofinar com isso, entendeu? A senhora não pense que me vou enterrar aqui. Apenas estou esperando algumas informações de Lisboa para saber se o meu filho tem possibilidades de se curar do mal que tanto nos aflige. E assim ir ao encontro da saúde dele e, depois dele curado, penso em retornar ou ir logo embora. Não! Eu não me vim enterrar aqui na terra imóvel sob a poeira melancólica das coisas atávicas dos meus ancestrais para servir de escárnio da gente deste lugar. Assim que tiver notícias sobre este meu primeiro objetivo, tão docemente sonhado, jamais ficarei aqui sob os olhares das pessoas somente interessadas em saber dos males dos seus semelhantes –, disse Leonor, visivelmente aborrecida.

Era quase meio dia e aproximava-se a hora do almoço. Leonor, levantando-se e ajeitando o vestido, disse calmamente:

– Vou-me embora porque o Mário vai chegar para almoçar. E se eu não estiver lá, a família não almoça enquanto eu não chegar!

– Oh, dona Leonor, pensei que a senhora ia almoçar aqui conosco, tanto que até coloquei mais água na sopa e fritei mais peixe com batatas. Dá muito bem para todos nós!

– Muito obrigada, D. Carminha, mas não disse nada à minha cunhada e enquanto eu não chegar, eles não almoçam. Agradeço muito, mas hoje não dá. Outro dia almoçarei com vocês! Está bem assim?

– Ai que pena, já tinha ali o almocinho pronto para nós quatro. Agora vai sobrar comida!

– Deixe lá, D. Carminha, fica para o jantar. Com certeza não se há de perder.

– Mas é que eu tinha uma conversa para lhe dizer com referência à sua ida a Lisboa.

– Então o que é? – Interrogou Leonor.

– A senhora sabe, nós temos aqui um vizinho que mexe com cortiça e quase todas as semanas vai a Lisboa! Se a senhora quisesse poderia aproveitar e ir com ele porque sempre forrava o dinheirinho da passagem, entendeu?

– Isso seria ótimo! Mas sabe como são as pessoas daqui. Se eu for com o homem para Lisboa, logo vão começar a levantar suspeitas de que eu...

– Ora, deixe-se disso, senhora! Quem sabe se a esposa dele também viaja. Aí já as más línguas não têm o que falar. Deixe estar que vou perguntar à esposa dele e depois lhe informo se ela vai ou não com ele, tá bem?

– Sendo assim, posso aproveitar a boleia e ir com eles!

– Então, depois lhe informo –, disse D. Carminha, mostrando-se prestativa e amiga de Leonor.

Despediram-se. Na volta para casa do irmão, ao invés de ir pela rua que tinha vindo, lembrou-se de passar pelo cemitério onde os seus pais estavam sepultados. Chegando à porta da necrópole, viu uma menina de sete a oito anos sentada no chão úmido, brincando. Achando anormal uma criança a brincar naquele lugar, perguntou:

– Oh, menina, então tu estás brincando aqui num lugar destes? Não vês que aqui não é lugar para crianças brincarem?

– Mas o meu avô disse que eu podia brincar aqui!

– E quem é o teu avô?

– É o tio Inácio Parola.

– Ah, é o Inácio Parola. E onde está ele?

– Está lá em baixo abrindo uma cova.

– Onde?

– Lá ao fundo!

– Ah, bem lá embaixo!

Leonor enfiou-se pela alameda de ciprestes e de alguns mausoléus que dividiam o cemitério ao meio até ao fundo. Espreitando para o lado aonde a criança indicara, encaminhou-se para lá quando escutou uma cavação de terra. Era o velho Inácio Parola, agachado, tirando terra da cova com uma pá e cantarolando baixinho, sem perceber que ela estava ali:

Levei anos e anos sem descansar,
Cavando sem cessar a sepultura,
Nem chuva nem o vento, se calhar,
Conseguirão travar esta loucura!...

Leonor cumprimentou-o:

– Olá, tio Inácio, como está o senhor? Bem, não? – Endireitando o espinhaço, ele olhou para o lado de onde vinha a voz. Arregalando os olhos ao ver aquela senhora, simplesmente respondeu:

– O que hei de fazer, minha senhora! Minha sina é esta, que quer a senhora que faça? Vou bem, sim senhora. Deus deu-me esta vida e, enquanto puder, vou remando e cavoucando!

– O senhor não me reconhece, não é verdade?

– Olhe, para dizer com sinceridade, não me lembro da senhora.

– Sou a Leonor que casou com o Fernando Guedes, que emigramos para o Brasil. O senhor não se recorda?

– Ah, sim, agora me lembro. Por falar nisso, disseram-me que a senhora estava de volta à terra. Eu então amanhei a sepultura dos seus paisinhos. Não sei se fiz mal ou bem, mas amanhei!

– Ah, o senhor limpou a campa dos meus pais! Que bom, fez muito bem! E onde fica a campa deles, que eu não sei e gostaria de ver?

– Já lhe mostro. – Encostando a pá na parte de dentro da cova e saindo com muita dificuldade do buraco, através duma pequena escada, disse:

– Acompanhe-me, é logo ali. – Com a sua perna esquerda mais curta, de nascença, do que a outra, foi manquejando por entre as

sepulturas até a campa dos pais de Leonor que, com dificuldade, levava Duarte pela mão.

Leonor se ajoelhou ante a campa dos pais para lhes rezar uma oração. Depois, conversando com o tio Parola, perguntou com alguma admiração:

– Oh, tio Inácio, aquela menina brincando lá à porta do cemitério é sua neta?

– Ah, a Zulmirinha, é sim, é minha neta! – Exclamou o coveiro, com um sorriso que revelava os dentes da frente estragados, grandes e negros por causa do tabaco.

– Que linda menina aquela sua neta! Mas ela ainda não anda na escola?

– Anda, anda. E já anda na segunda classe. Como minha filha teve hoje de ir a Silves tratar duns papéis, ela ficou comigo. E como eu tinha este serviço para fazer, ela ficou lá na porta brincando porque não gosto que ela venha para perto de onde faço este trabalho porque pode pegar alguma doença.

– Mas ela ali também não está bem. Se o senhor quiser, eu a levo comigo para a casa do meu irmão Mário e depois à noite o senhor vai buscá-la.

– Ai, minha santa senhora, que bom que seria! Mas isso é muita maçada para a senhora, não?

– Não, senhor! Não é maçada nenhuma, é até uma distração para mim.

E abalaram os dois até onde estava a menina para perguntar se ela queria ir com a tia Leonor. A criança alegremente aceitou.

– Olhe, tio Inácio, não sei quanto o senhor cobra pelo trabalho de limpar a campa dos meus pais, mas deixo cinquenta escudos que é o que tenho aqui. Se for mais, o senhor me diz que depois lhe pago o resto, está bem?

– Oh, minha senhora, está bem. Não precisa mais, está tudo pago. Muito obrigado. À noite, vou lá buscar a Zulmirinha.

– Combinado –, disse Leonor comovida, com nó na garganta. Pegando a menina com uma mão e o filho com a outra, foi para casa almoçar. Chegou em casa do irmão já passava muito do meio-dia. Todos estavam em volta da mesa esperando-a. Depois do almoço, enquanto ajudava Teresa na arrumação da cozinha, cismava...

Toda aquela tarde, Leonor não deixou de ruminar sobre a conversa de sua amiga Carminha a respeito da sua ida para Lisboa. Pela primeira vez, alguém se prontificava a auxiliá-la a resolver um problema seu, alguém se interessava sobre a sua situação desde que chegara a Portugal. E fazia isso uma pessoa que nem da terra era. Aí estava uma circunstância que não lhe passara pela cabeça: uma pessoa que a não conhecia, com quem não tinha nenhuma afinidade, se dispunha a prestar-lhe um favor, sem ela lhe pedir nada.

Findou a tarde e, ao chegar a noite, pensou em consultar o irmão sobre os inconvenientes de ir a Lisboa com um estranho. E sobre as consequências que essa aventura acarretaria futuramente. Este pensamento não a abandonou até a chegada do irmão. Porque, como ela estivera fora durante tanto tempo, poderia ser que as coisas se tivessem modificado e ela fosse motivo daquelas maledicências dos seus conterrâneos. Mal sentiu os passos do irmão, correu à sala impacientemente e perguntou:

– Oh, Mário, que me dizes tu se eu fosse com o Duarte a Lisboa para uma consulta, em automóvel de um cavalheiro daqui da terra e que nem conheço?

O irmão embasbacou. Como não sabia da conversa, admirado, arriscou:

– Mas quem é esse cavalheiro?

– Ora, quem é o cavalheiro? É uma boa pergunta, mas se eu te estou dizendo que não o conheço, como é que eu vou saber? Foi uma pessoa minha amiga que me disse que ele vai constantemente a Lisboa de carro e quase sempre dá boleia para as pessoas que vão à capital! É o que eu sei.

– Bem, o que te posso dizer? Se não conheço esse cavalheiro e tu muito menos? Então, o que te posso informar?

– Homem, não quero a tua opinião sobre um cavalheiro que tu conheças! Quero tua opinião sobre o que as más línguas de Messines podem dizer sobre isso, entendeste?

– Sim, sim, entendi. Mas se eu conhecesse o homem, dir-te-ia com mais segurança o que a turma daqui poderia pensar sobre esse assunto. Porque uma mulher viúva arriscar ir daqui para Lisboa com um desconhecido não fica bem, não! Vai haver falatório. Mal acabaram de se entender sobre a viagem a Lisboa, ouviram bater palmas à porta. Era o tio Parola que vinha buscar a neta, a Zulmirinha.

– Ó, tio Inácio, já veio buscar a netinha? – disse Leonor, sorridente.

– Está na hora, talvez a mãe já esteja preocupada porque ainda não lhe fui levar a filha a casa.

– Ela está brincando lá no quintal com a minha sobrinha. Vou buscá-la, é só um instantinho!

Leonor esgueirou-se pelo corredor que levava ao funda da casa e trouxe Zulmirinha pela mão e a entregou ao avô:

– Pronto, aqui tem a sua neta e não tem nada que agradecer. Eu é que lhe agradeço pelo bom serviço que o senhor fez na campa dos meus pais, tá bom?

– Ai, minha senhora, que grande favor que me fez, imagine a criança ficar lá no cemitério até esta hora. Aqui ela sempre está melhor e depois tem companhia para brincar, não é verdade? – E retirando-se, Parola tirou o chapéu da cabeça depois de exageradamente reverenciar a senhora. Com a neta pela mão, seguiu o caminho de casa. Leonor ainda ficou à porta até o coveiro desaparecer com a netinha pela mão e mancando pelas ruas da vila.

Era noite e o jantar estava posto na mesa com todos à sua volta, menos seu filho Duarte. A mãe, por causa de outras pessoas, esquecera o filho querido e, num momento amargo, sentiu um forte aperto no seu coração entristecido. Correu e trouxe o filho pela mão para a mesa de jantar. O jantar estava delicioso e foi muito tranquilo. Leonor, apesar de se mostrar serena, no âmago de sua sombria angústia, não compreendia porque os seus sentimentos se tinham transmudado tão repentinamente.

Era como se uma revolução avassaladora se processasse secretamente dentro do seu sofrido e augusto coração. Uma onda de amor se instalava, modificando sua personalidade, outrora tão irreverente e resoluta. Agora começava a ceder a impulsos mais sensíveis e menos ferozes, talvez por causa da neta do Parola, que fora encontrar sozinha, coitadinha, brincando à porta do cemitério. Distraidamente, levantou-se da mesa do jantar e, com o filho, veio sentar-se no antigo sofá de molas frouxas da sala de visitas, cabisbaixa, porém, alegre e muito senhora de si. O relógio da matriz batia as dez horas da noite. Ainda teve vontade de ir tomar um pouco de ar fresco. Todavia, sentindo-se cansada, foi-se deitar.

No outro dia era domingo. Por isso, pensou em ir pela primeira vez à missa. Desde que chegara à terra, sentia como que uma necessidade de falar com Deus. Às 10h00, foi à missa com o Duarte e a sobrinha Valéria. A velha igreja estava um pouco modificada, mas só quanto aos móveis porque o resto estava tudo como dantes, como nos tempos em que ela ali se casara: os confessionários, o coro, a capela-mor eram os mesmos. Apenas umas modificações nos bancos onde as senhoras se sentavam e outras pequenas alterações. O padre era agora um rapaz novo, sem os catarros do Lola. Um padre mais jovem e mais aprumado que o catarroso.

Na igreja, grande parte das beatas não a conhecia. Outras, porém, sabiam que ela estava na terra e logo deduziram quem era aquela senhora vestida com roupas diferentes daquelas usadas na vila. Logo se espalhou, pelas abóbadas do templo, um sussurro que, em meio século de vida e em toda a freguesia, jamais houvera. Porque, apesar de os tempos terem corrido morosos, depois da sua partida para o estrangeiro, os costumes e o disse-que-disse pouco ou nada mudaram.

Leonor naturalmente fez que não se dava conta do que estava acontecendo à sua volta. Quando acabou a missa, vieram várias senhoras estender-lhe a mão e de certa maneira congratular-se com ela pelo regresso à terra natal. Enfim, nem tudo estava perdido. Entre tantas pessoas que lhe vieram desejar as boas vindas, algumas com certeza eram sinceras e honestas! Ah, como ali naquele ambiente religioso e fraterno, o mundo era diferente! Como ainda havia pessoas de honra e amorosas em sua velha Messines! Ficou surpresa.

Regressou a casa. Passava um pouco do meio-dia e Teresa já tinha posto o almoço na mesa. Ao sentar-se, Leonor voltou-se para o irmão e, sorrindo, disse:

– Vocês sabem aonde fui hoje de manhã?

– Não, nem imagino! – respondeu o irmão.

– Pois fui à missa com o Duarte! Por falar nisso, agora me lembrei! Quem é aquele padre que ficou no lugar do padre Lola, hein, Mário?

– Dizem que é um homem que estudara para engenheiro lá no Porto, mas tendo um desgosto qualquer por causa de uma mulher que o maltratou, pensou em seguir a carreira eclesiástica. Veio para Messines redimir-se dos seus pecados! –, arrematou o irmão, rosnando a seguir uns impropérios que Leonor não entendeu bem: – Ah, esse homem já foi casado e agora é padre?

– Oh, sim! Esse homem é um patusco muito grande. O que ele gosta é de patuscadas e de bons bródios. Anda aí metido com a rapaziada solteira sempre em petiscos, bebendo belos vinhos, daqueles de Bucelas, ao melhor estilo Eça de Queiroz!

– E as beatas da terra confessam-se a ele?

– Claro, claro! Que estás tu pensando sobre a nossa terra? Oh, isto aqui mudou e evoluiu muito nesse sentido!

– Ah! –, rosnou Leonor, embasbacada com a conversa do irmão. – Eu pensava...

Mário, atalhando o raciocínio da irmã, disse:

– Pensavas que ainda estamos nos tempos do Lola? Estás muito enganada! Mudamos muito...

– Também não me interessa saber dessas coisas. E, dando as costas ao irmão, foi para o seu quarto descansar um pouco porque estava muito maçada...

5

Durante estes poucos dias passados na terra, Leonor tirara algumas ilações sobre as novidades que encontrara. Começava então a adaptar-se a uma nova realidade, a uma nova maneira de encarar a vida e as pessoas das quais se tinha distanciado havia muitos anos. Era dificílimo encarar, sem se exasperar e se aborrecer, o cenário real do seu torrão, da sua secular Messines.

Conversava muito com o irmão, com quem mantinha muitas vezes discussões em que abjurava alguns sentimentos levianos, mesquinhos, inverossímeis de seus conterrâneos. Além disso, sua cunhada Teresa, dentro da sua modéstia, oferecia-lhe alguma ajuda, consoante suas possibilidades.

Numa tarde, quando Leonor estava pregando uns botões na camisa do filho, sentada no poial da porta da cozinha, que dava para o quintal, perguntou de supetão à cunhada:

– Oh, Teresa, outro dia perguntei ao Mário se eu fosse à capital com um senhor que costuma ir a Lisboa a negócios, se ficava mal eu ir com ele. O Mário não me respondeu nem que sim nem que não! Eu lhe pergunto, o que é que achas sobre este assunto? Devo ou não aceitar essa boleia?

– Olhe, mana –, disse Teresa – você sabe que está num meio muito pequeno e que as pessoas reparam em tudo quanto fazemos. Na verdade, uma senhora ir daqui para Lisboa sozinha, com um homem que nem ao menos conhece, não fica bem! Eu acho que a mana se for de combóio "demora mais, é verdade, gasta-se algum dinheiro", fica livre das más línguas desta gente, entendeu?

– Bem, então você não aprova a ideia. É que aquela minha amiga que me trouxe da estação até aqui, no dia em que cheguei, vai falar com o homem para saber se ele me levaria a mim e mais o Duarte até Lisboa. Mas se você reprova a ideia, não se fala mais nisso, está bem? É isso que me aconselha?

– Olhe, mana, esta é minha opinião. Porque se fosse eu, com certeza não aceitaria. A mana sabe como é a língua do povo daqui, não sabe?

E a conversa terminou por ali. De fato, não ficava bem a uma mulher honesta e viúva ir para Lisboa com um homem que nem ao menos conhecia. Mas aí lembrou-se de ter de falar com a Carminha para não dizer nada ao homem sobre a viagem. Afogueada pela emoção, logo pensou em ir à casa da amiga avisá-la de que a conversa da sua ida à capital, com o tal senhor, não podia ser.

Aguardou mais alguns momentos por causa do calor das quatro horas da tarde. Depois dirigiu-se à casa da amiga para lhe dizer que não marcasse nada com o tal homem porque ela tinha pensado outra coisa. Após chegar à casa da Carminha, deu- lhe o recado que não falasse ao senhor da viagem.

– Mas, ó D. Leonor, por que a senhora não quer ir com o homem, por quê?

– Ora, Carminha, é que não fica bem eu ir com uma pessoa que nem conheço, sozinha de carro para Lisboa. Você não acha?

– Mas a senhora não entendeu, D. Leonor! O homem sempre leva a esposa e uma filha de 16 anos com ele. Imagina se eu ia combinar com a senhora de ir daqui para Lisboa, sozinha com um homem qualquer! Nem pense nisso! Apesar de o senhor Francisco ser um homem de respeito e que está muito bem de posses, nem assim eu seria capaz de indicar uma viagem tão longa para senhora ir com um homem desconhecido para Lisboa. Ora essa!

– Ah, esse senhor sempre que viaja leva a mulher e a filha com ele? – Interrogou Leonor, curiosa.

– Quase sempre, mas mesmo assim vou perguntar à D. Hortense, esposa dele, se ela vai na próxima viagem com o marido ou não. Tá bem?

– Ah, se é assim, seria ótimo, D. Carminha! Seria ótimo! –, reforçou Leonor, com um sorriso de gratidão no rosto, onde brilhavam dois olhos grados e castanhos muito serenos.

– Deixa estar que amanhã vou saber quando o senhor Francisco vai lá tratar dos seus negócios! Naturalmente, se ele levar a família, a senhora vai também com o seu filho, não é isso?

– Se a família for, sim, claro! –, arrematou Leonor.

Convenhamos que após esses entendimentos ficou assegurado a ida de Leonor com o filho a Lisboa, à consulta na clínica especializada em microcirurgias, invenção do Professor Egas Moniz, pelas quais foi agraciado com o Prêmio Nobel, em 1949. Leonor, pensativa, agora desejava ainda mais ver o filho restabelecido daquele mal que tanto a afligia. Ansiosamente, perguntou à D. Carminha:

– Será que eles vão demorar muito tempo para viajar? Claro que a senhora não sabe, não é verdade?

– Ah, isso não lhe posso responder, mas acredito que não porque ele já faz algum tempo não vai a Lisboa. E, se me não engano, ele faz todos os meses essa viagem. Como não tenho dado pela sua falta em casa ultimamente, é bem possível que esteja para breve essa viagem deles!

– Bem, então vou esperar mais alguns dias. Quando a senhora souber se eles vão, faz favor de me avisar, que venho saber se o senhor Francisco me dá essa boleia, está bem?

– Ai, dona Leonor, pode ficar descansada que eu mesma me encarrego de pedir à dona Hortense para levá-la com eles. Pode ficar sossegada, me encarrego disso e depois entro em contacto consigo. Tá Bem?

– Está combinado –, respondeu Leonor que, alargando os braços com extremoso carinho, abraçou a amiga, com duas lágrimas a rolarem-lhe pelas faces e amolecida de gratidão. Era comovente ver aquele quadro em que as duas mulheres convergiam para a felicidade de um ser, filho único e querido, cuja mãe procurava com todas as forças a cura dos seus males.

A comoção passou e a serenidade voltou. Leonor, que ao longo desses poucos dias suspirara incansavelmente no afã de conquistar amizades na comunidade messinense, voltou quase de noite para a casa do irmão, com a sensação de ter resolvido mais uma parte dos seus problemas. A tarde fora produtiva e fecunda.

Os dias eram grandes e ensolarados. Passavam das oito e meia, quase nove horas, quando ela chegou a casa. A família já estava ao redor da mesa para o jantar. Foi só enxaguar as mãos e sentar-se à mesa com o Duarte e começar a jantar. Durante a refeição, confidenciou à família sobre a sua ida à casa da Carminha para acertar a sua primeira viagem a Lisboa para consultar os médicos sobre a doença do filho. Teresa, admirada da resolução por precipitada viagem, rosnou:

– Então a mana vai para Lisboa sozinha com aquele homem?

– Oh, Teresa, nem por sonhos, mulher! Você acha que seria capaz de uma afronta dessas aos meus irmãos, sobrinhos e a toda minha família? Não, não vou sozinha. Segundo me consta, o senhor Francisco, quando viaja para Lisboa, leva a sua família, e só nessas condições é que embarco nessa.

– Ah, bem. Assim está bem. Porque, se fosse como a mana falou a princípio, não era decente, não era direito, não é verdade?

– Naturalmente, mulher! Tinha que ver se eu abalava para Lisboa com um desconhecido! Nem em sonhos! – O irmão entrou na conversa:

– Queria saber quem era esse senhor Francisco e a D. Hortense!

– Tu conheces, sim, Mário! –, exclamou Teresa, explicando ao marido quem era aquele senhor que tem uma fabriqueta de cortiça lá pros lados da Aldeia Ruiva.

– Ah, sim, conheço bem esse homem! É uma pessoa muito séria. É aquele que tem um Mercedes azul escuro, não é?

– Isso de Mercedes, não sei! Sei que ele é um cavalheiro, segundo me informou a Carminha. Pois, o que ela me contou é que quando ele não leva a família, sempre leva algum amigo ou alguma pessoa que precisa ir à capital. Foi isso que ela me informou. Ainda segundo a Carminha, outro dia ele levou um senhor que mora lá para os lados do Monte-Boi, cuja mulher o abandonou e fugiu com um rapaz solteiro que é sargento do exército em Lisboa. E esse homem apaixonado pela esposa foi à capital à procura da mulher que o traiu.

– E o homem encontrou a esposa? –, perguntou Teresa admirada com o caso insólito.

– Não sei, mana, se ele encontrou a esposa. A Carminha não me disse nada a esse respeito e não entrei em detalhes. Não fiquei sabendo o resto da história, mas pelo que ela deu a entender, acho que o marido traído não encontrou a mulher. Também pudera, com tanta gente a morar em Lisboa, como é que ele vai encontrar a esposa? Não acha, Teresa?

– É um bocado difícil –, exclamou a cunhada e a conversa acabou.

Passados uns dias, Leonor recebeu um recado da Carminha dizendo-lhe para ir à casa dela. Precisava falar com Leonor a respeito da viagem à capital.

– Ai, meu Deus, tenho de ir o mais depressa possível saber o que é que há sobre a viagem –, disse Leonor à cunhada.

– Viu mana, vou lá num estante, nem vou levar o Duarte para não me demorar, está bem? Estarei aqui para o almocinho!

Leonor pôs uma blusa leve pelos ombros e, abalou pelas ruas da vila para saber quais eram as novidades que a sua amiga Carminha tinha para lhe dizer. Mas a Carminha, nas lides da cozinha a fazer o almoço, nem por sonhos lhe passava pela cabeça que Leonor apareceria ali àquela hora. Quando bateram à porta, correu a ver quem era e deu de cara com a sua amiga que, muito ansiosa, perguntou:

– Então, recebi o seu recado e imediatamente corri a saber quais são as novidades que tem para me contar.

– Ora, as novidades é que o senhor Francisco parte para Lisboa com a família na segunda-feira próxima. E se a senhora pensa mesmo em viajar com eles, é só arrumar as suas coisas e partir!

– Se penso em viajar? Lógico que penso, é o que mais quero! –, disse Leonor com um largo sorriso.

– Então, é arrumar suas malas que me encarrego do resto. Pode ficar tranquila, já falei com a D. Hortense e ela disse que o marido faz muito gosto em levar vocês lá na tal clínica da capital.

– Ai, Carminha, não tenho palavras para lhe agradecer! É um grande favor que me faz, sabe!

– Imagina! Deve agradecer é ao senhor Francisco e à D. Hortense, são muito boas pessoas, pode crer!

– Sim, mas se não fosse a senhora, eles nem saberiam que eu existia e não me levariam à capital. – E, concluindo:

– Bem, tenho de me ir embora porque ainda preciso passar umas roupas a ferro lá em casa e o meu irmão já deve ter chegado para almoçar. Gosto de estar presente às refeições. Despediu-se:

– Então, adeusinho, sim! – Leonor abalou numa carreira desenfreada a caminho da casa do irmão. Quando chegou, já a cunhada Teresa tinha posto a mesa. Foi a cunhada que puxou assunto:

– Então, mana Leonor, deu tudo certo lá na residência daquela sua amiga que ficou de arrumar para vocês viajarem para Lisboa?

– Segundo ela, sim. Disse que falou com a senhora do senhor Francisco e que ele se prestou a fazer-me esse favor de me levar naquela clínica que ele mesmo diz conhecer. Também não indaguei mais nada sobre o assunto.

– Naturalmente, o senhor Francisco deve conhecer, pois, que interesse teria o homem para não falar a verdade? Se ele diz que conhece é porque conhece essa clínica, ora essa!

– Bem – atalhou Leonor –, por esse raciocínio, acho que sim. Na verdade, não vejo razão para o homem dizer que conhece a clínica do Dr. Egas Moniz sem conhecê-la!

– Ai, mana, é uma mão na roda ele levar vocês até a clinica, faz-lhe muito bem! Já pensou andar com o Duarte, coitadinho, pelas ruas de Lisboa a pé? Que sacrifício não será para ele e para si, mana?

– É verdade, Teresa, você tem razão, é uma grande maçada. Assim, se eles me levarem à clínica, será muito mais confortável, não é verdade?

– Faço votos que o senhor Francisco lhes faça esse favor. Basta de sofrimento, não é, mana Leonor? –, disse Teresa limpando duas lágrimas com o bico do avental branco.

– Louvado seja Deus! O senhor Francisco viaja segunda feira, não é, mana? –, perguntou Teresa.

– Pelo que me informou a Carminha, acho que sim! –, confirmou Leonor ansiosa. O resto da tarde ela passou com o filho trancado em seu quarto na casa do irmão. À noitinha, na hora do jantar, comunicou ao irmão que viajaria para Lisboa na segunda-feira seguinte.

O dia tão desejado chegou. Logo cedinho, às sete e meia da manhã, o sol viera quente, vermelho e abafado. Sol de julho, do verão algarvio. O carro do Sr. Francisco, o Mercedes azul, parara à porta do irmão de Leonor. Ela, que já estava esperando com a sua mala de papelão e o filho pela mão, saiu para a rua um pouco envergonhada porque nem ao menos fora apresentada ao casal de viajantes. Qual não foi a sua surpresa ao ver uma mocinha de uns 16 anos sentada no banco de trás, que naturalmente dividiria com ela e o seu filho Duarte.

Cumprimentaram-se. O casal, elegante e amável, saiu do automóvel dirigindo-se a Leonor sorridente. Abriram a porta de trás do carro para ela e o filho entrar. Acomodados os Guedes, o senhor Francisco seguiu pela estrada que os levaria à aldeia de Alte. Dali partiram direto à Serra do Barranco do Velho, que os levaria ao Alentejo. Subindo sempre pelas estradas alentejanas, depois de atravessarem todo o Baixo Alentejo, chegaram à Estremadura, em frente ao estuário do Tejo, no Barreiro. Depois de atravessarem o rio de barcaça, entraram em Lisboa sem o menor problema.

Foi uma viagem maravilhosa. Leonor ficou encantada com a entrada na capital, mas em especial com o estuário do Tejo, àquela hora em que atravessaram o rio que um dia Camões cantou.

Quase uma hora da tarde. A fome começava a apertar, apesar de D. Hortense trazer um farnel para comerem durante a viagem. Uma comidinha quente agora ia muito bem! O senhor Francisco perguntou à esposa:

– Então, vamos almoçar ou vamos primeiro ao hotel? – Leonor, adiantando-se, interrompeu a conversa:

– Senhor Francisco, o senhor não se importa de eu ir ficar na Pensão Reis, que fica ali na Avenida Almirante Reis? Porque lá eu já conheço, é muito baratinho, além de eu não poder pagar um hotel caro. O senhor me leva até lá?

– Ah, sim –, exclamou o marido de D. Hortense! – E a pensão que a senhora pretende ficar é boa? – perguntou D. Hortense?

– Olhe, fiquei uns dias ali hospedada e achei muito boa. Os

senhores podem dar uma olhadela, se gostarem, ficam, se não gostarem vão para o seu hotel, que deve ser muito melhor e de maior luxo.

– Ótimo –, atalhou o senhor Francisco. – Então, vamos lá ver a pensão da D. Leonor.

– Oh, senhor Francisco, a pensão não é minha, apenas fiquei hospedada lá uns dias e gostei muito, só isso!

– Sim, senhora. Então, vamos lá espiar.

O senhor Francisco fez uma manobra com o carro e, pegando a Avenida Almirante Reis, foi subindo, quando Leonor observou:

– Olhe, me parece que é ali naquela praceta à esquerda. É só voltar naquele retorno e seguir até ao fundo da praceta, que a pensão Reis é aquele último prédio, atrás daquele outro cinzento lá ao fundo!

– Oh, sim, sim. Estou vendo.

Dirigindo em marcha lenta, o motorista foi parar justamente à porta da pensão. De fato, era uma boa casa de hospedagem e, acima de tudo, não era cara, pelo que oferecia a seus hóspedes.

Na hora em que os viajantes chegaram à pensão, o senhor Francisco bateu o olho, observou, analisou e logo se enamorou da casa de pasto. Pois, além do preço ser módico, ficava perto da baixa da cidade, perto da clínica do Dr. Egas Moniz e à mão dos recursos que todos procuravam.

Era a hora de almoço. O restaurante da pensão estava abarrotado de gente e os viajantes estavam mortos de fome. A viagem, longa e cansativa, trouxera a todos um grande apetite e uma gana de saciar o estômago com bródios e comezainas de bons gostos e sabores. Leonor foi por entre os clientes do restaurante e, pelo olfato, palpitou que a comida deveria estar muito boa. Confabulou então com D. Hortense sobre a comida recatada da pensão:

– Ai, D. Hortense, os bródios cheiram tão bem que dá vontade de sentar à mesa e começar a sorver aquela sopa cheirosa que até me dá água na boca! A senhora não acha?

– Sim, sim –, respondeu Hortense mostrando seus dentes alvos e um sorriso agradável. Resolveram almoçar. Como o almoço correu bem, resolveram ficar hospedados na pensão. Se acomodaram nos quartos, desfizeram as malas, descansaram um pouco enquanto o senhor Francisco foi visitar os seus clientes do outro lado, na margem esquerda do Tejo.

Leonor e o filho estavam descansando estirados nas camas quando alguém bateu à porta do quarto. Era a filha de D. Hortência, a Olívia, que vinha convidar os amigos de viagem para irem dar uma volta no jardim em frente à pensão.

– Nós vamos, sim, Olívia. Entre, o Duarte vai lavar a boca e depois nós vamos. Porém, Olívia tinha ficado à porta do quarto um pouco envergonhada por causa do rapaz.

– Ai, D. Leonor, não vou entrar, estou com vergonha!

– Vergonha do quê, menina? Vergonha do Duarte? Ai, coitadinho, o Duarte é um homem, mas tem cabeça de criança! Não tenha vergonha não, menina! – Depois de Leonor insistir, ela a muito custo resolveu entrar no quarto.

Olívia sentou-se numa cadeira com encosto de palhinha que estava perto de Duarte. Com o rabo do olho, não tirava as vistas daquele rapagão que ela, no primeiro olhar, admirou. Apesar da pouca idade, Olívia começava despontar os seus sentimentos de adolescente para o amor. Contudo, tinha vergonha desses seus sentimentos pueris, ainda de criança. Leonor, que acabara de tomar banho, enrolada numa toalha branca, perguntou à menina.

– Oh, Olívia, se pedisse para você dar uma voltinha com o Duarte na pracinha aí em frente, você faria esse favor para mim?

– Ai, D. Leonor, eu tenho vergonha, as pessoas podem pensar que ele é meu namorado!

– E você não gostaria de namorar um rapaz como o Duarte? Olha aqui, antes de acontecer esse desastre, ele namorava uma bonita moça lá no Brasil. Só não casou com ela porque aconteceu essa malvadeza, se não ele já estaria casado!

– Não é isso, D. Leonor! Receio que as pessoas ponham maldade de me virem andar junta com Duarte, a senhora entende, não?

– Ora, deixa-te disso, menina. Diga a verdade, não gostaria de namorar um rapagão como o Duarte? Se ele estivesse com saúde, é claro, não gostaria?

– Ai, D. Leonor, a senhora me deixa envergonhada com essas perguntas!

– Ora, ora, pega a mão dele e ide dar uma voltinha no jardim aí em frente da pensão enquanto escrevo uma cartinha para o meu irmão Mário!

Olívia, a princípio, ficou ruborizada com o pedido da mãe de Duarte. Mas, na verdade, o que ela mais desejava era pegar a mão do filho de D. Leonor. Chegou perto de Duarte, parou, olhou e disse muito baixinho:

– Vem, Duarte, vem comigo dar uma volta no jardim. Pegando a mão dele, em meio ao tumulto quente de seus pensamentos juvenis, levou o rapaz até ao elevador, tocou o botão para descer. Quando a porta se abriu, entrou com o rapaz pela mão suada e nervosa. Dirigindo-se à porta da saída da pensão, atravessou o passeio e penetrou nas ruas das azaleias floridas, de mãos dadas com Duarte. Os dois caminharam silenciosos por entre as flores do jardim, sozinhos.

6

Olívia tinha apenas 16 primaveras. Apesar de ser muito nova era uma mulher perfeita. Alta, magra, com uma cintura delgada, seios feitos e um rosto angelical. De seus olhos grandes e castanhos, brilhantes, sobressaíam certa suavidade e luminosidade encantadoras, parecendo duas estrelas refulgentes. Dentes e lábios perfeitos e uma cabeleira preta exuberante formavam, em todo o seu conjunto, um harmonioso complexo de beleza que poucas pessoas conseguiam exibir naqueles tempos. Era uma bela e linda jovem.

Mais tarde, quando Leonor desceu, o relógio do corredor da pensão, batia as 15h00. Ela olhou para um lado e para outro, não viu ninguém. Lembrou-se de ter falado à filha de D. Hortense para ir dar uma voltinha no jardim com o seu filho Duarte. Só depois é que se encaminhou para a porta da pensão e viu os dois jovens sentados num banco, em que ela tentava conversar com Duarte. Com aquele seu jeito abobalhado, ele ria e ria e não soltava uma palavra. Quando falava, dizia coisas sem sentido e desconexas. Olívia, sem notar que Leonor chegara, olhando no fundo dos olhos de Duarte, dizia:

– Duarte, vá, dize comigo... vamos dar uma volta a ver as flores! Vai repete, repete, meu amor, repete, homem!...

Observando a menina esforçando-se para que seu filho falasse alguma coisa, Leonor atalhou:

– Ai, minha filha, não adianta você insistir com ele para que fale.

Mais do que tenho tentado para que diga alguma coisa e, até agora, ainda não consegui nada!

Vendo-se diante de Leonor, Olívia, com as faces muito rubras, aventurou-se a dizer:

– Oh, D. Leonor, a senhora sabe que teve um momento que Duarte ficou muito vermelho e deu sinais de que queria falar. Mas depois não sei o que aconteceu que não pode articular as palavras. Mas pode acreditar, ele tentou, se esforçou muito. Ele me compreendeu.

– Ai, minha filha, se isso acontecesse seria um verdadeiro milagre porque tenho tentado tanto, e tantas vezes sem resultado nenhum, que nem sei o que mais possa fazer!

– Mas a senhora vai levá-lo à clínica, não vai? Pois, acredite que ele, com a ajuda da senhora e dos médicos, com certeza vai falar.

– Ai, filha, Deus te ouça! Deus seja louvado para que ajude o meu filho a recuperar a fala e a memória!

– Vai, sim senhora, tenho muita fé. A senhora vai ver, não demora muito e nós temos o Duarte recuperado!

Entretanto, esta dúvida deixou as duas criaturas muito abaladas e angustiadas. Nesse mesmo instante, uma correu para outra, abraçaram-se a chorar de emoção com a hipótese de um dia poderem ver o rapaz restabelecido da doença que o impedia de se comunicar com as pessoas.

Depois, Leonor, de braço dado com a filha do senhor Francisco de um lado, e com o filho do outro, dirigindo-se a Olívia, indagou:

– Oh, Olívia, diga-me uma coisa, você está mesmo interessada no Duarte, assim mesmo como ele está? Sim ou não?

– Ai, D. Leonor, a senhora deixa-me tão encabulada que nem sei o que dizer! –, exclamou Olívia com as faces vermelhas.

– Sim, é porque você demonstra tanto interesse pela sua saúde que às vezes me confunde. Me parece que você está interessada nele, não é verdade?

– Oh, dona Leonor, quem seria a moça que não estaria interessada no Duarte se ele fosse um rapaz de perfeita saúde? Qualquer moça gostaria de namorar um rapaz como o Duarte ou de tê-lo como marido! A senhora não acha?

– Não sei, eu fiz uma pergunta e você vem com evasivas. Diga logo de uma vez, Olívia, você está interessada no meu filho ou não?

Quando Oliva ia responder, eis que aparecem o senhor Francisco e D. Hortense, que tinham acabado de chegar de viagem da travessia do Tejo. Isto é, tinham acabado de chegar de Alhos Vedros, onde foram tratar dos negócios da cortiça, interrompendo bruscamente aquele diálogo íntimo entre Olívia e Leonor. Era quase noite e Francisco, contristado, reclamou da fome que o atassalhava. Voltando-se para a esposa, indagou:

– Oh, Hortense que horas são?

– São quase oito, por quê?

– Ah, aí está, são horas de jantar. É por isso que estou com um calundu dos diabos! Vá, vamos tocar a jantar! Não aguento mais!

Durante todo o jantar, Olívia, ainda escarlate pelas indagações de Leonor, e de cabeça baixa, não ousou sequer levantar os olhos para Duarte. Perguntou apenas por um tal Maurício que ela conhecera numa das muitas viagens que fez junto com os pais. Ficou calada o tempo todo, sem proferir uma palavra enquanto durou a refeição. D. Hortense ainda perguntou a Leonor se a filha lhe tinha dado muito trabalho:

– Oh, não, D. Leonor! Muito pelo contrário, Olívia é um amor de menina, muito ajuizada e amiga. Até me ajudou a tomar conta do Duarte –, respondeu Leonor sorrindo para a jovem, adiantando em seguida: – Não é verdade, Olívia?

A menina, que se mantivera calada enquanto jantava, limitou-se a dizer:

– Imagina, D. Leonor, isso que eu fiz não foi nada. O Duarte é que é um amor de pessoa!

Depois do jantar, Francisco, Hortense e Leonor conversaram sobre os problemas da Vila de Messines. Num bate-papo dolorido e prolongado, Leonor deu início a uma conversa estulta, em que se queixava muito a Hortense das pessoas de Messines que a criticavam. Desabafando, comentou:

– Imagina a senhora que o pessoal me critica por eu não trazer dinheiro do Brasil! Ora, meu Deus, lá assassinaram o meu marido quando estávamos começando a nossa vida. Depois aconteceu este desastre com o Duarte! Convenhamos que algumas economias que eu tinha guardado as gastei quase todas com a doença do meu filho, pensando em salvá-lo e devolver-lhe a saúde. O que é que eu podia fazer mais nesta altura dos acontecimentos, santo Deus? E, continuando, dizia:

– Imaginem uma mulher sozinha, com a única coisa que tinha na vida, o que é que essa gente pensa! Pois, uma mulher nas minhas condições que poderia fazer mais do que eu fiz? –, esclareceu Leonor, limpando duas lágrimas que lhe corriam pelas faces. – O que poderia eu fazer, meu Deus do céu?

O senhor Francisco, que era um homem de bons e nobres sentimentos, erguendo-se da cadeira onde estava sentado e muito impressionado, exclamou:

– Ora, D. Leonor, deixe-os falar! Essa gente que nunca saiu lá daquele buraco e que não conhece nada deste mundo não sabe o que diz! Seria melhor que tomassem conta da vida deles, em vez de ficar censurando as outras pessoas! De mais a mais, têm muitos lá da nossa terra, do nosso lugar, que, se tivessem de explicar onde foram buscar o dinheiro ou a fortuna que ostentam, e como ficaram ricos, tinham de dar muitas voltas ao miolo para explicar à sociedade.

Enternecida com o drama de Leonor que, para além de ter um filho muito doente, ainda era obrigada a escutar as críticas daquela gente ignorante da sua terra, Hortense acicatou com alguma veemência:

– Olhe, D. Leonor, não dê ouvidos ao que essas pessoas dizem, deixe-os falar! Afinal de contas, a senhora deve alguma coisa a essa gente? Não deve, não é verdade? Então, mande-os passear, mande-os às favas ou para o diabo que os carregue. Estou certa ou não?

– Mas sabe o que mais me custa, D. Hortense? É a interveniência dessa gente na minha vida particular sem que saibam do meu sofrimento e angústia e tudo o que tenho passado durante estes anos. Ninguém pode avaliar os maus bocados deste meu passado tenebroso. E, depois de tudo, ainda vir para a minha terra e ouvir da minha gente o que ouço! Olhe, dói deveras, D. Hortense! A senhora sabe avaliar, não sabe? É muito triste, pode crer!

– Ora, deixe lá, D. Leonor! Deixe que falem mal. Faça de contas que não sabe nada, que não escutou nada! Porque se a senhora soubesse o que se passa com boa parte das famílias da nossa terra, a senhora ficaria estarrecida com tanta vergonheira que por lá anda!

Ao ouvir D. Hortense a respeito das maroteiras dos messinenses, Leonor ficou com a pulga atrás da orelha. Para não perlongar ainda mais a conversa e os seus sofrimentos, não quis entrar em detalhes sobre as dúvidas que seus interlocutores levantaram sobre as gentes da sua terra. Dando como encerrado aquele papo, levantou-se da mesa com os olhos vermelhos.

Os três dirigiram-se à sala para encontrar-se com o filho de Leonor e a filha do casal, que estavam sossegados em frente ao televisor. O salão do restaurante estava vazio. Alguns clientes da pensão estavam na sala da televisão, outros haviam ido gozar o frescor da noite e outra parte ido para a cama.

Quando os três se aproximaram dos dois jovens, Olívia foi a primeira a se levantar. Como se fossem amigos de muitos anos, ela pegou a mão de Duarte e o entregou a Leonor, exclamando:

– Aqui tem seu filho, D. Leonor. Agradeço-lhe muito por ter me cedido o Duarte por estes instantes que passamos juntos!

Deveriam ser cerca dez horas e meia. Hora de descansar para, no outro dia, irem à clínica do Dr. Egas Moniz. Por isso, cada qual seguiu para o seu apartamento a fim de descansar daquele dia tumultuado e cansativo da viagem à capital.

– Bem! – resumiu Leonor –, agora me despeço de vocês. Até amanhã, se Deus assim o quiser, e desculpem pelo meu desabafo, está bem?

– Oh, D. Leonor, não tem de que se desculpar! Afinal, quem não se sente não é filho de boa gente! Não é isso que diz o ditado? Então, até amanhã e boa noite descansada!

Mais uma vez Leonor agradeceu à família do senhor Francisco, emocionada. Assim terminava aquele dia de dúvidas, de algumas emoções e de excelente companheirismo.

Quando os Guedes se levantaram, no outro dia, já dona Hortência, o marido e a filha estavam esperando no salão de refeições a fim de tomarem o café da manhã. Aquele era um dia especial para Duarte porque seria o de sua primeira consulta na clínica do afamado médico português, ganhador do Prêmio Nobel de Medicina, de 1949. Foi D. Hortense quem perguntou, muito interessada, se Leonor ia agora de manhã à consulta:

– Sim, vou agora logo depois do café. Agora, de manhã deve ser a melhor hora, deve ter pouca gente, a senhora não acha?

– Com certeza! –, exclamou D. Hortense. – Pela manhã essas clínicas e consultórios costumam ter menos gente. Mas a senhora já tem condução para ir até lá ou vai a pé?

– Ai, D. Hortense, é muito longe para ir a pé. Vou tomar um táxi! É um pouco caro, mas é mais descansado, a senhora entende, não é?

– Oh, Francisco, não dá para levarmos a D. Leonor até a clínica? É logo ali em cima, na Avenida de Roma. É pertinho, não é, D. Leonor?

– Para quem vai de carro, é perto, sim senhora. Mas para ir a pé, ainda é um bom pedaço de chão –, disse Leonor um pouco ruborizada, torcendo as mãos.

– Vou levar a senhora lá e também posso ir buscá-los. Só preciso de uma meia hora porque tenho de ir a um lugar, mas depois estou disponível o dia todo –, arrematou Francisco com um sorriso vago, coçando o queixo bem barbeado e escanhoado.

– Muito agradecido, senhor Francisco, Deus lhe pague! – Quando acabaram de tomar café, os cinco dirigiram-se para o automóvel. Subiram a Avenida Almirante Reis até o seu cume, onde esta se encontra com Avenida de Roma. Viraram à direita e seguiram em frente três quarteirões. No lado direito, estava a badalada clínica do Dr. Egas Moniz.

Era uma casa assobradada, toda murada, com enorme estacionamento lateral. Do lado de dentro do terreno, havia um largo jardim e muitas plantas ao redor da casa pintada de branco e uma larga e imponente porta envidraçada à entrada. Era um palacete a clínica de um dos maiores cientistas que Portugal já produziu.

– Sim, senhor –, disse o marido de D, Hortense. – Além de grande cientista, foi também homem de muito bom gosto esse Dr. Egas Moniz...

Descendo do carro, não se cansou de tecer elogios ao grande médico português, quando Leonor se voltou para ele e esclareceu:

– Então, por que foi que eu vim para Portugal? – Disse Leonor muito séria.

– Vim, já o disse algumas vezes e agora vou repetir: vim atrás da saúde do meu filho porque alguém lá no Brasil disse-me que só aqui eu encontraria alguém com sabedoria e competência para resolver o problema do meu filho! Não foi à toa que vendi tudo quanto tinha naquela terra e vim correndo para cá. É preciso que isto fique bem claro, não é senhor Francisco!...E, se calhar, um dia ainda pretendo demonstrar àquela gentinha lá de Messines que não vim cá para passear, como as más línguas assim dizem e pensam...

Quando todos já tinham descido do automóvel e se dirigiram para a grande porta envidraçada da casa, viram, com espanto, a largueza da estupenda construção do laboratório e da clínica. Nela, em tempos idos, o cientista português se dedicara de corpo e alma ao seu científico trabalho médico e cirúrgico.

A sala de espera da clínica, muito espaçosa, era cheia de sofás, tufos e canapés com encostos de palhinha e braços de madeira maciça para duas pessoas. Ostentava ainda alguns cadeirões com confortáveis encostos de couro. Ao fundo da sala, encontrava-se um pequeno balcão de atendimento aos clientes. Um sujeito de meia idade, caquético e de cabelos branco-amarelados, parecendo tísico, atendia os clientes. Leonor se abeirou dele, dizendo:

– Eu vim do Brasil, indicada por um médico do Rio de Janeiro, para consultar o senhor Dr. Egas Moniz, ele está?

– Ai, minha senhora, infelizmente o senhor Dr. Egas Moniz já faleceu há um bocado de tempo. Estão aí alguns dos seus discípulos e auxiliares muito próximos, que também são muito bons médicos. Se a senhora pretende marcar alguma consulta, posso fazer isso, só depende da senhora!

– Para quando posso eu marcar uma consulta para o meu filho?

– Com qual especialista a senhora quer marcar a consulta? –, indagou o caquético.

– Ah, não sei qual será o especialista para tratar da doença dele. Gostaria que o senhor intercedesse nesse sentido por mim porque francamente não sei. O senhor entende o meu problema, não?

– Sim, naturalmente, será melhor chamarmos aqui uma pessoa que lhe possa indicar qual é o especialista para tratar do seu filho.

Leonor ficou apreensiva. Não sabia o que decidir e virando-se para o homem, disse:

– Então, faça-me o favor de chamar essa pessoa para me auxiliar nesse sentido porque eu não entendo nada disso, entendeu? – Dirigindo-se para onde estavam todos juntos a um canto sentados, Leonor pegou a mão do filho e levou-o até o homem que marcava as consultas.

– Como se chama o senhor? – perguntou Leonor.

– Maurício, minha senhora.

– Então, senhor Mauricio, meu filho, mesmo algemado, foi agredido a pontapés e socos no crânio por um policial bandido. Desde lá, perdeu o juízo e não fala! –, explicou a mãe.

– Olhe, minha senhora, quem trata desses problemas é o senhor Dr. Luis Henrique, um grande médico e especialista nessa área. Foi discípulo do Dr. Egas Moniz.

– Está bem. E para quando é a consulta, para que dia?

– Deixe me ver a agenda porque o Dr. Luis Henrique está sempre com a agenda muito cheia! Olhe, só tem vaga a partir do dia 20 de julho.

– Cruzes, senhor Maurício, moro no Algarve, não posso andar todo esse percurso só para uma consulta!

– Ah, mas a senhora tem que compreender que a clínica tem muita clientela e de todo o mundo. Por isso, tem sempre muita gente que marca antes as suas consultas –, argumentou o senhor Maurício.

– Sim, sei disso, mas o senhor poderia dar um jeitinho de me marcar uma consulta para hoje ou amanhã para eu poder em seguida viajar para a minha terra! Pode ser?

– Não pode ser, minha senhora. Aqui o paciente tem de esperar a sua vez. Não tenho ordem para marcar consultas à frente de outros pacientes! Só tenho ordem para marcar novas consultas a partir do dia 20 de julho, quando temos vagas! Não posso fazer nada. –, disse o senhor Maurício.

– Nesse caso, o senhor, por favor, marca a consulta para 20 de julho porque preciso saber se a doença do meu filho tem cura ou não! –, disse Leonor, mostrando-se triste e aborrecida.

– Muito bem, minha senhora! Só um minutinho, já vou anotar no nosso livro de consultas e dar-lhe a guia!

Só depois de uns quinze minutos é que o senhor Maurício, catando milho na máquina de escrever, terminou de preencher a guia de consulta. Leonor, pegando o papel onde estava marcado o dia da consulta, trouxe o filho até onde estavam sentadas D. Hortense e a filha. Com a face envelhecida pelo nervosismo, exclamou:

– Vamos embora. Imagine a senhora que só consegui consulta para dia 20 de julho!

Muito aborrecida, saiu pela larga porta envidraçada que dava para a Avenida de Roma a fim de esperar o senhor Francisco para levá-los novamente à Pensão Reis.

Os transeuntes moviam-se incessantemente, alguns apressados, outros passeando pelas calçadas arrastando os pés, com braços pendidos e com poucas palavras, outros em sentido contrário ao fluxo. É que, num rumor quase surdo e morno, vivenciavam um luto carregado por causa das guerras em África.

O senhor Francisco tardava e já passava das 10h00. Talvez demorasse mais do que pensara. "E se fôssemos andando até a Avenida Almirante Reis e descêssemos à pensão?", pensou Leonor. Refletiu melhor: "O homem com certeza não devia tardar muito, talvez esteja perto de onde estamos". Concluiu que o melhor era esperar mais um pouco e irem todos juntos almoçar. Estiveram até as 10h25 à espera do homem, que felizmente chegou e se desculpou pelo atraso, dizendo que tinha havido um imprevisto.

O carro rolava pela Avenida Almirante Reis. O marido de D. Hortense, em atenção à senhora Leonor, perguntou como havia sido a consulta e se os médicos tinham dado algumas esperanças sobre a cura do filho.

– Que nada, senhor Francisco –, respondeu Leonor. – Para ser atendido na clínica, tem de marcar consulta antes. Como não sabia nada a esse respeito, tenho de voltar dia 20 de julho outra vez.

– Ah, então o rapaz não teve consulta hoje? –, indagou o marido de D. Hortência.

– Pois não, agora não sei como vou fazer! –, disse Leonor, desolada.

– Não se preocupe D. Leonor. Em Messines, quase todos os dias vêm pessoas a Lisboa tratar de negócios. Se souber de alguém que venha nesse ou em dia muito próximo, aviso a senhora! Fique descansada.

Chegaram à pensão quase na hora do almoço. Desceram e, enquanto o senhor Francisco foi estacionar o carro, todos o esperaram à porta da pensão. O sol estava de amargar e o calor intenso. A dona da pensão, pensando que tivesse acontecido algo, veio saber por que não entravam:

– Está muito quente. Era melhor entrarem para a sala de espera que ficarem nessa soalheira. D. Tereza, com aquelas suas argolas anafadas em volta do pescoço, afligia-se: – Entrem, entrem porque o sol está faiscante e a esta hora faz muito mal. Entrem e sentem-se lá na sala da televisão!

Entretanto, o senhor Francisco acabava de chegar e, com superioridade, ordenou:

– Vamos, vamos que o sol não se aguenta... – e emendou: – É sol de trovoada, com certeza de tarde vai chover a cântaros! –, pensava alto o marido da D. Hortense... e, enfiando-se pelo corredor, dirigiu se para o salão de refeições. Porém, o almoço ainda não tinha começado e acabaram indo para o salão de espera.

Na sala quase vazia, um casal de namorados, muito agarradinhos, beijava-se. As senhoras, ao assistirem aquela cena, viraram o rosto sintomaticamente, quando D. Hortense rosnou:

– Que sem-vergonhas! Beijarem-se aqui diante de toda a gente! A senhora não acha, D. Leonor?

Houve um silêncio. Depois, Leonor disse:

– Estou acostumada a ver essas cenas. São tão frequentes lá no Brasil que nem ligo mais para essas porcarias!

– Ah, no Brasil também se beijam assim na rua, na presença de todo o mundo?

– No Brasil? No Brasil é muito pior que isto aqui. Aquilo lá é que são umas desavergonhadas que andam pelas ruas das cidades, penduradas ao pescoço dos homens, como se o mundo todo fosse um grande alcouce!

– Credo, D. Leonor! Lá no Brasil é então pior que aqui? Não me diga!

– Digo, digo! A senhora precisa ver o escândalo que elas aprontam nas ruas com os namorados. É como lhe digo, parece um grande bordel ao ar livre.

Os namorados, percebendo que elas estavam falando deles, levantaram-se fora à porta contemplar o calor escaldante. Era meio dia e o almoço começou a ser servido no restaurante. Os pensionistas, em mangas de camisa, mal desciam do elevador e dirigiam-se imediatamente para o salão a almoçar.

Francisco lia o *Correio da Manhã* quando uma notícia na primeira página, com foto e tudo, despertou sua atenção. Chamou a esposa para ver. Tratava-se do assassinato de um homem de barbas brancas que levara duas navalhadas na barriga por causa de uma discussão sobre a guerra de Angola.

– Ai, coitado! –, exclamou D. Hortense, tapando os olhos com as duas mãos para não ver o homem com as entranhas de fora da camisa, segurando-as numa braçada como se levasse ali algum material qualquer. Leonor, ao aproximar-se de D. Hortense, fixou bem os olhos no retrato e ponderou:

– Ué! Esse homem é aquele que, quando estive aqui hospedada, brigou com um outro. Estiveram aí se ofendendo e ele abalou praguejando pela porta fora, chamando ou outro de ignorante, analfabeto. Vai ver que encontrou alguém com cabelo nas ventas e que lhe deu navalhadas! Não é isso que diz a notícia? É, é ele mesmo, agora me lembro bem dele e das suas barbas brancas. Parece que era professor! –, exclamou Leonor com ar apreensivo!

D. Hortense, mostrando-se pesarosa com a fotografia, disse com tristeza:

– Que horror, por causa da guerra de Angola, andarem a se matar... não basta já aqueles que se matam lá tão longe, também aqui se matam como cães! Que estupidez...

Mas o Francisco estava com fome e vendo a esposa tão impressionada com a fotografia do jornal, voltou-se para ela:

– Vamos almoçar que estou com uma fome dos diabos. – Com súbita ideia, insistiu em mudar de assunto:

– Que será o almoço de hoje? Será que é bacalhau? Estava-me a apetecer tanto comer um bacalhauzito hoje que nem imaginas!

– Quem sabe, vai ver que a dona da pensão acertou nos teus apetites e fez bacalhau! Quem sabe –, concluiu Hortense já se dirigindo ao restaurante com a filha pela mão.

7

Depois do almoço, como não tinham nada para fazer em Lisboa, seria melhor viajar para o Algarve. Mas havia o inconveniente do calor, do sol estar muito quente, por conseguinte, a melhor opção seria esperar e viajar com a fresquidão do final da tarde.

Saíram às 18h00 da pensão direto às barcaças e atravessaram o Tejo, onde, do outro lado, ficava a cidade do Barreiro. O trânsito estava bom. Não havia muito movimento àquela hora nas estradas. Depois do Barreiro vinha Setúbal e, logo mais abaixo, estava Alcácer do Sal, no Alentejo. Se tudo corresse bem, em quatro ou cinco horas estariam no Algarve, em S. B. de Messines.

Viajando calados, Leonor sentia-se frustrada por não ter resolvido nada daquilo que pensou, mas refletindo melhor, concluía: "Paciência, agora não adianta chorar o leite derramado, voltarei novamente à clinica em 20 de julho. É preciso ter fé e paciência..."

Olívia foi quem interrompeu o silêncio sepulcral da monótona viagem, quando perguntou à mãe de Duarte com indignação estampada em seu rosto:

– Como é que a senhora vai resolver o problema do seu filho?

– Como assim, Olívia? –, perguntou Leonor com um olhar ansioso e perturbado. – O que você quer dizer com isso?

– Ora, D. Leonor, a senhora aceitou o que o homem da clínica lhe disse tão passivamente que até me impressionou!

– Mas que queria você que fizesse mediante a negativa do homem?

– É porque se fosse eu que estivesse a tratar do assunto com aquele homem, D. Leonor, não me resignaria como a senhora se resignou! Eu discutiria o assunto com mais profundidade com ele, certo?

Entretanto, Francisco, que ia dirigindo o automóvel, mesmo absorto, entrou na conversa:

– Oh, Olívia!, que te deu na cabeça para entrares com essa conversa sobre a saúde do Duarte?

– Ora, pai, custa-me muito ver o rapaz a sofrer tanto assim. Gostaria de o ver curado desse mal que tanto nos aflige, a todos que estamos a sua volta. É só isto!

– Ai, minha filha –, disse Leonor. – Ninguém neste mundo quer ver melhor o meu filho do que eu. Isso você pode estar certa! Não adiantaria eu discutir com o homem se ele tem as diretrizes da clínica a cumprir! Não adianta você criar polêmica com essa gente, percebeu, Olívia?... Mas ainda bem que eu ganhei agora uma aliada para cuidar da saúde do meu Duarte! –, exclamou Leonor, dando um beijo na face de Olívia, abraçando-a carinhosamente. E enfatizou:

– Ainda bem, minha querida amiga! Ainda bem que arrumei uma aliada nesta cruzada contra a doença do meu filho.

O assunto acabou ali na monotonia do balanço da longa viagem. Mas Leonor achou aquela preocupação da filha de D. Hortense um tanto salutar e, dali em diante, começou a observar melhor os sentimentos de Olívia com respeito a seu filho. Poderia ser que ela se tivesse enganada, mas parecia-lhe que ali havia algum interessezinho sobre Duarte.

A viagem continuava tranquila. Só veio a despertar alguma emoção quando ao, atravessarem a Serra do Caldeirão, numa de suas 365 curvas fechadas, perceberam um ajuntamento de pessoas, já noite adentro, conversando à beira da estrada.

Pararam um pouco à frente de onde estavam as pessoas, a fim de tomarem conhecimento do que teria ocorrido. Acercando-se de um rapaz que dava algumas explicações a outras pessoas, Francisco ouviu-o dizer, com muita ênfase, que um caminhão carregado de fardos de bacalhau, ao se desviar de outra viatura que vinha na mão contrária, caiu num abismo de mais de 50 metros, indo estatelar-se em cima de uma azinheira lá embaixo no fundo do precipício.

– O motorista do caminhão morreu? –, perguntou Francisco, mostrando-se interessado no assunto.

– Parece que morreu, sim! –, disse o rapaz.

– E de onde é o caminhão? Já sabem a que empresa pertence o veículo? –, indagou vagamente Francisco.

– Ouvi dizer que é de São Bartolomeu de Messines! Parece que é de uma empresa de mercearias, de um tal Teófilo...

– Oh, homem, não me diga uma coisa dessas! Essa empresa é da minha terra! O senhor por acaso sabe o nome do motorista?

– Olhe, ouvi falar em alguém com nome de Parafuso, ou coisa parecida!

– Será que não é João Parafuso?

– É, é isso mesmo, João Parafuso era o nome do motorista, agora me lembro! –, confirmou o rapaz.

– Oh, meu Deus! Era muito meu amigo, fomos colegas de infância. Deixa a viúva ainda nova e dois filhinhos menores, que pena... – E fez o sinal da cruz, acrescentando: – Deus o leve para um bom lugar!

Hortense, a seu lado com a filha, e Leonor pediram para rezar um Pai Nosso e uma Ave Maria pela alma do João Parafuso. Com lágrimas nos olhos, vieram tomar o automóvel para seguir viagem.

Já passava das oito horas da noite quando saíram dali. Aquele acidente atrasou a viagem em mais de uma hora. Ainda tinham um bom pedaço de caminho a percorrer. Urgia que andassem, todavia, com muita cautela e atenção porque a estrada era traiçoeira, cheia de curvas.

Chegaram a Messines às 23h00. As ruas estavam desertas. Apenas o Café do Romeu estava aberto, mas com poucas pessoas. Desceram do automóvel para tomar um café. Foi Francisco quem perguntou ao rapaz que servia à mesa:

– Oh, Manuel, vocês aqui na terra já sabem de um caminhão do Teófilo que caiu ribanceira abaixo, na Serra do Caldeirão?

– Como é a história do caminhão do Teófilo, senhor Francisco? –, perguntou, espantado, o rapaz.

– Sim, homem, já tomaram conhecimento do desastre lá na Serra do Caldeirão?

– Não, aqui ninguém sabe nada sobre nenhum desastre. Pelo menos que eu saiba, ninguém falou nada sobre esse acidente!

– Pois é! Passei lá agora e vi o caminhão que vinha carregado de bacalhau tombado num despenhadeiro de mais de 50 metros de profundidade. Segundo as pessoas que assistiram à tragédia, o motorista morreu no local e me afirmaram que era o João Parafuso.

– O quê? O senhor João Parafuso morreu? E a família dele já sabe?

– Acho que não! Se vocês aqui ainda não sabem, acredito que a família dele com certeza também não sabe! –, disse Francisco com ar triste.

– Ah, então vou avisar a mulher dele que deve estar deitada a esta hora, sem saber da morte do marido! –, disse o rapazola. Na mesma hora, abalou a correr em direção à rua onde morava o Parafuso, a dar a triste notícia à família.

Francisco, fatigado da longa viagem, rumou com o pessoal que fora com ele para Lisboa e regressava com tristeza em decorrência daquela fatalidade. Porém, não havia nada a fazer. Foi deixar Leonor e o filho na casa do irmão antes de ir para a sua residência, quando já passava da meia noite.

No outro dia, Leonor levantou-se cedo com o objetivo de cumprimentar o irmão que não via já havia quase uma semana. Por detrás dos cumprimentos, queria esclarecer algumas dúvidas sobre certos personagens messinenses, sobre os quais D. Hortense levantara suspeição de terem feito lautas maroteiras, quando conversaram na noite anterior, no restaurante da pensão.

Já naquela noite, Leonor ficara com a pulga atrás da orelha, com a intenção de levantar este assunto com o irmão, que deveria saber de muitas das maracutaias de certos ricaços da terra messinense. Tomando o café da manhã com o irmão, pretendeu entabular conversações, a fim de averiguar se ele sabia de alguns fatos escabrosos, ocorridos ainda nos tempos em que ela esteve fora no Brasil, envolvendo gente inescrupulosa da sua pequena vila. Todavia, o irmão, alegando falta de tempo para falar sobre o que realmente sabia, disse:

– Olha, mana, isto é assunto para várias horas. Prometo-te que, assim que tivermos tempo para conversar com mais vagar, dir-te-ei tudo o que sei. De fato, tenho muita coisa para falar sobre alguns dos nossos desonestos conterrâneos.

Leonor ficou deveras curiosa em saber da podridão daquela gente tida e havida como superior da sua terra. Principalmente porque todos, sem exceção, também pretenderam enxovalhá-la desde a sua chegada à terra natal. Por isso, ficou cismando sobre o irmão: se ele lhe prometera, era porque sabia de muita coisa. Durante toda a manhã, ficou com aquilo na cabeça. Haveria de averiguar e descobrir o que havia de misterioso por detrás daquele nebuloso e profano véu da velhacaria.

Arrumou-se. Com filho pela mão, foram dar uma volta a espairecer. Logo ao dobrar a primeira esquina, deparou-se com suas velhas conhecidas falando mal e com gestos misteriosos, numa bisbilhotice crispada de onde, por vezes, saíam galhofas maldizentes sobre a própria comunidade. Ao passar pelo ajuntamento, dando os bons dias do costume, todas, a uma só voz, responderam:

– Muitos bons dias!

Após um silêncio, uma nova vítima era trazida à baila na boca das velhacas, de rostos chupados e enrugados pela idade, além do sol algarvio que as torrava. Mesmo sequiosas das novidades, começaram a traçar a pele da mais nova moradora do local. Ainda não se tinha difundido na vila o desastre do caminhão do Teófilo e nem a morte do motorista João Parafuso. Apenas às dez horas, quando os sinos repenicaram, é que as comadres ficaram sabendo do desastre que abalou toda a vila, consternando toda a população local.

Leonor, com o Duarte pela mão, desceu a calçada, onde morava o Carlos Horta, que desembocava no largo em frente à igreja matriz. O corpo do defunto João Parafuso já estava exposto no templo religioso, esperando para ser enterrado às duas horas da tarde. O padre local fora encarregado de oficiar os sacramentos religiosos da Igreja Católica.

No cortejo fúnebre, muito concorrido, a quantidade de pessoas que se prestaram a acompanhar o féretro até a Necrópole revelava o quanto ele era estimado pela população messinense. Triste tarde. A vila, quase toda em pé, foi render as últimas homenagens ao João Parafuso. Mas, na hora do padre encomendar o corpo, enganou-se no nome do defunto e na sua ladainha perorava:

"Eu te encomendo, **Manuel**, *ad libitum de Júri condendo etc...*"

Um bêbado, que estava ao lado do padre, com a língua enrolada pelo vinho, exclamou:

– Oh, senhor prior, o homem não se chama Manuel! Chama-se João e se o senhor continuar a chamar-lhe Manuel, ele vai para o inferno!

O Padre, que não regulava muito bem da cabeça, respondeu:

– Deixa lá, homem, Manuel era o pai...

Ouviu-se uma grande gargalhada dos presentes em volta do defunto. Em vez de rirem, deveriam estar pesarosos no velório de um amigo. Em seguida, o caixão foi levado até a cova e os amigos só arredaram o pé dali quando o Inácio Parola jogou a última pazada de terra na sepultura do João. O povo deixou o cemitério por volta das 16h00. Leonor, acompanhada do filho e da família do irmão, rumou para casa.

Mário, que saíra mais cedo do trabalho para acompanhar o velório e o enterro do amigo Parafuso, ficou o resto da tarde em casa. Sem nada para fazer, retomou a conversa tida naquela manhã com a irmã:

– Então, Leonor, sempre estás interessada em saber das mazelas dos ricaços cá da terra?

– Claro que estou! –, respondeu a irmã.

– Pois é! Tenho muitas histórias desses nossos conterrâneos para te contar. Algumas são verdadeiras, a outras não garanto sua veracidade, mas é voz corrente do povo que aconteceram. Como tu sabes, a voz do povo é a voz de Deus. Se o povo fala é porque é verdade, não é isso?

– Sim, sim. Mas desembucha logo, o que tens para me dizer, homem?

– Muito bem. Vou começar por um caso que ocorreu quando tu talvez ainda estivesses por aqui. Lembras-te de um sujeito de Alcantarilha, chamado Nevada, e que veio trabalhar para a loja de tecidos do Teixeira, não te lembras?

– Ah, sim, lembro-me muito bem. Um rapaz alto, meio desengonçado e esbranquiçado?

– É esse mesmo. Esse rapaz casou aqui com uma moça de uma das famílias desses novos ricos cá da terra. Casou e começou a trabalhar por sua conta, com uma pequena lojinha de roupas. Em poucos anos ficou rico. Depois dessa lojinha, abriu outra, enorme, onde antigamente tinha sido a loja de ferragens do Manuel Serafim. Lembraste?

– Ah, eu já não estava cá, ou então não me lembro mais.

– Bem, isso pouco interessa. O que interessa é que o Nevada ficou muito rico (como sempre a madrasta Messines, mais uma vez, mostrou a sua cara! Para os de fora, tudo, para os da terra, nada!) –, disse Mário com a voz embargada.

– Mas isso é outra história. Vamos ao que interessa: o Nevada era um homossexual enrustido. Rico e com muito dinheiro, começou a aliciar uns rapazolas daqui da terra para satisfazer seus desejos, pagando-lhes opíparas quantias. A um desses rapazolas deu-lhe a princípio uma das suas lojas. Não se sabe ao certo se ele deu a loja ou o rapazola lha extorquiu. O que se sabe é que o Nevada ficou sem as lojas e pobre. O outro, por sua vez, ficou podre de rico, e com as lojas dele. Esse é um caso.

– Também segundo as más línguas, outro indivíduo, também despudorado, se iniciou na vida com o dinheiro proveniente da lascívia do Nevada. Vale dizer: alguém ficou rico com a desgraça do infeliz do Nevada! Esse hoje está muito rico, é grande construtor e dono de quase da metade de Messines, entendeste?

Prosseguindo, o irmão de Leonor, no mesmo ramerrão, declinou os nomes de outros indivíduos que também ficaram ricos por outros meios não honestos.

– Como o dinheiro tudo compra, tudo apaga, todo o mundo lhes tira o chapéu depois de ricos! É ou não verdade? Olha, aqui na nossa freguesia, havia um homenzinho que tinha dado a seus dois filhos sociedade em um negócio. Aconteceu de o pai ter comprado uma máquina para triturar alfarrobas, cujo uso complementava o seu negócio. Tu sabes o que aconteceu? Os filhos do negociante uma noite carregaram a máquina para outro lugar e começaram a fazer concorrência ao próprio velhote, que lhes havia dado sociedade na sua empresa. Para encurtar a conversa, os filhos ficaram ricos e o pai parece que morreu de desgosto e pobre por causa da atitude dos filhos. Os filhos são os novos ricos cá da terra. E hoje ninguém mais fala nisso. – E continuou:

– Teve um outro, que trabalhava para uma grande firma atacadista de Faro e desviou os produtos de lá para montar uma lojinha aqui em Messines. Se tornou um dos maiores empresários do Algarve. Como é rico hoje, todos lhe tiram o chapéu quando passa pela rua. Como vês, o peso do dinheiro fala mais alto, não importa a maneira como foi ganho. O que importa é tê-lo! –, concluiu Mário, com indignação. – Há muitos outros por aí, além destes quatro que te apontei.

– Identifiquei os primeiros que me disseste, porém, este último, não. Quem é esse aí? –, perguntou Leonor.

– Bom, esse não te vou indicar porque a fonte não é segura. Mas se o povo fala é porque é verdade, não é?

– Bem, isso não sei. Esse último foi há muito tempo, quando eu ainda era criança, não me lembro do nome dele.

– Mas pensa bem que, por intuição, chegarás a descobrir quem é –, respondeu Mário, dando uma risadinha sarcástica.

Saciada a curiosidade de Leonor em saber das mazelas dos ricaços da sua terra, agora ela tinha argumentos de sobra para retrucar quem quer que fosse. E exaltava suas ideias:

– Deixa estar que quando me vierem com essa de eu vir pobre, estampar-lhe-ei na cara, com todas as letras, como é que ficaram ricos os homens ilustres da Messines de hoje e daquela época!

Nessa mesma tarde, depois da conversa com o irmão, Leonor convidou-o para ir com ela ao Café do Romeu. Foram, mas havia pouca gente. A um canto da casa, estava sentado sozinho o Chico Pedro, personagem controvertida da terra, cuja mente estava na fronteira da idiotice. Sua mania de cientista e de inventor levou-o à convicção de ter descoberto a bomba atômica, o helicóptero e outros inventos mundiais. Mário procurou, para se sentar com a irmã, justamente uma mesa próxima à do Chico Pedro.

Ainda antes de se sentar, o irmão avisara Leonor da mania do Chico Pedro. Depois de trocar algumas poucas palavras com o inventor, Mário, dirigindo-se a ele, perguntou:

– Então, Chico, como é que vão os seus inventos nesta altura dos acontecimentos? – Chico Pedro, desconfiado de que naquela conversa havia gozação, perguntou ao seu interlocutor:

– Oh, amigo Mário, quem é essa senhora que está aí com você?

– Esta senhora é minha irmã que chegou há poucos dias do Brasil.

– Ah, já me não lembrava dela. Desculpe, ó Mario, desculpe! E, dando prosseguimento à conversa, iniciou a contar sobre seu novo invento:

– Você me perguntou sobre meu mais novo invento, não foi? Pois, vou-lhe confidenciar. Como o amigo sabe, em Messines, não há Mar. Nesta altura, estou trabalhando num projeto para trazer o Mar para Messines! –, disse o pretenso inventor, sério e senhor de si.

– Oh, Chico, o Mar fica a uns 30 quilômetros daqui! A essa distância, como vai conseguir trazer a água do mar para cá, homem? –, provocou Mário.

Contudo, Chico Pedro não se atrapalhou e começou a explicar como transladaria a água do mar para Messines! Seguindo uma aparente linha de raciocínio, dizia que seria fácil e prático o transporte da água, de um lado para outro. Segundo ele, através de umas mangueiras grossas estendidas pelas terras planas e com um sugador dentro do mar, conseguiria trazer a água para uma várzea que existia nas cercanias de Messines. E ali colocaria a água que quisesse, com ondas e tudo, formando uma bela praia. Mário retrucou:

– Ó, Chico, quer dizer que você só faz contas com as várzeas, não está pensando nos serros, nos morros e nas elevações que existem entre o mar e a nossa terra, homem? – Como resposta, Chico acudiu ligeiro:

– Pensei em tudo, incluindo como arrasar esses serros. Sabe como? Compro duas juntas de bois daqueles bem fortes, iguais àqueles que o Neutel tem lá no palheiro e, com uma charrua muito grande, arraso os morros e pranto! Está o problema resolvido. E o amigo daqui a seis meses vai à praia de Messsines tomar o seu banho de Mar sem precisar ir a Armação de Pêra, que fica bem longe daqui! Viu como o meco aqui sabe das coisas, como resolveu bem essa questão?

– Ora, muito bem, amigo Chico! Agora toma um café que pago eu, está bem? –, acrescentou Mário àquela conversa científica do maluco cientista. Mas Leonor, que estava junto e conhecia o Chico Pedro ainda dos tempos em que morava em Messines, depois segredou:

– Oh, Mário, este homem cada vez está mais doido e tu ainda puxas conversa com um louco desses?

– Ora, Leonor –, disse Mário com um sorriso nos lábios – gosto de brincar com o Chico! É hilariante vê-lo falar dos seus projetos e inventos, com suas maluquices e manias de grandeza! Que queres tu? –, acrescentou com uma risadinha sacana.

– Mas é uma sacanagem ficares tirando sarro e zombando do homem na cara dele, coitado. Isso não se faz! –, disse a irmã com autoridade. Findaram o café, saíram. Subiram a Rua do Arco, a caminho de casa, conversando na claridade da lua-nova que brilhava no céu estrelado.

8

A tarde viera quente e sem um bafo de vento. Nas ruas, respirava-se com alguma dificuldade o ar morno do calor abrasador do verão daquele ano. As pessoas se sentiam fatigadas e emolientes, com pouca vontade de sair de casa. Na sala de jantar dos Teixeiras, o relógio do cuco acabara de bater sete horas da tarde. Era véspera do dia de São João e, na vila, a comunidade tinha montado um arraial em frente ao Café Central, do José Horta, num pequeno largo que ali existia. Uns quatro ou cinco mastros, envoltos em folhagens de murta, tinham sido fincados em covas e erguidos em fileira, ligados entre si através de uns cordéis cheios de bandeirolas multicores, em homenagem ao santo popular do dia.

A vila estava em festa. Por volta das oito horas, acenderam uma fogueira enorme, onde ardiam ramos de alecrim. Os moleques e as moças casadoiras dos festejos aglomeravam-se em volta da fogueira para pular sobre as labaredas que dançavam no ar, exalando a queima dos ramos de alecrim. As fagulhas saídas do braseiro se espalhavam pelo ar da noite estrelada. Ao centro do arraial, havia sido colocado um tablado de madeira, onde os grupos folclóricos de outras vilas vizinhas, assim como artistas da terra natal, se deveriam apresentar com seus dançares e cantares regionais. Em volta do estrado, foram colocadas mesas e cadeiras para as pessoas assistirem ao espetáculo, tomando vinho e cervejas e comendo os petiscos que o café preparara antes.

A noite prometia ser inolvidável. Mário escolhera uma daquelas mesas para a sua família se divertir. Outras famílias suas conhecidas também vieram assistir aos festejos com seus familiares e amigos. Ali estava quase toda vila. À mesa reservada pelo irmão de Leonor foi anexada a mesa do casal Francisco e Hortense, e também sua filha Olívia. Como na viagem a Lisboa, se valera Olívia agora da oportunidade de logo se aproximar de Duarte, ao se sentar ao seu lado. Esta proximidade foi notada pelos circunstantes e conhecidos, para logo se fazerem notar cochichos e insinuações maliciosas.

As primeiras garrafas de cerveja começaram a ser esvaziadas pelos homens, enquanto as mulheres e as crianças bebiam águas e refrigerantes. O rancho folclórico de Alte estava em palco sendo ovacionado, quando abruptamente chegou junto à mesa o Silveira. Aquele mesmo que de outra vez viera cumprimentar Leonor no Café do Romeu e que lhe perguntara se ela trouxera muitas massas, dinheiro. Chegando-se junto ao Mário, mui alvoroçado e afoito, murmurou do fundo da sua superioridade:

– Desculpem-me pela minha intromissão, mas esta mesa está muito mal localizada. Acho que vocês mereciam um lugar mais nobre, de mais destaque nesta festa. Afinal de contas, temos aqui uma forasteira e os forasteiros são visitas que devem ser mais bem tratadas, inclusive com um lugar especial.

– Não acho que este lugar não seja especial –, respondeu Mário, contrariando Silveira. – Alega você que este lugar não é valhacouto. Porém, como não precisamos de nos esconder de ninguém, achamos que estamos bem aqui se quer saber...

Entretanto, Silveira continuou em seu egocentrismo, excitado:

– Este é o meu ponto de vista. A nossa Messines hospitaleira deve demonstrar uma das suas melhores características, que é a hospitalidade, não é?

Atrevidamente, sem que ninguém o convidasse, pegou uma cadeira, juntou-se à mesa e sentou-se entre o Mário e a irmã. Com loquacidade que pensava ter, pôs se a conversar com Leonor, com frases feitas sobre assuntos que ela nem conhecia, como uma arenga havida entre duas famílias da terra.

– Oh, senhor Silveira –, disse Leonor ao recém-chegado – nem conheço as famílias nem tampouco o assunto para lhe dar minha opinião. Ainda que conhecesse alguém dessas famílias, não me atreveria a dar resposta a sua conversa para não ser enxovalhada como tenho sido até aqui. Entendeu?

– Ora essa! –, acudiu o Silveira, espantado com a resposta – então, têm falado mal da senhora! Por quê?

– Sei lá eu!... Falam mal porque acham que eu tinha a obrigação de chegar à terra rica. Como cheguei pobre, ficam aí mordendo na minha pele.

– E a senhora dá ouvidos ao que essa gente diz? Não faça caso porque na nossa terra é assim mesmo. A senhora conhece a história do burro, do velho e do menino?

– Não conheço essas histórias. Só sei que aqui todo o mundo me censura –, exclamou Leonor enfurecida.

– Credo, mana –, acudiu Teresa, esposa de Mário. – A mana não esquece esse assunto. Esqueça essa gente bisbilhoteira de uma vez por todas. Porque essa gente só serve para atormentar as nossas vidas! Esqueça, vá! Esqueça!...

– Pois, sim. Você diz para esquecer porque não é de você que elas falam mal. É sobre mim que rolam todos os dias conversas desta gentalha cá de Messines! Ou não é isto verdade, Mário?

Mas o Silveira não veio juntar se à mesa dos Teixeiras para regatear sobre a irmã de Mário. Veio regatear sobre um outro personagem muito conhecido e da alta sociedade da terra. De maneira que, assim que acabara a discussão entre Leonor e a cunhada, ele, muito ladino, voltou-se, de repente, para Mário:

– Sabes quem também está cá a passar férias?

– Não, quem é?

– É o furriel, o Jorge!

– O Jorge! Aquele que está a seguir a carreira militar?

– Sim, homem, esse mesmo!

– Mas ele não esteve cá há poucos dias?

– Esteve, esteve! Mas aí é que está! Aí é que me causa admiração. Segundo dizem cá na vila, parece que ele veio atrás da mulher do Zé Caixeiro. Dizem que ali anda namoro que já dura um bom bocado de tempo, coisa antiga, pelo que me falaram.

– Mas, ó Silveira! Estás certo do que estás a dizer! Porque com essas coisas não se brinca, homem!

– Olha, ò Mario! Estou vendendo pelo preço que comprei. Não estou inventando nada!

– Então temos mais uma para a minha irmã não ficar aí se lamentando por falarem dela. É o diabo essa aí! Mas o escândalo ainda não estourou, pois não?

– Não, a coisa ainda está em sigilo, mas com certeza deve rebentar por estes dias.

– E quem foi que descobriu essa pouca vergonha! Ou por outra, quem te contou essa história?

– Isso não te posso adiantar por enquanto. É só esperar mais uns dias que o assunto deverá vir à tona. Depois, saber-se-ão todas as safadezas dessa alta sociedade, espúria e desonesta, do nosso lugar –, concluiu o gordalhufo Silveira, levando a mão à boca e tapando-a como a protegê-la do mau hálito que exalava da buchada.

O rancho folclórico de Alte se apresentava sob a batuta do velho Clareza, daquela aldeia portuguesa de tantas tradições, e cantava esta quadra de autor anônimo:

"Uma velha muito velha,
Foi mijar ao rossio,
Deu-lhe o vento na gaiola,
Fê-la mijar d'assobio!..."

Leonor, que estava próxima dos dois homens que confabulavam baixinho, acudiu, interessada na conversa:

– Afinal, o que vocês dois aí estão a segredar, posso saber? Coisa feia, hein, Mário!...

– São novidades cá da terra, mexericos do amigo Silveira –, balbuciou Mário, com vivacidade jovial.

– E nós não podemos saber essas novidades, senhor Silveira?

– Ai, minha senhora, por enquanto é segredo de Estado! Não lhe posso adiantar nada.

– E tu, Mário? Também não podes dizer nada? –, interveio Francisco, que estivera calado a noite toda:

– Vá, vá lá, Mário, vá, dize. – Mário, que não confiava na idoneidade do Silveira, cacarejou monotonamente:

– Não, isso não faço. Se ele quiser dizer em público o que me disse em segredo, que o faça. Não tenho nada a ver com isso. Ele, que é o pai da criança, que diga, ora essa!...

Silveira, com seu jeito de alcoviteiro e obtuso, fez que não percebeu. Calou-se como se não entendesse a conversa, olhando distraidamente para o Rancho Folclórico de Alte, que terminava a sua apresentação.

Dir-se-ia que a noitada estava quase terminada. As famílias começavam a se retirar para suas casas. Os Teixeiras, depois de se terem despedido dos seus amigos, iniciaram a subida para casa. Iam passando em frente à igreja, já quase chegando à Rua do Arco, quando Leonor, de braço dado com o irmão, lhe perguntou:

– Ó Mario, o que vocês, tu e o Silveira, falavam quase imperceptivelmente lá na festa?

– Falávamos de um caso de adultério que se está a passar com uma das famílias mais abastadas e tradicionais aqui de Messines!

– Eu conheço essa família?

– Claro que conheces! É uma família muito antiga e importante cá da terra. Mas a traição ainda não chegou ao conhecimento do populacho. Então não se pode dizer nada, entendeste?

– Mas quem é? Dize, vá.

– Isso é uma complicação dos diabos. Vou dizer-te, mas tu não passes para frente porque ainda está tudo em segredo. Vê bem o que vais fazer, hein!

– Não, podes ficar tranquilo que não abrirei minha boca enquanto o caso não for esclarecido! Podes crer!

– Bem! Então lá vai –, disse o irmão. – Tu conheces o Zé Caixeiro, não conheces? Sabes bem quem é, não é verdade? Pois bem, dizem que a mulher dele anda de namoro com o Jorge Mogo, aquele furriel que está no exército em Lisboa! Mas vê bem o que vais fazer! Prometes-me que guardarás segredo?

– Juro por tudo quanto há de mais sagrado que da minha boca não sairá uma palavra a esse respeito –, murmurou Leonor, corada.

Entretanto, passaram se os dias, uma semana se tanto, quando, numa manhã ainda do mês de junho, a mulher do Zé Caixeiro fugiu para Lisboa com o Jorge Mogo. Nunca mais ninguém em Messines ficou sabendo do paradeiro dessa mulher.

O escândalo repercutiu com uma bomba, fazendo um estardalhaço dos diabos na vila. As comadres não falavam de outra coisa. Aquelas mesmas que tanto badalaram cortando na pele de Leonor, agora a esqueceram por uns dias. Tinham carniça nova para morder, considerava a irmã de Mário.

Leonor se espantava com aquela gentalha sem escrúpulos da sua terra, que se regozijava em ver o mal e escalava a vida das outras pessoas.

Sacudida por uma irritabilidade febril, sentia asco por ter de conviver com aquela gente ignorante, onde fora criada! Em razão disso, deu lhe forte vontade de desaparecer, de mandar para o inferno toda aquela gente da vila e pegar as suas coisas e o seu filho e ir embora. Ir para outro lugar qualquer, fazer aquilo que lhe apetecesse ou que lhe desse na telha, sem ter que dar satisfações a ninguém.

Nessa noite, pouco dormiu por causa da cólera que passou durante todo aquele dia. Pensava na saúde de Duarte. Deu uma infinidade de voltas na cama. Já de madrugada, sonhou que ele estava melhor, quase curado do mal que o afligia. Quando acordou de manhã, olhou para a cama do filho e lá estava ele enrolado num lençol branco, muito puído pelo uso. Não teve vontade de se levantar, pesava-lhe muito a cabeça, doía lhe todo o corpo. Sentou se na cama e pensou: "É gripe com certeza, foi talvez daquela noite de São João, a fogueira quente, de um lado, e a aragem fria da noite, do outro, devem me ter feito mal".

Sentiu a cunhada a lidar pela cozinha. O irmão com certeza já tinha ido para o trabalho. Mas não deu conta de que as crianças se tivessem levantado para irem à escola. De certo deveria ser muito cedo. Olhou o relógio de pulso que estava em cima da mezinha de cabeceira: eram seis e meia. Pôs-se a pensar qual seria o melhor caminho a tomar. No entanto, em seus pensamentos não havia outra alternativa, nada tinha a fazer senão esperar até o dia 20 para ir outra vez a Lisboa, à consulta de Duarte.

Levantou-se. A manhã viera radiante e ensolarada. Teresa ainda continuava na sua lide arrumando a cozinha e Leonor foi ao encontro dela. Sentou se à mesa para tomar o café. Mas tinha uma indisposição que lhe tirava o apetite, sentia o estômago embrulhado e um mal-estar, uma azia que a importunava e que lhe tirava a vontade de comer. Queixou se da sua indisposição à cunhada, contudo não sabia dizer o que a incomodava. Talvez fosse algum resfriado ou um começo de gripe que rondava a sua saúde. Teresa, preocupada, foi logo em seu auxilio:

– Ai, mana, tenha cuidado com essas gripes que andam por aí porque tenho ouvido dizer que matam. É preciso atacá-las logo no início para não virar pneumonias. Tenha muito cuidado, viu!

Leonor foi logo adiantando que aquilo deveria ser coisa passageira e sem importância. E que a cunhada não se preocupasse que, no outro dia, estaria boa, não havendo razões para alarmes. Mas repentinamente veio-lhe uma ideia: "E se eu fosse à casa da Carminha saber se ela tinha algum conhecido que fosse a Lisboa de automóvel? Pessoa de confiança, é claro, para me levar e a meu filho à consulta, no próximo dia 20 de julho!".

Entrou no quarto onde estava Duarte ainda enrolado no lençol. Acordou-o com muito carinho:

– Ó filho, levanta-te para irmos à casa da D. Carminha! Vai, levanta-te, amor da minha vida!

Duarte levantou-se, lavou o rosto, vestiu-se para sair com a mãe. Antes, tomou o café da manhã. Agarrado ao braço de Leonor, desciam a Rua do Arco quando surgiu, à sua frente, a Cremilda, filha do Floriano Taludo, mulher malfeita de corpo, alta, magra, dona de um vozeirão grosso, parecendo uma virago:

– Oi, Leonor, lembra-se de mim? Andamos na escola juntas, lembra-se?

– Lembro-me bem, por quê?

– É que ando há tempos para te encontrar e passaram-se os dias e nunca calhava de te ver –, observou Cremilda toda sacudida.

Leonor tossiu e disse: – Bem, agora aqui me tens! Se queres dizer-me alguma coisa, dize! Ou é só satisfação em me veres?

– Sim, para além da satisfação de te encontrar, queria saber como tens passado estes dias aqui na terra! Como encontras-te tu e isto aqui!...

– Queres saber como encontrei isto? Só te posso adiantar que encontrei tudo como dantes, como no quartel de Abrantes. Nada mudou, nada de novo, inclusive nas regateiras e alcoviteiras de sempre...

– Ah, nisso tu tens razão. Olha, se queres que te diga, isto está cada vez pior! E mudando de assunto, Cremilda perguntou:

– Aonde vais agora?

– Vou à casa de uma amiga saber se ela tem algum conhecido que vá para Lisboa de carro porque preciso levar meu filho à consulta no dia 20.

– Dia 20 de julho, agora?

– Sim, dia 20 de Julho –, confirmou Leonor.

– Mas que doença tem o teu filho para ir à consulta a Lisboa? Por que não levas ao Dr. Almeida Carrapato ali em Faro? Olha que é um grande médico, um dos melhores que temos cá em Portugal! Podes crer. E além disso é um algarvio, mulher!

– Mas a doença do Duarte é muito complicada, não é para qualquer médico! –, exclamou Leonor triste

– Já tu estás com a mesma mania dos asnos aqui da terra, para quem só as coisas de fora é que são boas, é que têm valor! O Dr. Carrapato tem fama em toda a Europa, é um grande médico, não é qualquer um, não.

– Cremilda, acho que não entendeste o que eu disse! O que falei é que o médico do meu filho também não é qualquer um não, pertence ao corpo de médicos da clínica do Dr. Egas Moniz. Entendeste agora porque não posso consultar outro médico?

– Ah, bom, é médico especializado. Então já não está aqui quem falou.

– Ainda bem que entendeste porque, geralmente, as pessoas quase sempre entendem mal aquilo que falamos. Depois ficam mordendo na nossa pele por detrás só porque entenderam mal!

– Menina, tu não imaginas a raiva que tenho passado com esta gente daqui. – Cremilda abriu-se.

– Imagina tu que há uns meses, uns cabrões afixaram na porta da sociedade uma folha de papel datilografada, com os anexins de todas as moças aqui da terra. Tu sabes qual foi o meu apelido afixado naquele maldito papel? Sabes? –, repetiu Cremilda, brava.

– Nem calculo –, respondeu Leonor. – Como é que vou saber?

– Pois olha, apelidaram-me Camioneta sem Travões! Como tu sabes, tenho este meu jeito de andar e, por isso puseram-me esse anexim. Olha, tem sido uma pouca vergonha! Já fomos a Silves à Esquadra da Polícia apresentar queixa contra esses moleques sem- vergonhas. A polícia começou a investigar quais foram os gajos que fizeram esse trabalho! Não pretendo deixar passar esse caso em brancas nuvens! Que línguas marafadas esta gente tem, santo Deus!...

Quando Cremilda disse o anexim que lhe pusera a turma, Leonor deu uma estrondosa gargalhada. Porque, de fato, o andar desengonçado daquela mulher fazia-a parecer uma virago, assustando toda agente e assemelhando-se a uma camioneta sem travões, que foi o anexim que lhe puseram.

– Desculpa, Cremilda, mas tive de rir porque esta gente se lembra de cada uma que é de embasbacar. Agora você vai me dar licença, mas tenho de ir à casa da minha amiga Carminha, como te falei, está bem? Cremilda tossiu e, voltando-se para Leonor, implorou:

– Só mais um pouquinho –, e pegando a mão da amiga, disse assanhada: – Lembras-te dos nossos tempos de escola, não é verdade? Lembras-te da Valéria do Rosário, ai que olhos lindos que ela tinha e que beijinho doce que ela dava! Ai, que corpinho tão bem feito e tão faceiro e dengoso, com aquelas maminhas pequeninas do tamanho de dois limões, ai que ricos! Foi o meu primeiro grande amor. E os beijos roubados, que delícia! Jamais esqueço aquele meu primeiro amor!...

– Ai, Cremilda, que horror! Cruz credo, andares aos beijos com uma mulher? Nunca fiquei sabendo dessas sacanagens tuas. E depois no que é que deram essas tuas aventuras?

– Não deu em nada. Ela depois se casou com um caga na saquinha aí qualquer, lá da Serra, e nunca mais a vi. Mas que eu era louca por ela, lá isso era. Comprava-lhe bolo de arroz, dava-lhe caramelos que levava da mercearia do tio Patrício, lembras-te do tio Patrício, não te lembras?

Leonor não se lembrava de nada... nem se lembrava do caso da Cremilda com a Valéria.

– Também tu não te lembras de nada. Eu até fiquei zangada uns tempos com a Alzira Lamas por ela ter ciúmes da minha amizade com a Valéria! Ai, que tempos aqueles! Por falar na Alzira Lamas, não te lembras quando ela foi apanhada a um canto do recreio, na parte de cima perto dos banheiros, a beijar o filho do Dr. Cabrita?

– Ah, é verdade! Esse caso me lembro muito bem! Ele não foi expulso da escola porque era filho do Dr. Cabrita, mas ela foi expulsa por uns dias. Mas a tia dela, a Constância, que fazia a sopa na escola, conseguiu reintegrá-la. Não foi isso?

– Foi, sim. Foi a tia Constancia que lhe valeu, senão ela não punha mais os pés na escola.

O papo foi longo e as recordações da escola foram muitas. Leonor ainda tinha de ir à casa de Carminha para saber da viagem a Lisboa. De forma que pediu licença à Cremilda e foi à vida.

Não, a Carminha não tinha nenhum conhecido que fosse para Lisboa naqueles dias. Não lhe podia ser útil desta vez, que desculpasse. Leonor, com o filho pela mão, voltou para a residência do irmão que desde cedo estava em casa. Voltava aborrecida e contrariada por não ter conseguido encontrar ninguém que viajasse pra capital e lhe desse uma boleia.

9

Naquele dia, Mário havia saído mais cedo do serviço porque o caminhão que dirigia quebrou. Por isso ficara na oficina para consertá-lo. Quando Leonor chegou em casa, já ele lá estava. Ela lembrou-se de lhe falar que tinha encontrado a Cremilda cabeluda. Mas o irmão, displicentemente espreguiçando-se e sorrindo, tartamudeou:

– Muito me admira saber não a teres encontrado há mais tempo! Afinal, ela não faz outra coisa senão andar calcorreando por essas ruas da vila!

– Mas ela não é boa rapariga, Mário? –, perguntou a irmã, na dúvida.

– Não estou a dizer que ela não é boa rapariga! Estou é admirado de não a teres encontrado antes, pois ela não faz outra coisa senão andar pelas ruas, bisbilhotando com um e outro!

– Tu queres saber por que estou falando dela? É por que ela veio com umas conversas sagazes e astuciosas, com um palavreado de mau gosto para cima de mim. Eu, que tenho andado fora no estrangeiro há tanto tempo, estranhei ela vir com essa arenga indecorosa. Pensei ainda que essas coisas não existissem neste nosso meio tão pequeno. Porque, a ser real o que ela me confidenciou, será mais um escândalo que não tem tamanho, entendes-te?

– Mas que conversas maliciosas são essas, Leonor?

– Conversas de mulher beijar mulher, essas coisas assim que só se vê nos grandes meios, nas grandes cidades, entendes tu?

– Imagina! Isso aqui em Messines não fica atrás das grandes capitais do mundo! Sacanagens elas aprendem logo. Essas coisas aqui na terra são tão comuns e banais que é uma pouca vergonha! Mulher andar com mulher, homem com homem, é coisa comum hoje em dia. Ninguém repara nisso mais, é uma sacanagem só, uma pouca vergonha!

– Ah, é? Não sabia que as coisas aqui tenham evoluído tanto assim!

– Pois é! As safadezas eles aprendem logo e rapidinho. Agora, as coisas boas e sérias não aprendem ou não querem aprender! Vê se aprendem a trabalhar! Ah, trabalhar, isso, não é com eles, mas a malandragem e licenciosidade, isso eles sabem tudo e mais alguma coisa! –, retrucou o irmão, com certo azedume na voz. Em seguida, indagou:

– Mas que conversa ela foi buscar sobre essas malandragens, hein, Leonor?

– Ah, foi buscar coisas que se passaram há muito tempo. Coisas da escola que frequentamos juntas!

– Mas a Cremilda? A Cremilda desde sempre teve essas inclinações! Isso são coisas muito antigas, essas suas manias, a sua fama de lésbica é coisa do conhecimento público! Por isso, não admira –, resumiu Mário, recostando-se na cadeira em frente à televisão, limpando a boca com as costas da mão.

– Bem, no tempo em que eu estava aqui me parece que essa vocação dela ainda estava enrustida. Não se ouvia dizer nada a esse respeito, tanto é isto verdade que nem sabia dessa sua propensão! –, respondeu Leonor, com certa admiração e algum ceticismo. E passou a se referir aos seus tempos de escola com grandes saudades.

– Ai, naqueles tempos eu era feliz e não sabia! Foi quando comecei a reparar no Fernando, o meu marido. Foi a minha grande paixão. Eu era uma meninota de uns doze ou treze anos quando tive os meus primeiros sentimentos do coração! Que delícia que eram aqueles momentos em que ficava deitada na cama, a olhar para o teto daquele quartinho perto da cozinha que os nossos pais tinham. Ali, na rua em frente à casa do Dr. Cabrita, perto da Casa do Povo! Lembras-te de quando morávamos ali?

– Tenho uma vaga ideia, mas não me lembro de ter morado nessa casa, não! –, disse o irmão com olhar vago no écran da televisão.

– Ai! Foi o melhor tempo da minha vida! Eu ainda era uma criança, como se diz, quando o Fernando me pediu em namoro. Que empolgação, meu Deus! Que dias felizes. Ainda me lembro como se fosse hoje, quando o Fernando me encontrou um dia na rua em frente à Casa do Povo e, muito embaraçado, me perguntou com a voz trêmula e engrolada:

– Escuta, Leonor, tenho andado há uma quantidade de dias para te falar, mas não tenho tido jeito e nem oportunidade. Agora que estamos aqui os dois a sós, pergunto-te: queres tu namorar comigo?

– E eu, muito criançola e ingênua, não sabia o que falar. Fiquei estupefata e boquiaberta, olhando para ele com os olhos abertos e acesos, muito vermelha e encabulada. Aí, eu disse com grande sofreguidão: 'Quero, quero sim!' Essas foram as palavras mais bonitas que eu já pronunciara em toda a minha vida. E ainda acrescentei: 'Quero porque eu te adoro, eu te amo muito'. Confessei tudo naquele mesmo momento ao homem que, desde pequena, eu já admirava e amava. O nosso namoro foi tão feliz e maravilhoso que nem acreditava que fosse real. Ai, que dias, meses e anos tão felizes vivemos durante todos esses tempos até o nosso casamento. A nossa felicidade era completa. – Mas logo se lembrou:

– A minha infelicidade começou depois que o Fernando pensou em ir para o Brasil. Aquela nossa separação, após nosso casamento, foi a coisa mais triste, atroz e cruel que o meu coração já sofreu. Aquele meu sofrimento só foi comparado ao dia em que assassinaram o Fernando diante dos meus olhos. Ali, em minha casa, na cidade de Niterói! –, disse Leonor, limpado duas lágrimas que lhe escorriam dos olhos, com a ponta de um lenço branco que sempre carregava consigo. Não aguentou o sofrimento da narrativa que fazia ao irmão e chorou copiosamente. Mário notou o estado sofrido da irmã, consolou-a com palavras de respeito e carinho:

– O que passou, passou, Leonor! Não vale a pena estares aí a chorar, não remedeias nada com isso! Anda vamos jantar! –, propôs-lhe, pegando a mão da irmã. O relógio do cuco da sala de refeições batia as oito horas da noite. Teresa tinha feito, para a última refeição do dia, favas alhadas à moda algarvia, das quais Leonor gostava muito.

– O alho dá um gosto especial às favas, não achas Leonor? –, perguntou o irmão. Ainda muito triste recordando aqueles episódios, a irmã não deu resposta. Vendo que o ambiente estava pesaroso, Mário arriscou mais uma proposta:

– Se vocês quiserem, depois do jantar, íamos dar um passeio pelas ruas da vila. Vamos até as Portadas para distrair e depois ao Café do Romeu. Tomamos um café ou refrigerante, batemos um papo e volvemos para casa dormir que amanhã é dia de trabalho –, arrematou Mário, levantando-se da mesa.

As crianças, filhos do casal, empolgadas com o passeio, imediatamente, como se fossem para uma festa, gritaram: – Opa! Vamos, mãe, vamos tia? – Mas Leonor não tinha muita vontade de passear. Para não desmanchar prazeres, especialmente das crianças, disse simplesmente,

– Vamos! Mas imponho uma condição: quem paga as despesas do café sou eu, está entendido, Mário?

– Oh, Mana! –, disse Teresa, repreensivamente. – Não me venha com essa de pagar as despesas. Se o seu irmão está convidando é porque quer pagar, ora essa! Não faltava mais nada, não é verdade, Mário?

– Naturalmente! –, respondeu o marido de Teresa. Erguendo-se, se pôs à disposição da família para o pequeno passeio a fim de fazer a digestão e distraírem um pouco. Saíram pela Rua da Mina, caminhando todos pelas ruas da vila, gozando o frescor da noite estrelada do verão algarvio.

As Portadas era o lugar mais tentador e salutar para os messinenses se deliciarem da brisa fresca das noites estreladas e calorentas da terra. Na vila, era costume alguns rapazes irem ali cantarolar as melodias e canções mais famosas da época. Quando iam passando por um grupo de rapazes, que seguiam em sentido contrário, um deles cantarolava baixinho uma canção brasileira, com voz limpa de barítono, sussurrando:

(Adeus, adeus, adeus,
Cinco letras que choram
Num soluço de dor.
Adeus, adeus, adeus,
É como o fim de uma estrada
Cortando a encruzilhada,
Ponto final de um romance de amor...)

Leonor, num grande alvoroço, gritou à família:

– Parem, parem! Ai, que música mais linda! Ai, que saudades dos tempos em que, pela primeira vez, escutei esta música! Quando ouvi essa música, eu tinha chegado a Niterói, no Brasil! Foi quando o intérprete dela, Francisco Alves, faleceu num desastre de automóvel na estrada que liga São Paulo ao Rio de Janeiro. Que tristeza, meu Deus! As emissoras de rádio e televisão e os jornais davam as notícias desse desastre e esta música foi cantada e tocada durante três dias e três e noites sem parar. O funeral foi um grande desgosto para aquela gente. Uma coisa nunca vista de tanta gente pelas avenidas e pelas ruas do Rio de Janeiro, uma loucura!...

Mais uma vez as lágrimas lhe brotaram dos olhos. Seu choro era agora de emoção ao se lembrar da tristeza daquela gente do Rio de Janeiro pela perda do seu grande ídolo, Francisco Alves. Depois, os moços que iam cantarolando a música pela rua pararam. E elas foram atrás deles para ouvi-los cantar. Eles pararam de cantar. Acercando-se dos rapazes, Leonor perguntou:

– Quem era de vocês que cantava tão bem aquela música? – Um dos rapazes deu um passo à frente e disse com uma voz grossa e firme:

– É o nosso cantor-mor, este Ambrósio aqui. – Pegando o amigo pelo braço, apresentou-o à senhora: – Aqui o tem em carne e osso o nosso Ambrósio, o cantor das multidões.

– Ah, é você? Parece que já te conheço. Você não estava na festa do arraial lá no largo do café?

– Estava, sim senhora!

– Ah, tinha a impressão que te conhecia. Mas escuta aqui, você não sabe o resto daquela música que vinha cantarolando quando passou por nós?

– Sei, por quê?

– É que gostaria que você cantasse o resto porque essa música me dá muitas saudades, sabe?

– Está bem! –, e o rapaz voltando-se para seus colegas – A pedido da senhora, cantarei “Cinco letras que choram”:

Adeus, adeus, adeus,
Cinco letras que choram
Num soluço de dor.
Adeus, adeus, adeus.
É como o fim de duma estrada,
Cortando a encruzilhada
Ponto final de um romance de amor.
Dlim, dlom, dlom...
Quem parte tem os olhos rasos d água,

Ao sentir a grande mágoa,
Por se despedir de alguém
Quem fica, também fica chorando,
Com o coração penando,
Querendo partir também.
Dlim, dlom, dlom...

Pedindo grande vênia, Ambrósio despediu-se daquela assistência seleta, com palmas alegres, risos e abraços dos colegas. Foram ao Café do Romeu, onde passaram o resto da noite.

– Agora quem paga o café sou eu! –, disse Leonor. Depois, não se cansava de comentar que tinha sido a noite mais alegre e emocionante que tinha passado em Messines e em Portugal, desde a sua chegada à pátria.

No outro dia, Leonor levantou-se da cama mais cedo que de costume, preocupada com a viagem para Lisboa. Faltavam apenas dois dias para levar o Duarte à clínica do Dr. Egas Moniz. E ainda não tinha encontrado ninguém que lhe desse boleia para levá-la à capital.

Saiu cedo, sem tomar o café e não levou o filho para não se demorar muito. Precisava encontrar-se com Carminha para saber se ela tinha arrumado a boleia. Quando ia passando em frente ao café, encontrou a Odete Pestana na rua. A Pestana, espantada e risonha, foi logo dizendo que sabia da estadia dela, em Messines, mas infelizmente ainda a não tinha visto. Gostava muito encontrá-la para conversarem sobre os tempos de moças de escola. Enfim, queria saber como ela estava, se tinha filhos, se era feliz...

– Ai, Odete! Não tenho sido nada feliz! –, exclamou desiludida, Leonor. – Não tenho sido nada feliz.

– Então, por que, filha? –, interrogou a outra. – Por quê?

– Ora, por quê? Porque tenho tido pouca sorte, as coisas não correram bem como eu pensava! Como sabes, casei-me com o Fernando e fui para o Brasil. Lá, quando estávamos começando nossa vida, ele foi brutalmente assassinado. Não obstante este malvado sinistro, outro de igual magnitude, senão maior, veio complicar a saúde do meu único filho. Agora, ando aí às voltas com a saúde dele, para tentar salvá-lo! Enfim, é a vida, é a pouca sorte, é o que há –, concluiu Leonor, sem alento.

– Olha, isso é que é ter pouca sorte –, confessou a outra. – Não basta o marido, logo depois o filho!

– E tu, que tens feito, casaste? Tens filhos? Ou estás solteira ainda? –, rebateu Leonor.

– É, por enquanto estou solteira, como ninguém me quer, vou ficando sozinha! –, respondeu Odete, mostrando-se decepcionada com a sua vida.

– Olha, – murmurou Leonor – às vezes é melhor ficar sozinha que mal acompanhada, se queres saber!

– Concordo contigo. Para sofrer como eu tenho visto as minhas colegas sofrerem, é melhor ficar solteira, não achas? Como não adivínhamos o que nos vai acontecer, e nem nosso futuro, seja o que Deus quiser!

– Mas perdoa-me a curiosidade, és feliz assim como estás?

– Ora, se sou feliz? Uns dias sim, outros não. Assim vou passando como Deus quer! –, disse Odete na sua beatice messinense. Olhando o relógio de pulso, Leonor disse com certa sofreguidão:

– Puxa vida, já é tão tarde e eu precisava ir à casa da Carminha, minha amiga, para saber se ela conseguiu arrumar uma boleia para eu ir a Lisboa. Desculpa, sim, Odete, mas tenho que ir!

– O quê? Vais pedir boleia para Lisboa? Tenho um amigo que vai amanhã a Lisboa de carro. Vai ele e sua mulher, só. Se tu quisesses, podias ir com eles, é gente boa. Tu conheces, é o Sr. José Ruivo. Ou não te lembras dele?

– Ah, o senhor José Ruivo! Lembro-me muito bem!

– Então, se tu quiseres, peço-lhe para te levar. Queres?

– Claro, claro que quero! –, exultou Leonor com cara de agradecida.

– Queres ir tu comigo agora à residência do casal para combinar o horário da partida, queres?

– Vamos, sim. Assim fica mais certo, fica tudo combinado, é muito melhor, não achas?

José Ruivo morava numa vivenda que mandou construir à Cruz Grande, uma residência chique e bonita. Chegaram as duas muito alegres, bateram à porta com as mãozinhas de ferro, envernizadas, de pouco uso. Quem veio atender foi a empregada.

– O senhor José Ruivo está, por favor? –, perguntou Odete.

– Não, só está a senhora!

– Por favor, pode dizer à senhora que está aqui a Odete Pestana e uma amiga?

– Vou já avisá-la, mas sentem-se, por favor. A empregada apontava para uns cadeirões de verga que estavam na saleta em redor de uma pequena mesinha redonda no hall de entrada, tudo novinho, moderno e arrumadinho.

– Que chiques os móveis, não achas Leonor? –, perguntou Odete.

– Oh, sim, bonitos os móveis de verga.

– Dona Helena é caprichosa e asseada –, disse Odete, envaidecida da sua amizade com aquela família ilustre.

– E quem é a dona Helena? –, perguntou Leonor.

– D. Helena é a esposa do Sr. José Ruivo! Quem deveria de ser, ora essa?

– Ah!, julguei que...

– Que fosse amante? Não, o Sr. José Ruivo é homem sério, caseiro. Não é homem dessas coisas de amantes!

– E será que D. Helena não se aborrecerá do marido nos levar a Lisboa? –, indagou Leonor?

– Ah, não. Eles são muito amigos, não têm filhos. Os casais que não têm filhos são mais dedicados um ao outro, eu acho!

No mesmo instante, a porta da saleta abriu-se e apareceu D. Helena, uma senhora de meia idade, de óculos de grau e com aros de ouro. Cumprimentou a Odete e perguntou:

– E esta senhora, quem é?

– Esta senhora, D. Helena, é uma amiga de longa data. Fomos colegas na mesma escola. Ela se casou e foi para o Brasil. Agora está à procura de alguém que vá a Lisboa porque tem um filho doente e tem consulta marcada na clínica do Dr. Egas Moniz. Vim com ela saber se a senhora e o seu marido poderiam lhe fazer o grande favor de a levar e ao filho a Lisboa.

– Eu acho que sim, mas precisa saber se o José já não tem algum compromisso com alguém. Esperem um instantinho que lhe vou telefonar.

D. Helena saiu da saleta e foi telefonar ao marido. José Ruivo perguntou à esposa quem era a pessoa para eles levarem na viagem que fariam à capital. D. Helena disse que não conhecia, mas que era uma amiga da Odete Pestana que, segundo ela, era pessoa séria e correta.

– Você tem compromisso com alguém, José?

– Não, não tenho.

D. Helena voltou à saleta:

– Olhem, o José não tem nenhum compromisso, portanto, pode levá-la, sim.

Em seguida, despediram-se da senhora. Caminhando pela rua, Odete não se saciava de enaltecer a família Ruivo, sempre prestativa e boa para ajudar os pobres da vila. Dois dias depois, a família Ruivo, Leonor e o filho Duarte viajaram para Lisboa. A viagem foi tranquila e alegre. Chegando a Lisboa, Leonor perguntou ao José Ruivo se ele conhecia a Pensão Reis.

– Não, minha senhora, infelizmente não conheço essa pensão. E onde fica?

– Não sei bem onde fica, só sei que fica numa pracinha da Avenida Almirante Reis, e mais nada!

– É quanto basta! –, respondeu José Ruivo.

– Costumo ficar lá. O senhor sabe, as minhas posses não me permitem que fique hospedada num hotel, de forma que gostaria de ir para lá. Sinto-me bem lá. E depois, é perto da clínica aonde o meu filho vai à consulta, sabe como é, não é verdade?

– Sim, senhora! Vamos para lá, não se perturbe. De mais a mais, o hotel em que costumo ficar também é perto dali! De sorte que estamos em casa!

José Ruivo rumou para a Almirante Reis para deixar Leonor e o filho na hospedaria. Combinou de, no outro dia, ir buscá-los para irem à consulta. De fato, como o dia seguinte era 20 de julho e a consulta estava marcada para as 10h00, já às 08h00 o José Ruivo e a D. Helena estavam com o carro à porta da pensão.

Já na clínica, estava lá Maurício, aquele senhor que havia marcado a consulta. Cumprimentaram-se e o paciente Duarte foi introduzido no consultório do Dr. Luis Henrique, justamente às dez horas. A consulta foi demorada. O Dr. Luis Henrique deu, felizmente, grandes esperanças a Leonor de curar o seu filho Duarte. Porém, tinham de lhe fazer uma complicada operação cirúrgica, mas a cura era muito provável. Leonor saiu confiante e animada com a notícia que recebera.

O entusiasmo era tanto que veio a pé da clínica à Pensão Reis. Naquele momento, gostaria de ter alguém conhecido para desabafar e compartilhar a sua alegria de saber que o seu Duarte poderia ficar bom, casar e ter filhos. Lembrou-se, então, de Olívia, a filha da D. Hortense, que a tinha levado a Lisboa na primeira vez que foi à clinica. Pensava como Olívia gostaria de saber daquela notícia sobre Duarte. O filho poderia um dia ficar curado daquela perplexidade, ficar bom e se casar com ela.

Foi até a janela da pensão e fixou o olhar no vazio da praça repleta de árvores floridas. Em seguida, veio-lhe ao pensamento a figura de seu filho Duarte, quando ainda morava em Niterói. Era um rapagão cheio de vida, advogado em princípio de carreira, porém já famoso. Teve a sensação gostosa de que as coisas começavam a melhorar e possivelmente mudariam. Uma alegria repentina encheu-lhe a alma de entusiasmo e gratidão só em supor que um dia ainda viria o seu filho reabilitado daquela letargia a que foi prostrado pelas mãos sujas e maldosas de um bandido. Pela vindicta de uma fera humana, dessas que andam por aí à solta entre os humanos e cujo lugar verdadeiro seria atrás das grades, como certas feras irracionais.

10

No dia seguinte, como já não tinha que fazer em Lisboa, José Ruivo passou pela pensão para saber se Leonor já se tinha despachado dos seus afazeres na velha capital dos portugueses.

– Sim, como o senhor sabe, fui ontem à consulta com o Dr. Luis Henrique. Fui muito bem atendida e me deu muitas esperanças sobre a doença do meu filho. De forma que, se quiserem ir para o Algarve, por mim podemos ir agora mesmo, não tenho mais nada a fazer aqui!

– Sua bagagem já esta pronta? –, indagou Ruivo.

– Minha bagagem? Ai, senhor José, minha bagagem é tão pequena e simples que em dois minutos eu a arrumo! –, disse Leonor, fazendo-se muito corada pela vergonha de sua simples bagagem.

– Então, vamos!

Leonor subiu ao quarto andar e, em menos de cinco minutos, estava com a sua mala de papelão encostada ao automóvel de José Ruivo, pronta para embarcar. A viagem transcorreu bem, só pararam no Canal Taveira para tomar um refresco porque estava muito calor. Às seis horas da tarde, já estavam na velha Messines, a vila do poeta João de Deus.

A primeira impressão que tivera ao chegar era a de que todos estes problemas, incômodos e aflições de andar a caminho de Lisboa deveriam terminar assim que o filho ficasse melhor daquela pasmaceira em que se encontrava. Entrou em casa do irmão, muito cansada da viagem, porém com a fisionomia alegre, com a notícia que lhe dera o médico.

Teresa, ao senti-la, veio a seu encontro e perguntou, entusiasmada:

– Então, mana, como foi a consulta do Duarte? Ele tem cura? Pode ficar bom?

– Ai, Tereza! Você não calcula a alegria que tive quando o Dr. Luis Henrique me disse que meu filho se podia curar! Ai, que alegria, meu Deus! Foram as palavras mais bonitas que escutei desde que estou em Portugal –, disse Leonor, com os olhos rasos de lágrimas.

– Tomara que assim seja, mana! Tomara que ele fique bom logo! Ai, que bela novidade, que alegria! –, disse Teresa, esfregando as mãos uma na outra, muito contente.

Enquanto as duas mulheres conversavam, Mário, de regresso do trabalho, chegava em casa. Escutara ainda uma nesga da conversa das duas mulheres. Neste instante, veio-lhe uma felicidade por saber que sua irmã viera a Portugal por um motivo nobre de exultação. Ao mesmo tempo, pensava que viver ali ainda valia a pena. Era gratificante, ainda mais quando se busca com entusiasmo a saúde de um ente querido e amado. Correndo para onde estavam as duas, abraçou-as apertada e demoradamente. Em casa, agora vivenciava-se um momento de regozijo. Abraçado à irmã e à sua mulher, Mário dizia:

– Ainda bem que, às vezes, acontecem coisas boas! Porque já anda mais um boato aí pela vila, e tu não vais gostar nada, Leonor! –, disse o irmão contrariado.

– Já andam outra vez com o meu nome e os mesmos nexericos a meu respeito, não é isso, Mano?

– Sim, imaginas tu que corre na vila um boato sobre a tua amizade com a Odete Pestana? A Cremilda foi à casa da Odete tirar satisfações com a outra sobre a amizade de vocês! Já tu viste uma coisa destas?

– Quer isso dizer que as minhas amizades de agora em diante também são censuradas e controladas pelas comadres cá da terra? Olha aonde eu me vim meter! Que tipo de gente que há neste lugar, hein? Ó, meu Deus, que mal fiz para merecer isto! Que tens tu para me dizer sobre esse assunto, ó Mário?

– Pelo que parece, tens de ter muito cuidado com as tuas amizades –, respondeu o irmão e, adiantando mais a conversa: – Mas isso é natural, já não estás habituada com as coisas cá na terra? É assim mesmo! Aqui as pessoas reparam em tudo e até nas nossas amizades. Temos de andar certinhos, direitinhos, senão lá vem a porrada e trás! É uma tragédia.

– Ah, não vou admitir que andem a falar de mim só porque tenho esta ou aquela amizade. Isso é demais. Mas afinal, por que a Cremilda foi tirar satisfações a Odete, tu ficaste sabendo?

– Ora essa, porque tem ciúmes de ti!

– Ciúmes! Mas ciúmes por quê?

– Ora, Ciúmes de ti, de quem há de ser!

– Mas então as mulheres daqui agora também têm ciúmes umas das outras?

– Não te falei de certa maneira da Cremilda? Não te falei da queda dela por mulheres? Aí, tens tu o motivo. É o que calculo que se tenha passado. – Prosseguindo, concluiu: – Como tu és viúva, ela quer conquistar-te, quer namorar contigo! Eis aí a razão, ou queres que seja mais explícito? Acho que não é necessário! Acredito que agora não tens mais dúvidas nenhumas a esse respeito, ou tens?

– Mas tu acreditas que ela pensa que eu...

– Claro que pensa! Isto aqui a esse respeito é uma pouca vergonha! Não é em qualquer capital da Europa que existe mais sem-vergonhice que aqui em Messines! –, concluiu o irmão, sorrindo.

– Cruz credo! Pensei que não estávamos ainda nesse ponto! Que pouca vergonha a nossa terra, hein?

Calaram-se. As crianças que estavam brincando no quintal entraram correndo na cozinha. Mário absorto em seus pensamentos, como se tivesse acordando, logo acudiu, dizendo: – Que diabo de fadário é esse? Vocês não param de correr?

E os filhos do casal, afugentados da correria, pararam. Valéria e o irmão Tiago lançaram-se um acusando o outro das corridas etraquinagens e saíram rindo apressadamente para a rua. Conversando com a irmã, Mário acrescentou:

– E sobre as drogas, então, não te conto nada. É o diabo que por aí anda. O Salvador lá da Portela, conheces, não é verdade? Pois é, tem um filho que começou a drogar-se ainda em pequeno, quando morava em Lisboa! Agora, os pais não dão mais conta dele por causa desse vício desgraçado! Outro dia, o moço quis dinheiro para comprar droga. Como o pai não tinha ali naquele momento o dinheiro para lhe dar, o cabrão do moço quis bater no pai! O que salvou o pai foi a tia, a comadre Maria Rosa, que, pegando num pau que o Salvador tinha atrás da porta, e que servia de tranca, meteu-se entre os dois e disse para moço:- "Bate no teu pai que te racho os cornos, seu filho da puta".

– Ora, o moço, vendo a tia à sua frente com a tranca na mão alçada para lhe dar uma porrada, não avançou contra o pai. Se não fosse a tia mostrar que lhe dava umas pancadas, o cabrão avançava e batia no pai por causa da droga! Já tu viste uma coisa destas? Este mundo está perdido!

– Quando aconteceu esse caso que não fiquei sabendo? –, questionou Leonor, incrédula e confusa.

– Há uns quinze dias. Mas contaram-me esta faceta ontem. Também não sabia deste vício do diabo do moço.

– Coitado do Salvador! Teve uma porrada de anos sem ter filhos. Quando veio um, chegou essa peste que, mesmo atrasado, agora só serve para dar esses trabalhos aos pais! Na verdade, é como tu dizes, e eu concordo, o mundo está mesmo doido!

O jantar estava servido na mesa. Como Leonor viajara o dia inteiro com o filho, ambos estavam com uma fome de morrer. De mais a mais, o ensopado de galinha com batatas estava cheiroso a valer e apetitoso. Acercaram-se da mesa. O irmão também se juntou aos dois, enquanto as crianças filhas do casal andavam na rua brincando. A mãe foi buscá-los às pressas, irritada e ralhando com os dois porque só pensavam na brincadeira e nem para comer se detinham em casa.

Acabado o jantar, Leonor queixava-se de cansaço e fadiga. Tinham viajado quase o dia todo só parando para tomar um pequeno lanche em menos de quinze minutos e, logo em seguida, haviam pego a estrada para Messines. Nunca lhe tinha cansado tanto a viagem como desta vez. Talvez fosse gripe ou reumatismo, não sabia explicar o porquê de estar tão cansada, tão maçada! Teresa apressou-se logo em recomendar à cunhada para ela se ir deitar e descansar:

– Sim, depois de um dia de viagem, o que lhe devia apetecer era uma cama bem fofa com lençóis branquinhos e bem lavados, não é verdade, Mario?

– Com certeza –, arrematou o marido de Teresa, levantando-se da mesa, indo sentar-se na sala de visitas.

Leonor, cansada como estava, tomou um banho e o filho também. Foram para o quarto se deitar e dormiram. Na manhã do outro dia, após tomar um banho morno e tomar o café com o filho, foi à casa de D. Hortense, a mãe de Olívia. Estavam as duas em casa. Muito alegre, Leonor apressou-se logo em dizer às duas:

– Hoje, estou muito feliz. Fui ontem à consulta a Lisboa com o Duarte. E o Dr. Luis Henrique garantiu-me que o meu filho vai ficar bom, vai ficar completamente curado e sem sequelas.

– Jura? –, disse Olívia, fazendo-se muito vermelha ao mesmo tempo em que agarrava as duas mãos de Leonor, que as tinha no regaço.

– É verdade! Olha, passamos ontem pelo médico e ele disse-me que é coisa fácil! O mais difícil é sarar da operação que ele precisa fazer! O resto é fácil!

– Mas em quantos meses ele vai ficar bom?

– O Doutor me afirmou que, no máximo, em dois meses ele ficará totalmente curado.

– Ai! Que alegria D. Leonor! E quando é que ele vai operar?

– Ah, isso ainda não sei. Só vou ficar sabendo na próxima consulta!

– E quando é a próxima consulta, D. Leonor? –, perguntou Olívia, esfregando as palmas das mãos. Voltando-se para a mãe, pediu:

– Oh, mãe, a senhora me deixa ir a Lisboa com a D. Leonor na próxima consulta que o Duarte tiver?

– Não! –, respondeu a D. Hortense, mostrando-se colérica com a filha.

– O que é que você vai lá fazer? Ai, que menina mais sapeca, meu Deus! Imagina ir a caminho de Lisboa só porque o rapaz vai ser operado, isso tem algum jeito, minha filha? Ainda se ele fosse da nossa família, tudo bem, mas não é nosso familiar nem nada. Que jeito tem de tu abalares para Lisboa atrás do rapaz, não acha D. Leonor? – Leonor saiu em defesa de Olívia:

– Ora, D. Hortense, deixe a menina ir passear um pouco. Ela vai comigo, as despesas não vão ser grandes. De mais a mais, ela não é da família agora, mas um dia quem sabe, ela pode vir a ser, ora essa! Não é verdade, Olívia?

Todavia, a mãe de Olívia sabia dos sentimentos recônditos da filha pelo Duarte. Só não queria que Leonor soubesse desses sentimentos. Então deu essa desculpa para não comprometer a filha. E a conversa ficou neste pé. Elas voltariam a conversar sobre o assunto só quando chegasse o momento de Duarte ir fazer a operação.

Leonor pediu licença à D. Hortense para se retirar porque tinha de pôr em ordem as suas coisas que estavam todas desarrumadas por causa da viagem. E o filho, que também tinha ficado em casa só com a cunhada, precisava que alguém olhasse por ele, pois não era de boa índole ele ficar na dependência da cunhada Teresa, que tinha muito que fazer em casa. Despediram-se. Quando Leonor ia andando pela rua deu de cara com a Odete Pestana que, vermelha e trombuda, disse repreensivamente:

– Oh, Leonor! Que diabo tens tu com a Cremilda para ela ir a minha casa enxovalhar-me e chamar-me os nomes mais indecentes que existem?

– Minha querida amiga Odete!, não sei do que ela te chamou, mas quero que saiba que não tenho nada a ver com esse tipo de gente! Não tenho nada a ver com o que ela te disse, absolutamente nada, entendeste?

– Mas por que ela me encostou na parede dizendo-me para eu me afastar de ti, senão, quando ela me encontrasse novamente, o pau iria comer de rijo? Se ela me ameaçou, alguma coisa tem por detrás disso? Ou tu achas que sou parva para entender que tu não sabes de nada!

– Ai, minha filha, não sei nada disso. Não tenho nada a ver com o que a Cremilda diz nem com o que ela fala e faz. Só te posso adiantar que não sei do que vocês falaram e nem do que há entre vocês. Quero que me esqueçam porque não tenho nada a ver com as amizades de vocês, tá bom? Quando a encontrares novamente, diz-lhe que me esqueça, está certo? É só isso que te peço!

Voltando as costas à Odete, Leonor deixou-a falando sozinha no meio da rua, saindo furibunda, ralhando pelas vielas da vila. Calcorreando pela calçada, pensava: "Mas por que tenho eu de me aborrecer, de me ralar com esta gente medíocre, meu Deus? O melhor é não ligar para o que eles dizem e pensam, afinal são uns tolos com ares de gente importante. Como diz aquele fado: 'Afinal quem és tu, ó desgraçada!'..."

Ainda refletindo, entendia que sabia das suas qualidades, e isso era o que interessava. O resto era o resto. Chegando em casa, encontrou Duarte sentado numa cadeira na sala de jantar. Olhava para a mãe como a querer dizer alguma coisa que a mãe não sabia. No entanto, só no olhar dele algo de importante se passara que ele não conseguia explicar. Ela acercou-se do filho e de cócoras à sua frente, disse: – O que foi que se passou, meu filho? O que tens tu para me dizeres? Dize, vai!

Foi quando, de repente, o filho olhou para uma mesinha que estava a um canto da sala. Aí a mãe reparou, em cima da mesinha, num cestinho de verga muito bonito, cheio de ameixas amarelas, muito gradas, bonitas e maduras. Foi ao quintal onde estava a cunhada a Teresa, perguntar-lhe de quem eram aquelas belas ameixas que estavam em cima da mezinha da sala.

– Oh, mana! Veio aí a Cremilda trazer-lhe essas ameixas. Não sei se fiz bem ou mal em aceitá-las, mas se a mana não as quiser aceitar, deitamo-las fora! Segundo disse ela, tinha-as encomendado ao José da Ponte lá da praça para lhe oferecer.

– Mas que inferno! –, exclamou Leonor muito triste. Que ferro! Até agora eram os mexericos das comadres da vila por causa do dinheiro. Agora, aparecia-lhe aquela mulher a querer fazer-lhe a corte!

– Que inferno! Vejam lá se não é pouca sorte –, disse Leonor à cunhada dando um grande *ai*! Era muita infelicidade.

– Oh, mana, mas o que é que se passa?

– Ora, o que é que se passa! –, disse Leonor sem hesitação. – A Cremilda me quer conquistar! É o que se passa! –, entendeu Teresa?

– Como é que é isso mana? Eu não entendi.

– Sim, ela quer que eu namore com ela, entendeu agora!...

– Ora essa? Mas ela não é mulher? Como é que ela quer namorar com outra mulher? –, perguntou Teresa ingenuamente. Leonor, mesmo com raiva da Cremilda, pôs-se a rir da ingenuidade da cunhada

– Teresa, o mundo está perdido, até essas sacanagens já chegaram aqui a nossa terra, infelizmente!

– Ai, mana, não me diga uma coisa dessas que eu não acredito!

Porque homem com homem, eu tenho escutado que há por aí alguns casos, mas mulher com mulher, confesso que nunca tinha escutado nada a esse respeito. Digo-lhe com toda a sinceridade, é uma pouca vergonha! A mana não acha?

– Claro que acho –, exclamou Leonor, levando a mão à boca para segurar o riso que se estampara no seu rosto ao ver a cunhada tão indignada e perplexa. Calaram-se e cada uma ficou cismando de seu lado sobre as luxúrias e concupiscências lascivas da comunidade messinense.

11

Nos primeiros dias de setembro, Leonor recebeu uma carta da Clínica Médica Dr. Egas Moniz, dizendo que estava marcada, para dia 7 daquele mês, uma consulta para o paciente Duarte Teixeira Guedes. Tratava-se, na verdade, de uma sequência de consultas para a avaliação do problema neurológico que tanto angustiava o paciente. Para prosseguir no tratamento, mister se fazia que ele comparecesse no dia indicado, às 8 horas da manhã, para uma consulta com o Dr. Luis Henrique.

Estávamos então ainda no mês da época balnear. Com certeza, Leonor deveria ter dificuldade em arrumar uma boleia para Lisboa durante aquele período de férias. Por isso, tinha de pensar em ir talvez de combóio, pois era o jeito de poder estar em Lisboa naquela data. Na verdade, de outra maneira era quase impossível. Mas o pior da questão era convencer a D. Hortense a deixar Olívia viajar, como as duas já haviam planejado.

Pensando neste fato, Leonor mirou-se ao espelho, pôs um pouco de pó de arroz no rosto, arrumou o cabelo e foi à casa de D. Hortense mostrar a carta que recebera da clínica. A carta causou uma grande alegria a toda família, inclusive à D. Carminha, que também estava de visita à D. Hortense. Carminha se regozijou e logo alvitrou para fazerem uma festinha em homenagem a Duarte.

Assim que teve oportunidade, Leonor esclareceu Olívia sobre o problema com que se deparavam de ir à consulta, citando logo as dificuldades, não só do dinheiro, como também de outras vicissitudes. Foi aí que Olívia chamou Leonor e, trancando-se no seu quarto, loquaz e sorridente, exclamou:

– Oh, D. Leonor! Se for por causa do dinheiro não se preocupe porque tenho dinheiro que dá para comprar a passagem e para a pensão! E, olhe, D. Leonor, já pensei num bom motivo de eu viajar para Lisboa com a senhora!

– E que motivo tu inventaste, Olívia?

– Ora, inventei à minha mãe que gostaria ir a Lisboa arrumar os meus cabelos porque aqui em Messines, ou ali em Silves, os cabeleireiros não sabem fazer bem as permanentes. E gostaria de fazer una daquelas permanentes que as artistas do cinema usam, como aquelaque a Milú usa no filme *Costa do Castelo*. A senhora não acha que euficaria mais bonita com uma permanente igual àquela?

– Claro que sim, claro que ficavas muito mais bonita E a tua mãe deixa-te ir?

– Bem, já pedi. Ela ficou de conversar com o meu pai e não sei se ele vai concordar que eu vá com a senhora. Ou se quer que eu vá quando eles forem.

– Então nesse caso vamos aguardar o que eles decidem, não é verdade? –, disse Leonor. Tomando novamente a palavra, acrescentou: – Tomara que eles deixem-te ir comigo, não gostarias, Olívia?

– Ai, D. Leonor! Era o que mais gostaria que acontecesse, mas se eles não concordarem, sabe como é, não posso fazer nada!

– Decerto! –, disse vagamente Leonor, concordando com Olívia, mas... Cortando bruscamente a palavra de Leonor e fechando a porta do quarto atrás de si, Olívia disse, compenetrada:

– Vamos ver como tudo isto vai acabar, não nos desesperemos, está certo?

Havia nessas conversações entre ambas quase que um conluio com o fito de acompanharem Duarte à clínica. Leonor simpatizava muito com a filha de D. Hortense. Só via nela um empecilho, a idade, para ela fazer um par perfeito com o seu filho, quando recuperasse a sua saúde. Achava Olívia muito nova para se casar com o Duarte. Por outro lado, também a considerava uma rapariga ajuizada, apesar de sua pouca idade. No mais, a moça reunia todas as condições para que ambos fizessem um bonito casal.

Aproximara-se o dia 7 de setembro, quando Leonor teria de comparecer à clínica. Não foi possível conseguir a tal boleia. Tiveram de viajar de combóio. Até que a viagem correu bem. Encontraram no combóio um homem em cuja empresa Leonor trabalhara quando solteira. Era um velho fazendeiro de muitas terras e negócios. Viajava para Lisboa com frequência. Chamava-se Inocêncio Matias, solteirão, usurário e muito rico. Ia agora à capital para comprar um equipamento novo para seu lagar de moer azeitonas. Estava reformando seu engenho, pois se aproximava a época da apanha destes frutos.

Foi Leonor quem o reconheceu, assim que entraram na carruagem de terceira classe do combóio, onde ele já estava sentado num daqueles bancos compridos de madeira envernizada. Admirada de o ver viajar de terceira classe, depois de cumprimentá-lo, ironizou:

– Ó, senhor Inocêncio, o senhor, um dos homens mais ricos cá da terra, viajando de terceira classe? Não fazia conta de o encontrar viajando nesta carruagem repugnante, onde só os pobres como eu viajam!

– Desculpe-me, mas te conheço? Por que me critica por viajar de terceira classe? –, interrogou o velho fazendeiro com um jeito matuto e grosseirão.

– Ah, o senhor não me reconheceu! Fui sua empregada lá no seu lagar. Fazia o controle da entrada e saída das azeitonas e também do azeite que o senhor mandava para os clientes, não se lembra? O meu nome é Leonor, da família Teixeira, da rua de cima, lembra-se?

– Ó, diacho!, agora já me recordo. Mas por onde diabo tem você andado durante todos estes anos que nunca mais te vi por cá?–, indagou o velho, com certa empáfia aburguesada.

– Ai, senhor Inocêncio, nem eu sei os caminhos que tenho percorrido. Tenho dado tantas voltas neste mundo de Deus que nem sei dizer ao certo por onde tenho andado!

– Ah, sei, deu a volta ao mundo, não é isso? –, rosnou, com aquela sua pronúncia de homem antigo e manhoso.

– Quase, quase, senhor Inocêncio –, disse Leonor. E retomando a conversa: – Mas deixa isso pra lá, não vale a pena dizer nada sobre esse assunto!

E calaram-se. Entretanto, o fazendeiro ficou ruminando as lembranças daquela moça bonita e jeitosa que ele, quando novo, tanto cobiçara. O combóio avançava pelas espessuras das serras adentro, com a máquina suada pelo vapor. Rosnava por entre os arvoredos dos morros verdejantes das matas entre o Algarve e o Alentejo, num sussurro incessante: "... pouca-terra / pouca-terra / pouca-terra...". De repente, o fazendeiro messinense, inclinando-se para Leonor:

– E quem são esses dois? Esse rapaz e essa rapariga que viajam com você?

– Este aqui é meu filho e esta menina é filha de um comerciante de Messines que me tem ajudado muito na minha luta à procura da cura do meu Duarte!

– Então o rapaz é doente? –, perguntou, com ares de desconfiança. – Mas doente de quê?

– Ai, senhor Inocêncio! Isso é uma história longa que não dá para contar agora. É por causa dessa doença que estamos viajando para Lisboa, o senhor entende?

– Sim, sim, entendi. Mas diga-me uma coisa, você não tinha emigrado para o Brasil?

– É verdade, quando eu saí da sua empresa, emigrei para o Brasil, e daí?

– E daí, pergunto eu: você foi para o Brasil e veio de lá para andar nestes combóios daqui que parecem mais carros de bois do que condução para pessoas? Parece que você andou de cavalo para burro, mulher!

– Infelizmente, essa é uma verdade –, respondeu Leonor, com rubor nas faces.

– Mas o que houve que você não voltou rica?

– É outra explicação que vou ficar-lhe devendo porque é muito complicada e comprida. Mas se nos encontrarmos numa outra oportunidade, explicar-lhe-ei como se passaram os fatos e por que não consegui enriquecer. Vou então ficar devendo duas explicações, está certo?

– Tudo bem, tudo bem. Não tem que me dar nenhumas explicações. Afinal de contas, sei que você sempre foi uma mulher trabalhadora e cumpridora dos teus deveres. Por isso, presumo que qualquer coisa de anormal deve ter acontecido para você "que nunca foi de estúrdias" se meter em terras estrangeiras em estroinices e volver à terra talvez mais pobre que quando abalou daqui para o Brasil, não é isso?

– Oh, muito obrigada, senhor Inocêncio. Ainda bem que o senhor sempre soube da minha disposição para trabalhar e não seria no estrangeiro que não me esforçaria para arrumar a minha vida! Pode crer que alguma coisa de muito grave me aconteceu para que não tivesse triunfado!

– Claro, claro –, disse Inocêncio. – Mas olhe lá, dai-me o endereço de onde vão pousar porque, se me sobrar algum tempo, irei visitar vocês, tá bem?

Justamente neste momento, o combóio aportava na estação do caminho de ferro do Barreiro, para o desembarque dos passageiros. O final do trajeto para Lisboa foi feito através de uma barcaça que em poucos minutos atracaria na Praça do Comércio. Dali, cada um dos viajantes tomou o rumo dos hotéis e das pensões em que estavam acostumados a se hospedar. Já os passageiros que viajavam de suas localidades para Lisboa todos os dias, para trabalhar, iam para os seus empregos.

Leonor e seus dois dependentes dirigiram-se à Pensão Reis. Dona Tereza, da pensão, foi correndo arrumar os aposentos para os hóspedes. A outra Teresa, cunhada de Leonor, ficara em Messines. No outro dia, os três hóspedes levantaram-se de manhã cedo, serviram-se do pequeno almoço e partiram para a clínica do Dr. Egas Moniz.

Por volta das oito horas, entraram na clínica. Todavia, Dr. Luis Henrique ainda não tinha chegado. Sentaram-se nuns bancos compridos pintados de branco, quietos à espera do médico que só entrou no consultório depois das nove horas.

Veio então a atendente com seu uniforme muito branco e engomado, com uma espécie de quepe na cabeça para proteger seus cabelos lissótricos. Disse que poderiam entrar no consultório, pois o médico já os esperava. Muito amável, o médico cumprimentou-os:

– Madrugaram, hein? E como vai o nosso amigo Duarte? Melhorou alguma coisa ou continua na mesma?

– Ai, senhor Doutor! Não melhorou nadinha... pelo menos não notei nada!

– Mas a senhora deu-lhe os medicamentos que receitei?

– Dei-lhe, sim, senhor doutor!

– A senhora não notou que lhe fizeram algum efeito?

– Por enquanto, só notei que um dia ele me quis dizer alguma coisa, mas não conseguiu, só isso!

– Ah, bem, então ele já teve alguma reação! Talvez a dose fosse fraca, mas que houve reação lá isso houve, não é verdade?

– Sim, mas foi só aquela vez e...

– Naturalmente que sim, mas a senhora concorda que houve algum tipo de sintoma e que ele reagiu, melhorou?

– Me parece que sim. É, na verdade, ele reagiu, sim.

– Então temos homens. Hoje vamos preparar outro reagente. Conforme ele responder, já poderemos marcar a cirurgia para daqui uns quinze ou vinte dias, se a senhora entender que está certo. O que a senhora acha?

– Acho bom que ele se cure logo, senhor Doutor!

– Por favor, mande que ele se deite aí nessa maca –, disse o médico, com certo otimismo.

Leonor disse para Duarte se deitar na maca, aconchegando-lhe os pés.

– Bem, nós agora vamos aplicar-lhe uma injeção, é uma picadinha um pouco dolorida. Será que ele vai opor-se a este tratamento?

– Acho que não vai sentir muito. Ele já tem tomado tantas injeções que acho que não se vai opor, se a dor for pequena!...

Massageando-lhe o músculo do braço esquerdo com um pedaço de algodão embebido em álcool, o médico aplicou-lhe a injeção. Em poucos momentos, o rapaz já apresentava sinais de sonolência, quase desmaiando.

O médico esclarecia a mãe sobre o efeito da injeção e as consequências que o medicamento poderia causar. Ao mesmo tempo, esperava que o rapaz reagisse aos efeitos do remédio, visando operá-lo o mais rápido possível.

– Ai, Deus o ouça, senhor Doutor!– suplicou a mãe, embevecida.

Passaram-se uns quinze minutos. O rapaz não dava sinais de nenhuma reação. Até que Duarte abriu os olhos e o Dr. Luis Henrique, expressando satisfação, levantou os dois punhos à altura da cabeça e disse com alegria:

– Deus está conosco, dona Leonor!

Ambos se abraçaram. Duarte passara no teste e poderia ser operado. Foi o que o médico esclareceu à mãe que a tudo assistia com os olhos rasos de lágrimas. Ria, chorava e demonstrava uma alegria contagiante. Olívia não assistira a esta cena. Tinha ficado na salinha de espera. Quando Leonor saiu do consultório do médico, a jovem correu ao encontro dela e perguntou-lhe intensamente interessada:

– Como está o Duarte, D. Leonor? Ele passa bem? Teve algum problema? Demorou tanto que temo que tenha acontecido alguma coisa ruim!

– Não, não aconteceu nada de ruim. É que os testes a que o médico o submeteu são demorados e de muitas minúcias, minha filha! –, acudiu Leonor, alegremente.

– E para quando marcou o médico a operação?

– Ainda não marcou –, disse Leonor, erguendo os olhos ao céu.

– Mas hoje o médico vai marcar uma data, a senhora não acha? –, interrogou a moça melancolicamente.

– Acho que sim... – Calaram-se ambas. E, depois, Olívia sorriu...

– Que estás tu a imaginar para ficares aí sorrindo sem mais nem menos, Olívia? –, perguntou Leonor, desconfiada dos pensamentos da moça.

– Ora, D. Leonor, não posso pelo menos imaginar um pouco de felicidade para o meu coração?

– Ah, malandrinha! Com que então estás a sonhar? Com coisas felizes do teu coração, hein? Conta-me lá, vai, o que vai nesse coraçãozinho?

– Ai, D. Leonor! Não é nada, não, só imaginação minha, puxa vida!

– Só imaginação, hein? Deixa a tua mãe saber dessas coisas do teu coração que logo vês!

– E quem foi que disse à senhora que vou contar essas coisas à minha mãe? Nem por sonhos, D. Leonor. Se minha mãe ficar sabendo alguma coisa a esse respeito, não será pela minha boca, D. Leonor!

– Olha, Olívia –, disse vagamente Leonor – não escondas nada à tua mãe. Se tu estás sentindo alguma atração pelo Duarte, conta-lhe tudo, arruma uma maneira de não a decepcionares. Se ela não quiser que tu mantenhas essa ilusão, pede-lhe com jeitinho um conselho porque as mães são as nossas melhores amigas e conselheiras, entendeste! –, concluiu Leonor, dando- um beijo carinhoso na face da menina.

Estavam as duas conversando quando o médico veio dizer que a enfermeira já tinha a data da operação. Era para fins de setembro, dia 28. Se ela quisesse outra data, mais para frente, mas não antecipada, poderia marcar com a enfermeira.

– Está bem, senhor doutor, está bem!

Muito alegre, e pegando na mão de Duarte, dirigiu-se à sala da enfermeira que lhe marcou a operação para a manhã do dia 28. Em torno das 11h00, saíram da clínica. Vieram a pé, pois era perto da pensão. Quando chegaram à hospedaria, lá estava Inocêncio Matias esperando por elas sentado num cadeirão de verga, vendo televisão. Estava calor e ele, com suas roupas de cotim, a camisa fora das calças e botas de cabedal cru, parecia um Zé ninguém.

– Olha, quem está aqui! –, disse Leonor, espantada. – Ó, senhor Inocêncio, como vai o senhor, vai bem? –, perguntou, meio incrédula, ao ver o velho ricaço ali sentado em frente à televisão.

– Antão! Não disse que vinha ver vocês aqui? Vim ou não vim, hein? –, exclamou o ricaço, sorrindo, mostrando uns dentes grandes e amarelados.

– Pois é, até já tínhamos pensado que o senhor se tinha esquecido de nós e se tinha mandado para o Algarve!

– Não, não esqueci! É que tinha muito que fazer. Antão, enquanto não pus tudo em pratos limpos, não vim a procurar vocês, entendes-te? –, disse o velho, pausadamente, com seus olhos papudos, semicerrados e sonolentos, parecendo estar sempre com vontade de dormir.

– Olhe, quase o senhor não nos encontra mais aqui porque já fizemos o que tínhamos a fazer em Lisboa. Estamos de abalada para Messines!

– Também já me aprontei. Se vocês quiserem, podemos ir todos juntos agora mesmo! Vossemecês é que sabem!

– E as suas malas onde estão, senhor Inocêncio? –, indagou Olívia, ingenuamente.

– Qual o quê? Não truxe mala nenhuma! –, respondeu o ricaço com seu linguajar esquisito, mostrando de novo aqueles dentes indecentes.

– Ah, se é assim, vamos já nos arrumar e fazer nossas malas. Pegaremos o combóio das 15h00, o que você acha, Olívia? –, indagou Leonor, olhando no fundo dos olhos da rapariga:

– Acho bem –, concordou a jovem, mostrando-se um pouco contrariada por ter de se afastar do seu querido Duarte.

A viagem transcorria agradável e rápida quando Inocêncio começou a contar alguns trechos de sua história a seus companheiros de viagem. Eram recortes largados ao acaso e pintados segundo sua feição.

Primeiro, começou por dizer que sua vida, desde rapaz ainda imberbe, sempre fora pacata e cheia de freios inibitórios por causa dum seu irmão mais velho que sofria de uma espécie de apoplexia. Por vezes, esse seu irmão perdia os sentidos e caía no meio da rua, babando-se todo e urinando nas calças. Era uma desgraça. Mas os seus freios inibitórios, para além de prejudicá-lo ainda na infância, continuaram-no atrapalhando pelo resto da vida. Porque o seu pai entendia que ele deveria ser o continuador da sua vontade, da sua obra. Isto, no entender do fazendeiro, prejudicara-lhe o futuro, mormente porque o privou de estudar para o Liceu de Faro, como ele pretendia, para depois ir cursar a Universidade de Coimbra. Esse era seu desejo, assim como aconteceu a um seu parente dali dos arredores de Messines, que se formou médico.

– Ai, não me diga! O senhor Inocêncio ainda pretendeu em jovem ser médico? Olhe que eu nunca soube dessa sua vontade! –, exclamou Leonor.

– Pois é, as pessoas não sabem das nossas aspirações, mas a verdade é que minha vontade, enquanto jovem, era ser médico. Além destas frustrações, ainda tive outras e, por causa da doença desse meu irmão, nunca fui e nem sou nada!

– Ó, senhor Inocêncio! O senhor, um homem tão rico, cheio de dinheiro, lamenta-se que não é nada? Não diga uma coisa dessas, homem, porque Deus castiga, hein? –, motejou Leonor.

– Mas dinheiro não é tudo, minha filha! Quer saber de uma coisa? –, continuou o homem – Por causa desses obstáculos impostos pelo o meu pai, perdi a autoestima, o encanto para a vida e a alegria de viver. Por isso, não me casei, ando por toda a parte sempre com a mesma roupa, não tenho vaidade nenhuma. Fui, sou e serei sempre um infeliz, como você sempre me conheceu! –, concluiu o fazendeiro, com tristeza estampada no seu rosto trigueiro, com seus olhos papudos e mortiços, rasos de água.

Leonor desconhecia por completo esta faceta da história do homem mais rico de sua terra. Ele próprio acabava de confessar suas frustrações, infelicidades e tristezas que mantinha desde tenra idade em seu imaginário. Há de se convir que, depois de saber destas novidades, que se lhe vincaram tão profundamente em seus sentidos, ela logo teve pelo Inocêncio Matias uma simpatia e até certa admiração.

Foi, de fato, uma página admirável, em que Leonor pode observar a revelação de mais uma das coisas e hábitos da sua terra. Mesmo não sendo grande revelação, contribuía de alguma maneira na descrição do comportamento de um dos seus mais importantes conterrâneos. Mesmo tendo tanto dinheiro, ele sofreu e amargurou, durante toda a sua vida pregressa, uma tristeza profunda por causa dos preconceitos e atavismos de seus conterrâneos e ancestrais.

12

Uma semana depois da viagem a Lisboa, Leonor foi ao mercado comprar peixe para o almoço e encontrou na peixaria um rapaz de cabelos grisalhos e de pele muito limpa, tratada. Julgou conhecê-lo. Na verdade, conhecia-o. Era Joaquim Santinho, que fora seu contemporâneo e andaram juntos na mesma escola. Moço de boas famílias, bons princípios e costumes, que jamais se soube que fora frequentador de botequins, tabernas, tampouco lupanares, enquanto rapaz. Enfim, ela começava agora a encontrar pessoas de um tempo em que sua terra fora pujante e pródiga de convívios decentes. Joaquim era uma daquelas naturezas cautelosas, prudentes, que discretamente oculta o que o destino e o acaso empalmam.

Defeitos, vícios e gostos exacerbados todo o homem tem. Também será normal que o homem tenha paixões e derriços excessivos e incautos, mais cedo ou mais tarde. Porém, tem o dever de escondê-los e mostrar-se à sociedade como ser que cumpre certas regras do convívio social.

Joaquim Santinho era um desses rapazes que Leonor conheceu ainda em novo, mas já com espírito probo e altivo. Como se disse, os homens geralmente têm suas fraquezas de espírito e sexuais. O Joaquim não fugia à regra. Era rapaz cheio de calor e virilidade. Muitas vezes, ia almoçar com um seu amigo dono duma farmácia, que morava na Pensão Madeira, a única da sua terra.

Nessa pensão, o moço Joaquim ficou conhecendo uma jovem que servia à mesa e também estava no frescor dos seus dezoito anos. Com a seiva do seu sangue a ferver–lhe nas veias e as entranhas a pegarem-lhe fogo, ela, ao vê-lo passar por perto, languidamente o olhava e suspirava libidinosamente. À primeira vez, ele fez que não percebeu; à segunda, disfarçou; mas à terceira, não resistiu. Notou que ela entrara na pela despensa e foi atrás. Fechando a porta atrás de si, Joaquim agarrou a empregada da pensão por detrás e encheu-lhe o pescoço de beijos quentes.

A moça, que se chamava Júlia, fingiu gritar. Entretanto, ele delicadamente tapou-lhe a boca com sua mão esquerda, enquanto com a direita a segurou com força máscula. Júlia se rendeu à força e ao desejo do homem por que tanto suspirava. O encanto entre os dois foi de tal ordem que ambos ficaram extasiados com os flamejantes carinhos e beijos trocados. Combinaram encontro para essa mesma noite, às 10h00, quando a moça encerrava seus serviços na pensão.

Os caminhos sinuosos do J. Santinho em sua terra ficaram tão discretamente encobertos das más línguas do lugar que quase ninguém da pequena e atenta comunidade messinense se apercebeu deste caso. Apenas vários anos depois, quando o rapaz precisou se ausentar para se formar em engenheira na Faculdade de Lisboa, é que terminou seu derriço com a bela Júlia. Esta faceta só foi descoberta porque ela ficou grávida e não pode esconder este fruto na clandestinidade.

O assunto veio à luz juntamente com um belo rapagão sadio, fruto daqueles amores do discreto Joaquim com sua amada Júlia. Isso porque, outro grande homem da comunidade, chamado Dr. Francisco Cabrita Neto, médico muito humano, que ajudava a comunidade, foi obrigado a intervir para fazer nascer aquele fruto das novas gerações de messinenses. Para alegria do povo local, Júlia nomeou seu filho de Alberto Cabrita.

Alberto, da parte do pai de Júlia, e Cabrita, em homenagem ao assistente do parto pela ajuda médica gratuita dispensada a mais um novo messinense. Foi uma grande alegria ter nascido um petiz porque, como diziam as comadres, as raparigas davam azar à terra. Parecia até praga, era só nascer uma menina e logo vinham as benzedeiras e toda a gente fatalista com suas sinas agourentas, de desgraças e má sorte, traçando as linhas de desventura para as mulheres nascidas na pequena vila.

Quando foram levar o petiz a batizar, não é que o padre Lola, o *Catarroso*, a princípio se recusou a batizá-lo? Foi preciso o Graça Mira, o farmacêutico, intervir e lhe pedir para batizar a criança:

– Afinal de contas, esta criança não tem nenhuma culpa de ter nascido de pais não casados na igreja! –, vociferava o farmacêutico ao ouvido do padre Lola. Foi uma chatice convencer o Lola. Todos estes entraves vieram à baila naquela ocasião. Por causa disso, lá se ia o conceito de gente boa e decente do engenheiro Santinho ante a comunidade messinense. Só o recuperou depois de se casar com outra rapariga, da mesma vila, chamada Julieta.

Na vila, existiam pessoas ruins e linguarudas, mas também pessoas decentes, como o Dr. Cabrita, aquele que assistiu ao parto de Júlia. Aliás, o Dr. Cabrita era o único homem que, não se dizendo comunista, procedia como tal: nunca cobrou um centavo pelos serviços médicos prestados aos pobres e doentes da sua freguesia e, muitas vezes, ainda lhes dava dinheiro para comprarem os remédios que receitava. Ao contrário dos que se diziam comunistas ou socialistas, porém só da boca para fora, sem nada fazer pelos outros.

Na verdade, o Dr. Cabrita era um humanista, um homem de bons sentimentos que praticava todos os dias bons serviços médicos à sua comunidade. Tanto é isto verdade que, quando faleceu, em 1948, o povo veio às ruas de Messines e chorou ao vê-lo em seu esquife. Os poetas populares não se cansaram de reverenciar seu exemplo. Assim é que João Costa, um desses poetas, prestou-lhe grande homenagem nas linhas deste poema, com grafia da época:

Morreu o Pai dos Pobres

Dia trinta de Dezembro
Estava eu em Messines
Fiquei muito espantado
Ouvindo dobrar os sinos.

Despertou-me a curiosidade
O que foi, perguntei eu
Uma resposta esquisita
Foi o senhor doutor Cabrita
Que à poucas horas morreu

Lá ouvi nas multidões
A verdade com certeza
Era um doutor muito bom
Homem de bom coração
Era amigo da pobresa.

Quando um doente pobre
A casa o queria chamar
Era muito hospitaleiro
Em vez de levar dinheiro
Antes tinha para dar.

Chorais vós ó pobresinhos
Que o vosso pai morreu
Não levou nenhum remorso
Nunca quis o que era vosso
Antes vos dava do seu.
Adeus senhor doutor Cabrita
Deus o leve a bom lugar
Para nós era bom doutor
Outro como o senhor
Não tornamos a encontrar.

Em casa foi visitado
Por homens e por senhoras
E depois no funeral
Tanto, tanto pessoal
Lágrimas comovedoras.

E agora no jazigo
Descança eternamente
Ninguém se deve esquecer
Quem nasceu tem de morrer
É o fim de toda a gente.

Depois da morte do senhor Cabrita
Que fez a sua última viagem
A êsse benemérito bemfeitor
Quiseram oferecer-lhe uma homenagem.

Na junta da Freguesia se juntava
Em grande multidão que lá habita
Para pôr o nome à Rua onde êle morava
Rua Doutor Francisco Neto Cabrita.

Não fazem nada mais do que merece
Ele só fazia bem por sua vez
Messines enlutou e reconhece
A falta que o senhor doutor Cabrita fez.

Morreu com uma doença na garganta
Mas sempre aos pobres dando carinhos
Pediu a sua esposa que é uma santa
Para que fizesse bem aos pobresinhos.

Pediu ao filho para ser doutor
Meu filho tu és bom tenho a certeza
Para seres como eu bemfeitor
E nunca te esqueças da pobreza.

Em véspera de Natal aos pobresinhos
Mandou coser pão para lhes dar
Que hoje ao cemitério coitadinhos
Por alma dêle todos vão rezar.

Caminhos de ferro e Casa do Povo
Toda a vida se ão-de lembrar
Que foi tam triste a véspera de Ano Novo
Com tanta tanta gente a acompanhar.

Assim, o Dr. Cabrita era o maior exemplo da comunidade messinense. Sempre distribuiu o quantum que deveria ganhar na sua arte com os pobres e menos favorecidos da sua terra, durante aproximadamente trinta anos em que viveu ali como médico.

No interregno de tempo entre a chegada de Leonor à sua terra e sua nova viagem a Lisboa, para a operação de Duarte, sucederam-se acontecimentos com figuras de proa da comunidade messinense, como o Dr. Cabrita. Como era querido, estimado e respeitado pelo seu trabalho de ajudar aos pobres, não se sabe como inventaram que ele e mais alguns indivíduos da sua terra, de certo modo, falavam mal do governo da União Nacional, de Salazar. Algumas bocas sujas dessas, que falam mal de toda a gente, disseram inverdades.

Ora, esta notícia levantou suspeições dentro da Polícia Internacional e de Defesa do Estado, a famosa PIDE, como era conhecida a polícia de Salazar. Como essa suspeição causasse alguma dúvida aos defensores da política de Salazar, estes vieram investigar se era verdade o boato levantado contra o médico humanista daqueles tempos de crise social e de ditadura.

Nem eram passados três dias daquelas denúncias infundadas e já os bufos estavam à espia, especados à porta do médico, com intenções malévolas para o prender. Naturalmente, esta atitude contrariava aqueles que conheciam bem o facultativo da terra. Nem por sonhos se passava pela cabeça de ninguém daquela comunidade que o médico estivesse conluiado com gente fora da lei. Naqueles tempos contrários à política arbitrária de Salazar, todo mundo sabia da aversão do médico contra essa gente avessa ao governo do Salazar.

Convenhamos que isto causava certa apreensão, controvérsia e descontentamento à comunidade, que se revoltava contra a polícia, por achá-la arbitrária e ilegal ao proceder daquela maneira injusta contra o médico. De maneira que o povo, vendo o seu conterrâneo ser fustigado pela polícia, tratou logo de recorrer a outro homem de projeção política, o senhor João Figueiredo, administrador da Câmara Municipal de Silves, sede do Conselho, para interceder a favor do médico. Felizmente, o administrador o retirou das garras da PIDE, em nome da liberdade. Em boa hora, as autoridades municipais salvaram o médico dos contumazes maus tratos daquela polícia.

Leonor estava entre aqueles que lutaram a favor do médico por saber dos altos sentimentos dele a favor da humanidade. Ao escrever uma carta "para interceder a favor do Dr. Cabrita" ao primeiro-ministro do governo Salazar, Leonor citou Luís de Camões, lembrando-se do que dissera certa vez o vate lusitano:

"Os bons, sempre vi passar,
na vida graves tormentos,
e, para mais me espantar,
os maus sempre vi nadar,
em mar de contentamentos.

Julgando alcançar assim,
o bem, tão mal ordenado,
fui mau, mas fui castigado,
e, assim, que só para mim,
o mundo anda consertado!"

Soube-se mais tarde que o primeiro-ministro acolheu os argumentos de Leonor e o caso do Dr. Cabrita foi arquivado. Desde então, o facultativo passou a ser considerado pelas autoridades constituídas daqueles tempos um homem íntegro e probo da sua comunidade.

Volte comigo o querido leitor ao princípio desta minha conversa, que encontrará razões mais que plausíveis para observar que a vila não era constituída de uma população homogênea. Havia tanto regateiras como pessoas sérias e honestas. De tudo havia um pouco. Todavia, Leonor, que morou no Brasil por largos anos, desconhecia esta alternância de hábitos e de conceitos que sua terra sofrera ao longo dos anos.

Ora, isto lhe dava que cismar e registrar em seu ideário porque algumas incertezas a levava a adotar posições que não lhe eram peculiares nem costumeiras. Foi numa dessas vezes que seu espírito criador, trabalhando na incubação de um assunto de rara profundidade, começou a escrever o seguinte poema:

Não vês tu, ó talentoso poeta?
Meu sofrer e minha mágoa, enfim!
Não vês lágrimas em meus olhos,
Não vês fracas minhas pupilas em ti?

Seu talento não lhe deu para prosseguir no poema. Ficou nesta primeira estrofe que lhe pareceu ter em seu bojo alguma beleza. Envolvida em tristeza profunda, Leonor foi até a igreja, que ficava a pouca distância da casa de seu irmão, para pedir ajuda a Deus para que lhe desse inspiração. Quando estava rezando fervorosamente, eis que lhe chegou perto a senhora Dona Elvira, esposa de rico comerciante da terra, chamado Manuel Serafim, que pertencia à alta sociedade local. Indiscretamente, D. Elvira lhe perguntou:

– Ouça lá, você não se chama Leonor? Aquela que morava ali na rua de cima e que se casou com um moço aqui da terra, o Fernando, e depois foi para o Brasil?

Leonor, que estava orando com muita fé, ao se voltar e ver aquela senhora em plena igreja a conversar com ela assim sem mais nem menos, disse:

– Sou, sim senhora, por quê?

– Você não se lembra de mim?

– Ai, minha senhora, há tanto tempo que saí daqui que já não me lembro da maior parte das pessoas. A senhora me desculpe, mas não me recordo da senhora!

– Vou-lhe contar uma história e vai-se lembrar.

– Conte, conte, se faz favor! –, disse Leonor com um sorriso.

– Você não se lembra quando fomos num baile de máscara na Sociedade? Quando lá fui ver se pegava o meu marido, o Manuel Serafim, que andava com uma sirigaita qualquer aqui da vila? Lembra-se ou não?

Leonor, colhida assim de chofre, não se lembrava. Todavia, pondo o furabolos no nariz, pensativa, lembrou-se:

– Ah, desse caso me lembro, sim senhora. Até achei engraçado quando soube que a senhora pegou o seu marido e ele a levou para um casebre velho que tinha ali para os lados onde hoje mora o meu irmão, não é isso?

– É isso mesmo. Aquele corno (que nunca o fiz), levou-me naquela noite para essa casa velha, para uma cama porca e suja. Dei-lhe umas porradas, então, e nunca mais o deixei dormir comigo, sabe disso, não é verdade?

– Ouvi falar, mas nunca mais soube mais nada sobre esse caso! Porque, logo depois, viajei para o Brasil.

– Pois é verdade, aquele sem-vergonha me fez essa afronta e ainda por cima me chamou de velha, brancacenta, e mais uma enxurrada de outros nomes de que nem me lembro mais!

– Ah, é! –, exclamou Leonor, surpreendida com aquela conversa de traições, precisamente ali, na casa de orações a Deus.

– Sim, minha senhora! Sou eu.

– Mas a troco do quê a senhora depois de tantos anos me vem perguntar essas coisas?

– Sabe o que é? Esse meu marido sempre foi um grande safado, mas ainda gosto dele e às vezes ainda tenho saudades dos tempos em que brigávamos, mas logo depois nos amávamos, você me entende, não é?

– Ah, sim, entendo, com certeza! A senhora mesma chama seu marido de mau caráter e pulha e assim mesmo ainda sente falta dele, não e isso?

– É isso mesmo!, compreende? É aquela coisa, a lembrança da nossa juventude e mocidade... sabe como é...

D. Elvira deu um suspiro fundo de infelicidade. Entre os impulsos da concupiscência e da prudência, estava triste em saber que a viam outra vez ligada a seu antigo marido infiel e porco, como ela mesma dizia com muita mágoa. Observando a infelicidade da senhora, disse Leonor querendo animá-la:

– Olhe, D. Elvira, aqui não é lugar para conversarmos sobre esses assuntos. Se a senhora quiser, passo uma tarde em sua casa e lá conversamos mais à vontade a respeito disso. Sei quanto dói no coração de uma mulher ser traída pelo homem que ama, assim como a senhora foi, entendeu?

– Ai, passe lá, passe, para conversarmos mais um pouco sobre essas coisas de antigamente. Guardo muitas saudades, apesar de ter sofrido grandes desgostos também!

Sorrindo, coisa que não fazia havia tempo, D. Elvira despediu-se de Leonor com um beijo no rosto, desejando-lhe muitas felicidades e foi para casa descansar.

13

O dia 28 de setembro, data da operação de Duarte, estava muito próximo. Leonor preocupada com a cirurgia, todos os dias olhava com devoção o calendário pendurado na parede da cozinha do irmão. Foi tomada de súbito júbilo, só em pensar que o filho daí a uns dias poderia estar curado. Veio-lhe à mente uma cantiga de sua mocidade, *"A aldeia da roupa branca"*, de quando ainda era rapariga solteira. Começou a cantarolar:

"Adeus, oh terra,
Adeus, linda serra,
De neve a brilhar,
Adeus, aldeia,
Que levo na ideia,
Não mais voltar!"

Ao recordar-se desta letra simples e bucólica, emocionou-se. Há quanto tempo não tinha aquela alegria para cantar ou a satisfação de abrir a boca para dizer uma palavra alegre? Sentiu neste instante que a vida começava a mudar. Alguma coisa lhe tocou para sentir que, mui em breve, aquela sua tristeza e aperto no coração, que carregara durante tantos anos, iriam terminar. Comoveu-se porque pressentiu que a sua vida estava a mudar, algo novo e nobre aconteceria.

Nos dias seguintes àquelas sensações, apenas fixava o seu olhar no calendário da cozinha e fazia uma cruz no dia que passava, até que veio o dia 25 de setembro. Era hora de partir para Lisboa. Não andou de porta em porta, a fim de pedir boleia. Iria de combóio porque achava melhor não ficar devendo favores a ninguém para tratar do filho. Partiu para a capital.

Já em Lisboa, instalou-se como de costume na Pensão Reis. Desta vez viera sozinha, pois deveria demorar-se seguramente mais de um mês por causa da convalescença do filho. Segundo os cálculos do médico, se tudo corresse bem, pelo menos uns 30 dias seriam necessários para Duarte convalescer. Felizmente, Duarte, tirando aquele problema da lesão na sua cabeça, era uma pessoa saudável. Daí a razão de o médico dizer que em um mês ele estaria em condições de deixar a clínica.

Veio o dia 28 de setembro. Duarte, já alojado na clínica do Dr. Egas Moniz, foi levado de manhã cedo para a sala de operações. A postos, a equipe de médicos para operar o jovem, com as enfermeiras em volta, começou o seu trabalho. A cirurgia demorou duas horas. Depois de acabada, e com pleno êxito, tudo voltou ao normal. Quem informou a mãe sobre o sucesso da operação foi o Dr. Luis Henrique.

Leonor, ao saber do êxito da cirurgia, caiu de joelhos aos pés do médico, tomando-lhe as mãos entre as suas, beijando-as com devoção, como se o homem fosse um Deus. Agradecendo-lhe, soluçando entre lágrimas de alegria, balbuciou transbordante de gratidão:

– Ai, senhor doutor, não tenho palavras para lhe agradecer! Que Deus lhe dê tudo quanto o senhor desejar por ter salvado o meu filho.

O médico, dirigindo-lhe palavras de esperança e conforto, pediu-lhe calma. E, também que tivesse confiança em si própria e, em especial, no seu filho que, com certeza, de ora em diante lhe daria muitas alegrias.

Logo depois, Duarte foi para um quarto particular da clínica, com todos os móveis pintados de branco. Convalescia, sedado e inconsciente, dormia um sono profundo e pesado. A mãe, à cabeceira da cama na expectativa de ver o filho acordar, sentia-lhe a forte respiração, quando no relógio de pulso olhava impaciente os segundos e os minutos.

Parecera uma eternidade a Leonor o interregno das quatro horas em que o filho ficara dopado, em razão da injeção que lhe deram para o operar. Assim que despertou Duarte, o médico veio vê-lo e, tomando-lhe o pulso, disse sorridente à mãe:

– Temos, homem –, e tocando-lhe a mão, como que a acariciá-la, arriscou: – O pior já passou. Agora é esperar virem as ideias para ele recordar tudo o que se passou. Sejam felizes, muito felizes –, retirando-se em seguida.

Foram quarenta dias de convalescença, de angústias, de temores e incertezas. Mas também foram quarenta dias de muitas visitas, esperanças e orações a Deus para que Duarte ficasse bom o mais depressa possível. Da terra da mãe vieram muitas pessoas visitá-lo. Agora, conterrâneos, amigos e conhecidos de Leonor testemunhavam a fé daquela mãe que sempre acreditou que um dia recuperaria a saúde de seu filho. O instinto da mãe jamais se abalou diante de dificuldades e dissabores pelos quais passou. Veio para Messines fixar-se à terra em que a viu nascer com o único fito de procurar a qualquer custo a cura dos males do seu querido filho.

Em meio a tantas visitas, vieram o Mário e a esposa Teresa; Olívia, com seus pais e avós; vieram o Inocêncio Matias; José Ruivo e a esposa; o Dr. Graça Mira, o farmacêutico, e toda a família. Veio a Odete Pestana; a D. Laura com o marido João Delgadinho; a Zulmirinha do Rozário e o marido o José Correia. Também vieram Manuel Cunha; Fernando Machado e a esposa D. Eunice; José Caetano e a esposa Alice Neto; o Mário Guerreiro e a esposa; a Arlete Gomes e a irmã Custódia. Vieram Carlos Horta e a sua esposa, a professora D. Maria Adélia, e o seu irmão o Joaquim Madeira; o João Alberto e a esposa D. Aristótlina. Vieram muitas pessoas, incluindo uma turma de vinte rapazes e raparigas, que alugaram um autocarro ao José Monteiro para virem a Lisboa ver a recuperação do filho de Leonor. Entre esses, estavam o Rui Ambrósio e seu irmão Edgar Ambrósio; o Teodemiro Miguel e seu irmão Américo Miguel; a Adélia Branquinho e a sua sobrinha Zulmira Branquinho; a Maria Rosa e a Catarina Rosa, as duas filhas de uma senhora que fazia bolos e os vendia na praça; a Zélia Calado e o seu irmão José Calado; e até o senhor Neutel que, mesmo cego, veio visitar Duarte. Enfim, durante a convalescença, deslocou-se à capital do País quase uma centena de pessoas a fim de render homenagem a este filho da terra que recuperava milagrosamente a sua saúde, inclusive o Francisco Vargas e a esposa.

Muitos conhecidos de Leonor que residiam em Lisboa também vieram dar demonstração de amizade que tinham pelo filho dela. Gente de todas as classes sociais visitou o rapaz. Até antes da cirurgia, desde quando chegou a Messines, Duarte era mais um estorvo, tratado apenas como um pobre diabo sem vontade própria, dependente da mãe para tudo, e, no entender do pessoal da terra, um ser incapaz para qualquer coisa de útil. Agora, no entanto, ele emergia daquele embasbacamento, quase como por milagre, passando a ser considerado um herói de um dia para outro. Ressurgia das cinzas sem que tivesse praticado algum ato de relevância na vida e na sociedade messinense.

Com sua iminente recuperação, a comunidade, sabendo-o advogado ou doutor, passara a se interessar pela sua saúde e por tudo que o cercava, e a partir daí a respeitá-lo por seus títulos e posição social.

Passaram-se mais umas semanas. O outono havia chegado e o tempo começava a esfriar. Leonor não tinha roupas de frio nem tampouco Duarte. Além disso, um clima mais quente, ameno e acolhedor, era melhor para a saúde do filho. Era necessário viajar para o Algarve o quanto antes. E também não teriam de pagar a pensão e, com esse dinheiro, comprariam roupas de inverno, que ameaçava vir rigoroso esse ano.

Voltaram de combóio para Messines. Duarte agora já trocava impressões e conversava com a mãe sobre certos assuntos:

– Oh, mãe, passamos por aqui já um par de vezes, não?

– Passamos, sim, filho. Lembras-te de teres passado neste lugar?

– Ó, se me lembro, lembro-me da primeira vez que passamos aqui. Encontramos umas pessoas no combóio com as quais a senhora conversou. Depois elas nos levaram à casa do tio Mário, não é verdade?

– Ai, filho, que grande alegria que tu me dás! Eu pensava que não entedias nada do que se passava à tua volta. Mas se entendias tudo, por que não falavas?

– Ora, mãe, entendia tudo, mas faltava-me a coordenação das ideias para poder conversar e explicar o que pensava. Era só isso que me faltava!

– E agora, como te sentes?

– Agora, sinto-me normal, como se minhas ideias estivessem completamente coordenadas.

– Mas ainda te lembras das coisas que aprendeste na faculdade? Lembras-te do teu curso de Direito que tiraste na Faculdade do Rio de Janeiro, lembras-te?

– Sim mãe, aos poucos me vem as coisas à cabeça. Conforme vou conversando, vem-me a memória. Vou tomando conhecimento aos poucos.

– Ai, filho, que felicidade, que alegria! –, disse a mãe beijando-lhe os olhos castanhos, com devoção e a chorar.

– Mas dize, tu sabes aonde vamos?

– Sei, sei muito bem. Estamos a caminho da nossa terra no Algarve. Estamos a caminho de Messines, não é isso?

– Deixa-me perguntar-te outra coisa: tu lembras-te de algumas das pessoas que conhecemos lá da nossa terra?

– Lembro-me de todas!

– E como se chamam essas pessoas?

– O tio Mário, a tia Teresa e os meus primos; a Olívia e os pais dela; o senhor Francisco e a Dona Hortense; o senhor José Ruivo e a esposa dele; o senhor Inocêncio Matias e mais umas outras pessoas que conheci nestas viagens que temos feito a Lisboa! Ah, lembro-me da dona da pensão que tem o mesmo nome da tia Teresa!

– Oh, filho, mas tu lembras-te de tudo...

– É que algo estava errado e eu não conseguia falar. Mas entender eu entendia tudo, mas não conseguia articular as palavras, entendeu, mãe?

– Sim, sempre soube que tratar de tua doença não deveria de ser coisa do outro mundo, precisava era encontrar a pessoa certa para tratar de ti. Só isso!

– Graças a Deus, agora me sinto bem. Parece que nunca estive tão bem como agora! –, exclamou Duarte, mostrando os seus dentes pequenos e brancos num sorriso alegre.

Calaram-se. O combóio silvava por entre os arbustos que guarneciam a estrada de ferro e corria nos trilhos a toda a velocidade. Duarte queixou-se à mãe que estava com sede.

– Eu trouxe uma garrafinha de água das pedras que está dentro daquela sacola ali em cima. Alcança-a, filho, que eu a procuro!

O combóio deslizava sob os trilhos. Um sol rutilante de outono batia na moldura da janela envidraçada e encardida de poeira. Um homem com um cavanhaque esbranquiçado, por causa dos fios da barba branca, levantou-se do banco e, segurando-se nas costas dos assentos, veio andando em direção a Leonor e Duarte:

– Por acaso sabem-me informar se neste combóio há vagão-restaurante?

Duarte, tomando a dianteira da mãe, disse:

– Me parece que não. Mas se houver, deve ser lá para frente, perto do maquinista, está bem! – O homem agradeceu e encaminhou-se para as carruagens da frente. Naquele ramerrão continuado, o combóio avançava rapidamente por entre as sebes de loendros que circundavam a estrada de ferro, sempre descendo em direção ao Algarve.

Demorou, mas finalmente chegaram a Messines. Leonor, de braço dado com o filho que carregava a mala de papelão na mão direita, veio a pé até a casa dos tios, no Largo João de Deus. Chegaram já era noite. Foi a viagem mais feliz e agradável que fizeram desde que Leonor pisou em terras de Portugal.

Ninguém os foi esperar à estação porque não avisaram à família que viriam naquele dia. Mas toda a gente da vila se surpreendeu ao ver aquele rapagão forte e bonito vindo a pé de braço com a mãe. Não houve festa naquela noite, mas no dia seguinte a festança foi farta.

Mário comprou um borrego no talho da Maria Branca. Cozinhou-o e, juntando-lhe 30 quilos de batatas, fez um belo ensopado, regado a um vinho da região de Lagoa, daquele carrascão forte, e ofereceu a toda a gente da Vila, para quem quisesse comer e beber até encher o bandulho.

Foi uma festa estupenda, para ninguém botar defeito. Aquelas comadres alcoviteiras não se cansaram de elogiar Leonor, muito ao contrário do que falavam antes. A festança durou até às 03h00 da madrugada do dia seguinte, com direito a baile de roda e tudo.

No outro dia, não se falava de outra coisa na vila senão na festa da noite passada. O borrego com batatas, de ginja e marmelo, estava uma delícia; o vinho, então, para cada copo dele tomado era um tombo. Agora, Leonor era uma dessas mulheres de se tirar o chapéu! Sim, senhor, enquanto não curou o filho não teve descanso. Correu seca e meca e conseguiu o que mais queria, o que havia motivado seu regresso à terra natal, onde ambos nasceram!

Sim, senhor, era digna de muito respeito e consideração. Ninguém mais tinha o direito de censurá-la, ninguém mais levantava a voz para falar mal dela. Sua luta valera a pena. Só por isso, já se poderia considerá-la uma grande mulher! Uma grande dama! Era o que o povo todo dizia.

Comovida, também ela, se deixava inebriar pela boa fé dos seus conterrâneos, que a princípio a hostilizaram e a receberam com reservas. Mas agora, depois de a conhecerem melhor, verificaram que tinham incorrido em erro grave e se desculpavam pela falsa opinião sobre aquela mulher que carregava um fardo tão pesado de ter um filho doente e incapaz.

Duarte, sentado num canapé de damasco amarelo a um canto de um corredor estreito, explicava pacientemente lições de português aos primos, em dificuldades na matéria. Os primos, admirados dos conhecimentos dele sobre a língua portuguesa, indagaram:

– Como é que sabes tão bem essas orações tão difíceis e complicadas de português, hein, Duarte? –, conjeturou a prima Valéria.

– Ora essa, então não sabes que sou formado em Direito? –, respondeu Duarte, ainda um pouco confuso pela indagação.

– Ah, é verdade. A tia Leonor já me falou que tu eras advogado! Eu havia me esquecido.

Duarte continuou explicando as orações de língua portuguesa aos primos. Para ele, como advogado, era coisa fácil, muito fácil, dizia rindo. Duarte, que até aquela data era olhado como um estafermo e imprestável, começava a ser observado e respeitado pela comunidade como altamente capacitado e um dos seus filhos mais ilustres.

Quando ia ao Café do Romeu, seus conterrâneos puxavam assunto e sentiam prazer em conversar com ele. Sentavam-se na mesma mesa para escutá-lo e até aplaudi-lo nas suas colocações, ponderações e conclusões sobre os mais diversos assuntos, tanto de política local como nacional e internacional, mormente, quando se tratava de política brasileira. Não raras vezes, se envolvia em discussões acirradas sobre alguns políticos brasileiros que conhecia de perto, como, por exemplo, o ex-presidente João Belchior Goulart. Fora amigo íntimo, correligionário e defensor inconteste da política nacionalista de Goulart. Amiúde se envolvia em discussões acaloradas na defesa do presidente brasileiro que, segundo seu ponto de vista, fora injustiçado tanto pelos políticos quanto pela nação brasileira.

Os livros que adquirira ainda enquanto estudante, a mãe os tinha deixado no Brasil. E, neste momento, sentia falta daquelas leituras jurídicas, cujo sentido faziam parte da sua vida cotidiana. Por isso, comprou alguns livros jurídicos portugueses. Contudo, não eram iguais aos brasileiros, nos quais estudou. A ortografia e a matéria de Direito, apesar de semelhantes, eram todavia um pouco diferentes. O conteúdo dos conceitos internacionais, embora escritos de modo diferente, poderia ser compreendido tal qual aprendera na faculdade onde se formou. Era o caso do *Contrato Social*, do pensador francês Jean-Jacques Rousseau; da *Teoria Geral do Estado* ou ainda *Do Espírito das Leis*, de Montesquieu; e mais alguns outros que comprou e andou apreciando pelas livrarias de Lisboa.

14

Leonor comovia-se em ver o filho frequentar os locais onde se discutiam as finanças públicas, a política portuguesa ou o desenvolvimento econômico da comunidade mundial, nacional e local (Messinense). Naturalmente, ela via nestas participações do filho que seu estado de saúde física e mental melhorara muito. Mesmo porque as pessoas, seus conhecidos ou não, agora escutavam com elevada atenção as ponderações do filho. Ele se impunha naturalmente pelas suas ideias e, em especial, pela coordenação do seu discurso. Na verdade, as coisas se modificaram muito. E ela observava que o filho agora era respeitado e até invejado pela sua conduta de graduado pela Faculdade Federal de Direito do Rio de Janeiro.

* * *

Certo dia, Leonor resolveu passar pela Fonte dos Afogados, onde sabia que encontraria aquelas mulheres do disse-que-disse. Lá estavam as alcoviteiras e linguarudas que outrora falavam mal de todo o mundo da comunidade e, com certeza, deveriam estar a morder na vida de algum figurão da terra. A lavar roupas, lá estavam comadre Isabel Encarnada, ladeada pela Maria Albina, a parteira da terra; Maria Melra e a Joaquina Borges; e a Teresa dos Reis que, assim que a avistou, parou de bater a roupa na pedra, e puxou conversa com uma voz sorrateira, sagaz e fingida:

– Então, como via isso, está bem? E o seu filho, como vai de saúde? Vai bem, está melhorzinho?

Leonor, que ia com a intenção só de observar de quem as alcoviteiras estavam a morder na pele, olhando em seu redor, notou que as comadres ainda não tinham escolhido a carniça do dia, para debicar gostosamente na pele. De repente, viu a Maria Melra voltar-se para a Teresa dos Reis:

– A senhora não sabe não, tia Teresa? Pois não é que a Zulmira Cavaca está prenha? E sabe de quem? Sabe quem é o pai da criança?

As outras surpreendidas, voltaram-se para a Teresa dos Reis:

– De quem, de quem? Quem é o pai da criança? –, esquadrinhou logo a Joaquina Borges.

– Olhe, tia Joaquina –, respondeu a Melra – ouvi dizer que é do Silveira, o barrigudo

– Mas aquele balofo –, retorquiu a Isabel Encarnada, batendo com força uma camisa xadrez do marido na pedra já muito lisa de tanto lhe esfregarem as roupas. Com a camisa há muito tempo ensaboada, batia-a com força para tirar a sujeira encardida do colarinho, em razão de muitos dias de uso.

– Olha só! Para ver a habilidade daquele balofo do Silveira, hein! Ser capaz de emprenhar uma moça? Esperava tudo dele, menos emprenhar uma mulher! –, dizia a Maria Albina, assentando um chapéu de palha que tinha na cabeça já muito cheia de cabelos brancos, mal penteados e suados por causa da soalheira das onze horas.

Leonor ficou só observando como aquelas línguas de trapo mordiam na pele do coitado do Silveira. Por isso, não falou mais nada. Virando as costas às mordazes lavadeiras, veio para casa almoçar.

Naquele dia, o almoço eram lulas guisadas com batatas, que ela muito gostava. Ainda por cima regadas com um bom vinho carrascão, da adega do Borralho. Leonor almoçou que nem a Rainha de Sabá, com o filho a seu lado e todo o clã do irmão Mário. Lembrou-se então da sua passagem pela fonte naquela manhã e inquiriu a cunhada:

– Oh, Teresa, quem é esse tal Silveira barrigudo? Tu o conheces?

Teresa, embasbacada com a pergunta, limitou-se a pestanejar e depois de alguma reflexão, disse como que pasmada:

– Então, a mana não conhece aquele gordalhufo que, na noite em que fomos assistir àquela festa do Rancho Folclórico de Alte, veio atrevidamente se sentar à nossa mesa sem ninguém o convidar e ali esteve a jogar conversa fiada conosco?

– Ah, é aquele paspalho de cabelo lissótrico, com uma marrafa ao meio da cabeça, é aquele?

– É, sim, aquele mesmo!

– Olha, para ver o asno, hein? – proferiu Leonor, com azedume.

– Mas o que foi que ele fez desta vez para a mana estar assim tão decepcionada?

– É que, passando pela fonte, agora de manhã, lá estavam as mulheres a bater papo. Uma delas alvitrou que ele tinha emprenhado uma moça daqui da terra que não sei quem é. E também não me interessa saber! Mas precisavas ver as mulheres, às gargalhadas, para quem as quisesse ouvir, falando em alto e em bom som, com jeitos e trejeitos, sobre essa tal besta do Silveira. Até dava para espantar as pessoas que por ali passassem.

– Oh, mana, com certeza estavam falando de pessoas aqui do lugar! –, disse a cunhada com indignação.

– Não sei, só sei que falavam desse Silveira e da moça que ele desonerou –, exclamou Leonor.

– E a mana não ficou sabendo o nome da moça, não?

– Bem, elas declinaram o nome dela, mas não o guardei! Ai, minha memória anda tão ruim que não guardo mais nada! E depois fiquei com vergonha de entrar na conversa para perguntar quem era a moça.

– Ai, que pena, mana, você não saber quem é a moça. Mas deixe estar que esse assunto logo deve andar aí pela boca do povo. Ficaremos sabendo quem é a pobre rapariga! –, acrescentou Teresa.

– Provavelmente, sim! –, disse Leonor. – Ficaremos sabendo de quem se trata, vamos esperar acontecer!

Depois do almoço, Leonor convidou todos a irem tomar um café ao Romeu. Porém, ao entrarem no café, lá estava o Silveira sentado a uma mesa com o Manuel das Travessas, conversando e fumando alegremente. Teresa, ingenuamente chegando a boca ao ouvido da cunhada, segredou:

– Olha quem está aí atrás de nós, mana!

– Quem, quem? –, indagou Leonor sem olhar para trás.

– É justamente o Silveira, aquele de quem nós estávamos falando lá em casa!

– Ah, é? Ele está aí atrás de nós?

– Sim, está. É preciso ter cuidado com a língua porque eles podem nos escutar, não é, mana?

– Ah, sim! Precisamos ter muito cuidado!

Mal acabavam de trocar ideias sobre o tal Silveira, ele, como sempre, atrevidamente veio à mesa onde elas estavam conversando:

– Então, por onde tem andado que não mais a tenho visto? Se calhar, tem andado pelo estrangeiro, pelas Europas, por Paris, talvez, não é verdade?

– Oh, não, quem sou eu para andar a passear pela Europa, tenho estado em Lisboa! O meu filho foi operado e eu o acompanhei. Por sinal, a intervenção cirúrgica deu certo e ele está bem melhor! –, disse Leonor com sorriso sarcástico e concluiu:

– Felizmente, saiu daquela letargia profunda que sempre o acompanhava.

– Aí, sim. Agora é só alegria, não? –, disse o Silveira, sem saber qual foi a intervenção cirúrgica em Duarte. – Oh, deve ter sido horrível, não? –, finalizou, fingindo mostrar-se piedoso.

– Eu que o diga! –, respondeu Leonor – Eu que o diga! Porém, está tudo bem.

Achando que a conversa se ia alongando de mais, Teresa voltou-se para a cunhada:

– Oh, mana! Vamo-nos embora que deixei as panelas ao fogo e é bem capaz de queimar a comida. Vamos, vamos! –, disse Teresa apressada, notando as intenções do Silveira (em se afoitar a dar uma cantada em Leonor). Silveira, fazendo-se muito interessado na conversa, ainda quis esticar o papo:

– Mas a senhora falou do seu filho, ele está melhorzinho? Está? Ainda bem!

– Vamos, mana, vamos. – Teresa saiu puxando a cunhada pelo braço, arrastando-a com pressa, enquanto o Silveira ficava boquiaberto com a súbita saída das duas mulheres e das crianças. Já na rua, Teresa explicava a Leonor o que pretendia o Silveira:

– Sabe, mana, se der trela para aquele balofo do Silveira, amanhã todo o mundo na vila vai achar que ele está de namoro com a mana, entendeu?

– Eu, hein? O que é isso, Teresa? Não estou interessada em homem nenhum! Muito menos nesse palerma! Essa é boa!

– Estou a dizer que se a mana estender a arenga com o Silveira, o povinho logo inventa coisas que não existem. A mana está a entender?

– Sim, claro! Mas o que digo é que não estou interessada em homem, nem naquele paspalho nem em outro qualquer! E ponto final, está entendido, Teresa!

Calaram-se enquanto subiam a rua a caminho da casa de Teresa, onde estava Duarte, que não havia ido ao café. Havia combinado com Olívia de esperá-la em casa da tia, para depois irem dar um passeio até a Fonte da Aldeia Ruiva. Duarte se encontrava deitado no sofá da sala lendo o *Espírito das Leis* quando a turma toda entrou de roldão num escarcéu dos diabos, com as crianças rindo e brincando num alarido infernal.

Olívia ainda não tinha chegado. Embevecido na leitura, ao ouvir aquele barulho ensurdecedor, Duarte deu um pulo, com o livro na mão:

– Que diabo de banzé é este que nem se pode ler mais com tranquilidade nesta casa?

A aquela gente alegre entrava pela casa adentro, correndo e rindo numa algazarra inconsequente, que fazia gosto de ver...

Olívia chegou mais tarde, quando a confusão já terminara. Agora, conversava-se serenamente e foi nesta altura que a Valéria, filha de Teresa, perguntou à mãe:

– Oh, mãe, por que a senhora estava com tanta pressa de sair do café? O que aconteceu?

– Então, tu não reparaste? Não viste aquele atrevido do Silveira, com aqueles seus olhos lânguidos de peixe morto, vindo com gracejos e piadas para o nosso lado?

– Gracejos? Mas que tipo de gracejos ele disse? O que nem vi naquele nojento? –, insistiu a menina.

– Sei lá! Fiquei tão nervosa que nem me lembro já qual o galanteio que ele disse!

– E a mana, não lhe deu logo o troco? Ah, se fosse comigo, eu lhe cantaria logo nos focinhos uma enxurrada de vitupérios que ele ia ver com quantos paus se faz uma canoa! –, disse Leonor irritada, acrescentando: – Ora pra ver aquele estupor, aquele balofo de uma figa metido a conquistador, a sedutor, hein!

– Mas ele é assim tão galanteador, mãe? –, inquiriu Valéria, séria.

– É, é mais um grande atrevido, um nojento, isso é o que ele é, sabe! Como a mana é viúva, ele pensa que ela está carente de homem!

– Deixa estar que, na próxima vez, se vier com gracinhas, ele vai escutar belas e boas! –, exclamou Leonor irritada.

Olívia agora já não tinha vergonha de passear com o Duarte, afinal eram namorados. Como estavam em casa sem nada fazer, foram passear lá para os lados das portadas da estrada do caminho de ferro. Duarte achou-a mais bonita. Ela estava bem vestida, com um vestido de meia estação feito de um tecido fino, leve e branco, com florzinhas lilases, muito rodado, que caía bem em seu corpo esguio e elegante. Ficara uma bonita rapariga, agora com os seus dezesseis anos, na flor da idade. Fazia um belo par com Duarte.

Mas o namorado, que se curara daquela pasmaceira que carregava, metera na cabeça de regressar ao Brasil. Todavia, a namorada, muito jovem, não se inclinava para deixar os pais e ir para uma terra tão longe, ainda mais que ela tinha ali bem perto de si, o exemplo de Leonor que veio para o Brasil e se deu tão mal na vida. Causava-lhe complicações e dificuldades deixar tudo e ir embora. Porém, de outro lado ela, não queria contrariar e nem deixar o namorado. Se era a vontade dele, que poderia ela fazer contra a vontade da pessoa que ela mais amava? Quando ele lhe falava em regressar ao Brasil, ela ficava sem saber o que decidir.

Era certo que se ela anuísse com o namorado em volver ao Brasil teria forçosamente de ir casada. Com a pouca idade da filha, os pais não consentiriam de forma nenhuma que assim não fosse. Mesmo porque aquele momento não era propício a aventuras para uma jovem de tão pouca idade. Ainda mais naquela terra, onde nascera e crescera, não ficaria bem uma menina sair de casa para tão longe com um rapaz, sem ter o seu estado civil que não fosse o de casada, com todos os sacramentos da Igreja Católica.

Mesmo a mãe do rapaz não consentiria que o filho arrancasse uma menina de tão tenra idade por esse mundão afora, sem que tivesse um compromisso mais sério e duradouro que um simples namoro. Nada de aventuras de sair assim sem mais nem menos, sem uma estabilidade, sem um futuro seguro, sem um alicerce familiar.

Ainda mais que Leonor, em conversas com a futura nora, garantiu-lhe que se ela quisesse vir com o seu filho para o Brasil, deveria vir casada.

Pois não queria responsabilidades porque nesse país, havia muitas mulheres sedutoras e os homens, na maioria das vezes, se deixavam seduzir e largavam as namoradas ou até as esposas e se mandavam para o mundo com outras.

Não é que Leonor tinha razão! Não conhecera ela um rapaz português que, mesmo casado de novo ainda na lua-de-mel, chegando ao Rio de Janeiro, se encantou com uma mulata que conheceu num botequim da Praça Mauá? Pois não largou a mulher no hotel onde estavam hospedados e se mandou com a mulata para lugar incerto e não sabido? Deixou a pobre de Cristo falando sozinha no Rio de Janeiro!

Ora, diante de fatos concretos que ela conhecia muito bem, porque já morara no Rio, não aconselhava ninguém e, em especial à sua futura nora, a deixar a casa dos pais e vir para o Rio de Janeiro, assim sem uma garantia, e a troco de um belo romance ou de uma aventura sentimental. Apesar de conhecer bem o filho, não achava certo este procedimento. Deveria vir, mas casada e documentada. Assim a mãe do rapaz recomendava à moça casadoira: com coisas sérias não se brinca.

Duarte assistia a tudo impassível. Apenas dizia ter alguma pressa em vir para o Rio, pois queria trabalhar e estudar para defender tese e doutorar-se em Direito no ano a aproximar-se. E, na verdade, o rapaz tinha razão. Os anos haviam se passado e ele, por causa da doença e da política, não tinha avançado nada nos estudos nos últimos tempos.

– Oh, filho –, disse a mãe – tu ainda és tão novo, tens tanto tempo pela frente para pensares nesse doutorado! O que te aconselho é que tens de organizar primeiro a tua vida e depois pensares em novos cursos, novas ideias, novos planos, não é verdade? – Duarte retrucou:

– Mãe, eu entendo que devo estudar enquanto sou novo porque burro velho não aprende latim –, diz o velho ditado!

– Pois sim, sei disso muito bem. Mas tu deves pensar nas pessoas que estão à tua volta e que te apoiaram e te apoiam e saber delas suas opiniões, desejos e ambições. E não pensares só naquilo que te convém, que desejas! Não é assim? –, interrogou a mãe – Vá, dize!

Houve um pequeno silêncio. Teresa arriscou uma conjectura:

– E se o Duarte fosse para o Brasil, ajeitasse lá as coisas de modo a assegurar a tranquilidade futura da família para, daqui mais uns meses, a mana ir com Olívia, porém, já casada, por procuração? Talvez fosse melhor para todos, sem esses traumas, fantasmas e complicações! A mana não acha melhor?

– É uma boa proposta! –, exclamou Leonor, admirada da lembrança da cunhada. – Mas precisa ser mais bem avaliada e discutida por todos nós!

Duarte, que tinha a sua vida em jogo, mantinha-se calado, não interferia em nada. Esses assuntos lhe pareciam mais próprios às senhoras resolverem, mesmo porque ele era uma das partes mais interessadas em que as coisas se devessem resolver de comum acordo entre as famílias. Por isso, não dava opinião. Só que ele tinha pressa de regressar ao Brasil para iniciar outra vez as suas atividades profissionais que, com tanto desgosto, deixou de exercer em decorrência de uma ação bárbara de um traidor.

15

Pensando no dia em que se deveria afastar da sua pequena vila, da qual de novo começava a se afeiçoar e a amar, Leonor ficou apreensiva por, mais uma vez, tê-la de abandonar mais por motivos de outras pessoas do que seus. Mais uma vez, começava a sentir saudades antes da partida da terra natal. Saudades dos pequenos passeios bucólicos nos arrabaldes da pequena mas alegre vila. Da Aldeia Ruiva, da Ribeira de Arade, da Senhora da Saúde, do Furadouro, da Portela, enfim daqueles lugares em que, quando era solteira, ia passear com o namorado aos domingos ou feriados.

Quando era rapariga de dezessete ou dezoito anos, antes de se casar, se divertira muito com o único namorado que tivera. Depois, se casara e fora morar no Brasil. Sentia saudades desses tempos alegres e doirados, quando, muitas vezes, sob os arvoredos das hortas dos arredores da vila, passeava, ria e brincava dando azo às suas ambições e ideias de liberdade. Ou quando imaginava a vida cheia de sonhos que esperava ter depois de casada, num outro lugar distante, com suas visões sobrenaturais de um mundo encantado. Depois pensou nos anos atrozes que se passaram, quando Fernando viajou para o Brasil sozinho e a deixou em Portugal, grávida de cinco meses, na casa dos seus pais.

Porém, a escola da vida tinha-lhe ensinado muito através do sofrimento, das vicissitudes e amarguras. Algo de si se quebrava, se partia, se desligava com a sua saída do velho torrão pátrio. Um novo mundo, distante e misterioso como Brasil, lhe abriria as portas novamente.

Em razão disso, durante largos dias, ficava cismando com a viagem de regresso. Ai, que desgosto lhe causava agora ter de abalar para terras tão longínquas e deixar outra vez aquelas pessoas de que já se afeiçoara e de algumas que a tinham ofendido tanto à sua chegada, mas que agora as desculpava.

Porém tinha de ser porque estava em jogo o futuro de seu filho, que era tudo para ela, o seu grande amor. O seu tesouro estava em primeiro lugar, e a felicidade dele era o que mais importava e ambicionava!

Os dias fluíam e passavam muito rapidamente. Porém, alguém já disse: "O tempo é inexoravelmente moroso para quem espera com ansiedade o desfecho de um bom acontecimento". Assim era para Leonor. Entretanto, a recíproca é verdadeira, quando nós estamos bem, o tempo parece que voa.

Duarte ficava matutando como deveria conciliar a sua vinda para o Brasil com seu relacionamento com a Olívia. Certo dia, pensando melhor, conversou com a mãe:

– Oh mãe, e se eu me casasse já com a Olívia? A senhora não acha que se acabavam esses problemas de adiar o nosso regresso ao Brasil?

– Naturalmente que sim –, respondeu a mãe, com um sorriso nos lábios. – E tu estás disposto a casar agora?

– Bem, se não há outra saída para o nosso regresso, caso-me! Mesmo porque gosto muito da Olívia. Então, não vejo motivo para adiar o nosso retorno ao Brasil. Caso-me e depois nós viajamos todos! O que é que a mãe acha desta minha decisão?

– Oh filho, se tu estás disposto a assumir esse compromisso, vamos tratar dos papéis para o casamento e depois vamos todos para o Brasil, se é isso que queres!

– Mãe!, estou perdendo um tempo precioso aqui em Messines. O que mais desejo é recomeçar a minha vida e aqui, neste momento, só estou perdendo tempo. A senhora entende, não?

A mãe obviamente concordou com o filho, mas ponderou:

– Então, tens de te mexeres, andar depressa com os papéis para o casamento e saíres logo, não é?

Duarte reteve seus pensamentos. Num pasmo risonho, soerguendo-se da cadeira onde estava sentado, disse:

– Então, vou até a casa da Olívia comunicar-lhe a minha decisão de casar o mais depressa possível para nos irmos todos para o Brasil enquanto antes! Está certo?

Correu o mais que pode para dar a notícia à namorada. Olívia, que não esperava aquela decisão tão repentina, alvissareira, ficou atônita. Não entendeu bem, assim tão de repente, qual era o motivo de tanto regozijo e alegria do namorado:

– Mas, ó Duarte! O que é que estás a dizer que ainda não entendi bem?

Pulando de alegria, levantando-a do chão num abraço apertado, rindo às gargalhadas e rodopiando com ela, ele dizia:

– Vamo-nos casar! Vamos casar e passar a nossa lua-de-mel no Brasil. Queres ou não queres? –, indagava com o coração esfuziante.

Vendo a euforia do namorado, quando a noiva entendeu o que se passava, ainda pendurada ao seu pescoço, com os pés no ar, deu voltas e mais voltas numa risada incontida. Num longo e profundo beijo, ficaram por largos minutos ambos enlaçados, extasiados. Era fim de tarde e para celebrar este dia feliz e auspicioso, o casal foi dar um passeio a pé, à Aldeia Ruiva.

Estávamos no fim do mês de outubro e as sementeiras do trigo começaram neste ano um pouco mais cedo. Os empregados dos lavradores donos da terra regressavam à casa dos patrões, quando já era quase de noite. As carroças entulhadas de apetrechos e alfaias necessários para o amanho das terras, puxadas por muares, enfileiravam-se na estrada de Maquedame, que os conduzia à vila.

Neutel era o maior proprietário de terras daquelas redondezas. Quando seus criados vinham com duas carroças, atulhadas de gente e de todos aquelas apetrechos para preparar a terra, um garoto de uns oito anos saiu a correr de dentro de um pequeno casebre à beira da estrada, atravessou a rua e meteu-se na frente das bestas, que puxaram as carroças, e zás! Entrou debaixo das patas das bestas. Estas se espantaram com o aparecimento da criança à sua frente. Numa carreira veloz e louca avançaram por cima da criança atropelando-a, deixando-a com ossos quebrados e toda coberta de sangue, quase moribunda no meio da estrada. Com tanta gente ali por perto a observar aquele espetáculo da criança a esvair-se em sangue, ninguém se atreveu a ajudá-la.

Vendo que ninguém se mexia para ajudar o gaiato, Duarte, ao passar por ali naquele momento com a namorada, deixou o braço da noiva, correu a socorrer a criança que gritava muito e se contorcia no meio da estrada. Levantou-a, pegou a criança numa braçada e correu para o consultório do doutor Cabrita a fim deste lhe ministrar os primeiros socorros.

A família do acidentado morava ali numa daqueles casebres na propriedade dos Borges. Os pais andavam a trabalhar e só souberam do desastre com o filho após o regresso, à noite, quando chegaram dos seus afazeres no campo.

O médico que não conhecia Duarte. Quando ele chegou ao consultório com a criança, a princípio, o médico pensou que fosse filho do casal. Mas ao conversar com os dois namorados, observou que alguma coisa estava desencontrada:

– O que o miúdo é a vocês? Sobrinho, primo, que parentesco vocês têm com ele?

– Não, não nos é nada doutor! Nem conhecemos o garoto! Nós vimo-lo estendido no meio da estrada todo ensanguentado a gemer com

dores. Como ninguém se mexia para prestar-lhe socorro, trouxemo-lo para o senhor o observar e tratar da sua saúde!

– Ah, pensei que ele fosse alguma coisa a vocês. Mas como não é, tenham paciência e me deixem o vosso endereço para eu contatá-los, tá bom? –, disse o médico enquanto oscultava o garoto. Como já se fazia de noite, os jovens despediram-se do médico:

– E quanto é a consulta senhor doutor?

– Mas vocês têm dinheiro para pagar? –, inquiriu ó médico com espanto.

– Não, não temos, era só para saber –, responderam os jovens, displicentemente.

– Não se aflijam com isso, não costumo cobrar nada desta gente pobre. Podem ir descansados porque o que vocês fizeram a este pobrezito, muitos aqui da terra não o fazem. Não disseram vocês que o petiz estava estatelado no meio do chão, sem que ninguém se lhe chegasse perto para o socorrer? Como vêem, isto aqui é assim mesmo, cada um para si e o resto é conversa fiada!

Depois desta observação do facultativo, o casal de jovens observou uma tristeza no olhar do médico por tomar conhecimento do pouco caso da sua comunidade em auxiliar um pobre de Deus. Despediram-se dele, levando em seu espírito o sentido do dever cumprido e, na flor da sua mocidade, correram a contar a novidade à família que já os esperava para o jantar. Mal se sentaram à mesa, logo a mãe perguntou a Duarte:

– Por que se tinham demorado tanto tempo no passeio à Aldeia Ruiva?

– Ah, foi um estúpido acidente na estrada!

– Um acidente? Mas que tipo de acidente se nessa estrada não passa quase ninguém?

Preocupada, Olívia, com o encanto de seus 16 anos e um sorriso meigo mostrando a brancura dos seus alvos dentes, dizia:

– Foi uma criança de uns oito anos que saiu a correr de sua casa, entrou debaixo duma carroça do senhor Neutel e ficou toda escalavrada!

– O quê, ficou o quê? –, perguntou Leonor.

– Ficou toda arranhada e quebrada, mãe! –, esclareceu Duarte, vindo em socorro da namorada.

– Oh, que diabo de nome mais esquisito, nunca tinha ouvido falar tal nome.

– É que a Olívia já está a praticar vocábulos diferentes, não é mãe? Lembre-se que ela vai casar com um advogado, não é?

– Ah, já está a praticar a fala difícil! É isso, hein!...

– É isso mesmo –, ripostou Duarte! – É isso mesmo.

Os olhos do Mário cresceram logo, de puro espanto, ao observar que a noiva do sobrinho já se andava preparando com um linguajar esmerado, no cultivo da língua portuguesa para acompanhar a brilhante carreira do advogado no Brasil. Singelamente, acudiu:

– Ah, pois já se vê. Esposa de advogado tem de se instruir para acompanhar o marido, não é Olívia? –, retorquiu debochando a tia Teresa. Uma estrondosa gargalhada entoou pela pequena casa dos Teixeiras, onde todos zombavam de Olívia que, esgazeada, olhava em seu redor. Ficou muito vermelha, escondendo o rosto entre as suas mãos, como a escondê-la pudicamente. Duarte tentou ajudar a noiva saindo em seu socorro, acalmando-a com palavras de encorajamento e desinibidas, como era do seu feitio:

– Oh, Olívia, não tenha vergonha de dizer que sim. É verdade que se anda a instruir para acompanhar o teu marido por onde quer que ele ande. Por que ter vergonha de se preparar para a vida, ora essa?

Já passava das nove horas da noite e Duarte tinha que ir levar a noiva em casa. O casal, então descendo a Rua do Arco, passou em frente à igreja, quando Olívia, olhando para o frontispício do secular templo religioso, voltando-se para noivo com um sorriso nos lábios, exclamou:

– Ó, Duarte, quando nos casarmos certamente é nesta igreja. Tu tens a certeza que gostas tanto de mim que és capaz de trocar aquelas luxuosas e imponentes igrejas do Rio de Janeiro pela nossa simples e tosca igrejinha de S. Bartolomeu de Messines, tens?...

– Oh, minha maluquinha, minha ingênua e linda, eu teamo muito e para te levar ao altar e casar contigo, não precisava ser na principal igreja paroquial desta terra. Eu levar-te-ia a mais pequenina das capelas deste lugar para casar contigo, se queres saber!

Depois desta declaração de amor, Olívia pendurou-se ao pescoço de Duarte e ali mesmo fundiram-se num beijo memorável. Já era tarde da noite e a mãe de Olívia tinha-lhe pedido para não se demorar. De repente, como se acordasse de um pensamento angustioso, Olívia, sob uma lamparina que ardia, disse:

– Ai, Duarte, é tão tarde e a minha mãe disse para não me demorar. Vamos mais de pressa, vamos! – E os dois dispararam numa carreira, chegando em casa a arfar de tanto correr.

No outro dia, depois do almoço, chegou Olívia quando Duarte se preparava para ir à casa dela. Vinha avisá-lo que os papéis da paróquia tinham chegado naquela manhã. O padre pedia-lhes para compareceram à igreja para marcar o casamento. A casa de Mário virou uma festa. Era verdade que não era nenhum palacete, mas isso não obstava que se prestasse algum tipo de confraternização à feliz notícia.

Nessa manhã ensolarada de outono, aqueles que ainda estavam em casa saíram à rua, alardeando a notícia alvissareira. Em breve, haveria festança rija com comes e bebes e, de contrapeso, boa música portuguesa para a contradança do enlace do filho de Leonor com sua bela Olívia dos Prazeres. Prazeres era o sobrenome de família de Olívia, por parte da mãe.

A Vila de São Bartolomeu de Messines inteira soube dos futuros festejos que iriam acontecer dali a um mês. Nos dias seguintes, este foi o

assunto em pauta de todo o povoado. Não se falaria de outra coisa até o Natal, que também já se aproximava. Aqueles falatórios e alcovitices das comadres da vila cessaram, dando lugar às bodas daquela gente nova, sadia e alegre da terra.

Na rua em frente à taberna do Inácio Mansinho, sobre uma calçada de pedras miudinhas, mal aparadas, começou um desfile de carnaval à moda do Brasil. Puxada por Leonor, seu filho, a futura nora e por toda a família do seu irmão Mário, toda a assanhada vizinhança começou a pular e a cantar pelas ruas, acompanhados de um batuque improvisado e barulhento. Ao ritmo de um enorme bumbo, a turma da bagunça, mais que depressa, descortinou, para complemento daquele cortejo ao Rei Momo, um bloco carnavalesco de onde surdiam tambores e tamboretes. Cadenciavam ritmos regulares, iniciados num sábado de manhã e que provavelmente avançariam pela tarde e noite adentro.

A baderneira gente das ruas adjacentes também aderiu ao chamamento do grito de Carnaval, antes do dia aprazado chegar, em razão da comemoração do casamento a realizar-se. Na verdade, a festa começou alegre e prometia ir até de madrugada. Todavia, acabou cedo porque faltou vinho e disposição para o forrobodó continuar pelas ruas da vila até altas horas da noite.

Quando eram umas dez horas, o cansaço tomou conta da moçada que se juntara aos iniciadores da festa, logo pela manhã. Não fora isso, aquela pândega teria acabado mais tarde do que se imaginara. Às 11h00, o sossego voltou às ruas da vila e todos foram para suas residências descansar.

16

Os papéis para o casamento estavam com o padre Lola. No outro dia após o almoço, o casal de noivos foi à igreja buscá-los. Agora começava a correr o tempo para o pregão na paróquia. Faltavam poucos dias para as bodas se realizarem. Enquanto isso, começavam os preparativos para o grande dia da celebração do casamento. Enviaram-se convites para os parentes e amigos do casal e da sua mãe. Anunciava-se uma grande festa, por parte dos pais de Olívia, que se realizaria num restaurante retirado da vila, ali na Aldeia da Portela de Messines, no armazém do tio Janeiras. A data da festa fora marcada para cinco de novembro.

Duarte não cabia em si de contente. Alegre e comunicativo, conversava com um e outro, sempre no afã de se mostrar lisonjeado com a receptividade que começava a granjear junto às populações da vila e de suas cercanias. Não obstante essas regalias que começava a conquistar, via-se cada vez mais enredado com novos amigos, que conquistava todos os dias na sua terra natal.

Mas também havia quem não gostasse dos Teixeiras, como a família das Bacalhoas, de gente gordalhona, com suas roscas anafadas em volta do pescoço. Moravam entre o Inácio Latoeiro e a Catarina Susana e alugavam quartos para sobreviver. Num desses quartos, morava um fulano chamado José Viegas, que além de ser alfaiate era paneleiro.

As duas irmãs Bacalhoas, bem nutridas e gárrulas, de longos anos, vinham esquadrinhando tudo que se passava em Messines. Com os dentes imprestáveis e mau hálito, suas línguas maledicentes teciam as maiores e mais famosas intrigas da terra. Não havia pecha, algibeira rota, poeira debaixo do tapete ou cu de arroba que elas, com seus olhos de gatas paridas e assanhadas, não dessem conta. Os comentários saídos de suas línguas maliciosas pareciam mais grunhidos de onças acuadas do que dicção de gente civilizada. Para além de maldizer de toda a gente, ainda inventavam coisas e lousas de toda a comunidade.

Assim que ficaram sabendo do casamento de Duarte com aquela menina tão bonita, novinha e encantadora, logo inventaram infâmias sobre a moça, urdindo cartas anônimas na calada da noite, com abjetas invencionices.

Com as Bacalhoas ninguém levava vantagem, pois as irmãs tinham sido em épocas remotas, as duas ao mesmo tempo, amantes do regedor da freguesia. Então, não adiantava alguém apresentar queixa porque o homem das leis, além do padre Lola, estava sempre do lado delas. Daí as queixas das pessoas de bem sobre as caluniadoras Bacalhoas nunca prosperarem.

Mas as alcoviteiras tinham poucas informações sobre os noivos. Esperaram mais notícias sobre o casamento para lançarem suas alcovitices mais completas, quando os pregões do noivado fossem lidos na igreja. Por isso, logo vieram conversar com a Rosa cabeleireira, que tinha um salão de beleza a 50 metros de sua casa. Queriam saber se os pregões já tinham sido apregoados pelo padre, no domingo passado.

Mas a cabeleireira também não sabia e foram as três saber da Emília Chia, cuja filha tinha uma casa de costura perto da farmácia do Graça Mira, que ficava em frente. Esta lhes informou que os pregões tinham saído no domingo e o casamento já fora marcado para cinco de novembro. Uma das irmãs Bacalhoas, a mais gorda, voltou-se para a outra:

– Ai, mana, vamos embora senão não temos tempo pra nada. – E saíram a correr para casa, a fim de engendrarem os mexericos que sempre

costumavam urdir. Mas a Rosa cabeleireira, escanifrada e também amiga de uma regateirice, disse:

– Olha como são linguarudas, Dona Emília! Olha como correram depois que souberam qual é o dia do casamento! Mas essa pressa toda, para mim, é para arrumarem de adrede os mexericos que vão inventar, a senhora não acha?

– Com certeza! Boa coisa elas não vão aprontar –, arrematou a outra.

Com efeito, no outro dia já corria pela vila à boca cheia que Olívia ia casar em cinco de novembro. E mais: aquele alvoroço e celeridade nada mais denotavam senão que a moça estava prenhe. Para não aparecer de bucho cheio, no dia do casório na igreja, em frente ao padre, resolveram de sopetão antecipar as bodas. Aquilo era uma vergonha para a igreja, um desrespeito para com o padre, uma desconsideração para com todos os católicos da vila e de toda freguesia.

As Bacalhoas se encarregaram de espalhar esse rumor, de forma abafada, para não comprometer a família decente do casal Hortência e Francisco, pais da noiva. Segundo elas, a culpada de todos esses desaires e decepções contra essa família de tão bela imagem e tradição era a filha do casal. Desde muito nova já se mostrara uma cabra estouvada e sem juízo que corria atrás dos rapazes, ainda em pequena.

Contudo, quem da vila conhecia Olívia sabia que se tratava de invencionices sem cabimento, mentiras deslavadas. A menina sempre fora comportada, quieta e recatada. O primeiro e único namorado que teve foi Duarte. Jamais namorou outro rapaz. Outra vez, um clamor abafado envolvia uma família distinta, que se sentia ameaçada pela difamação das línguas de trapo, mas que foram, de pronto, detectadas:

– Oh!, com certeza foram as Bacalhoas! Ora quem não conhece as Bacalhoas! –, diziam.

Mas que fazer? As Bacalhoas tinham a proteção das autoridades locais e ninguém podia mexer com elas. Todas as queixas que fossem apresentadas ao então regedor da freguesia não tinham sucesso e morriam ao nascer em águas de bacalhau.

A pobre Olívia, durante quase uma semana, passou chorando fechada em seu quarto por causa das infâmias. As Bacalhoas edificaram por toda a vila uma torre de mentiras mais alta que a torre da igreja matriz de S. Bartolomeu de Messines. Olívia ficara sem ânimo para nada. Duarte, então, não saia da casa dos pais de Olívia, dando-lhe o apoio necessário para levantar-lhe o moral. Prometia-lhe que iria queixar-se às autoridades constituídas e tomar as providências que o caso requeria. Iria reparar o estrago que as duas desbragadas mulheres causaram à sua inocente noiva.

Todavia, como os papéis dos pregões estavam com o padre, foi conversar com o reverendo a fim de saber como haveria de proceder com as difamadoras. Como o padre Lola também era um dos comprometidos com as Bacalhoas, tratou logo de dissuadir o rapaz de representar contra as más mulheres. Por interesses óbvios, é claro!

Na semana seguinte, o António Ventura, que era o homem do Registro Civil, pensou em procurar Duarte. Ventura não media mais que um metro e quarenta centímetros de altura, era barrigudinho, de rosto liso e redondo. No bico dos pés, atravessava a rua em frente à farmácia e se descobria todo, tirando o chapéu a Duarte. Naturalmente, sabendo-o advogado no Brasil e conhecedor de leis, Ventura pensou em falar-lhe sobre os rumores e maledicências de suas vizinhas e confidentes. Estas tinham proporcionado um encontro recôndito do Ventura com a Marina Lua, com objetivos libidinosos, na casa de costura da filha da Emília Chia.

O encontro contara com o beneplácito do barbeiro Manuel Cunha, seu camarada de pândegas, que estava também mancomunado. Este caso andava no mais profundo segredo porque se desenrolava uma novela amorosa intumescida de depravação.

Mas todo este fadário era do conhecimento das maiores fofoqueiras da vila que, muito ligadas ao barbeiro, tinham armado a grotesca novela e, segredando a um e a outro, colocaram a comunidade messinense a par deste imbróglio do António Ventura.

Foi assim que toda a vila ficou sabendo de mais um escândalo. Por causa disso, o chefe do Registro Civil teve de emigrar para a França, com toda a família, pois não tinha mais ambiente para continuar a morar na vila nem exercer o cargo que ocupava. Como agora havia novo lamaçal, felizmente as regateiras esqueceram a Olívia. Estávamos já no último dia de outubro, a cinco dias das bodas, e os preparativos corriam a toda a velocidade.

Em meio à fresca madrugada do outono algarvio, as famílias dos noivos acordaram bem cedo naquele dia cinco de novembro. Olívia dormiu quase nada durante aquela noite. Rendera o seu coração àquele rapaz, para quem se entregaria de corpo e alma, logo mais à tarde, em frente ao altar da Igreja Matriz de S. Bartolomeu de Messines, diante do padre, na capela-mor. Ali, ela haveria de jurar que amaria aquele moço, na alegria e na tristeza, na saúde e na doença, por toda a sua vida.

Com as alianças guardadas na algibeira, Duarte assumiria o mesmo compromisso. Às 17h00, os noivos estavam casados, saindo pela porta principal da igreja, de braços dados, com o cortejo dos padrinhos, madrinhas e convidados. Cumprimentaram-se no adro da Casa de Deus, conforme o costume.

Os festejos pelas alegres bodas incluíram um grande baile oferecido por Maria Antónia, de Monte Boi, uma aldeia próxima dali, e grande amiga de Olívia. Mário se encarregou do jantar, depois de encomendar um borrego à Maria Branca, dona de um talho que ficava encostado à praça onde se vendiam os pescados.

O primeiro prato do jantar seria borrego ensopado com batatas, regado com um bom vinho carrascão, da região de Lagoa; o segundo

prato seria galinha ao molho pardo; e o terceiro, seria arroz de pato ao forno, todos esses bródios à moda algarvia. Já o copo-d'água fora feito com doces do Algarve, como os doces D. Rodrigo, com amêndoas algarvias; pão-de-ló, uma das delícias da cozinha do Algarve, com ovos de galinhas do campo; as carrasquinhas de amêndoas cortadas muito fininhas; bolos folhados cobertos com mel do Algarve etc. As bebidas de acompanhamento aos doces eram o vinho do Porto, o vinho doce do Algarve e outros licores de frutas da região.

Mário gostava muito da música tocada no acordeom. Por isso, falara com o acordeonista Fernando Elias para, na noite das bodas, ir ao salão-restaurante do Janeiras da Portela, onde seria a festança. Com o seu harmônio a tocar polcas, corridinhos e valsas, e até uns fados, aquela rapaziada nova e cheia de vida se alegrava, dançando e brincando à boa moda algarvia. Quando o simples Fernando Elias, sem ruminar, tocou o corridinho *Alma Algarvia*, os jovens mais afoitos e ousados, cada um com sua rapariga, rodopiaram pelo salão de baile. E assim foram até o sol raiar.

Depois, ao terminarem as várias contradanças, os moços tomaram um café reforçado e, ainda aprumados em seus fatos novos, estreados nas bodas do casal, vieram a pé para vila. Aguardavam-os alguns seus companheiros de festim que, abraçados e meio borrachões pela vinhaça da véspera, cantarolavam numa algazarra infernal a *Maria Cachucha*, música espanhola muito apreciada em Portugal, no início do século XX.

O culto a Dioniso, naqueles dias de folguedo, rolou por Messines como nunca se tinha visto. O festim contagiou os messinenses de tal modo que abalou os costumes do comando político da terra onde nascera o casal. Foi uma festa memorável para toda aquela gente que perpassava ao longo das sebes que circundavam as estradas e levavam a Messines.

Os receios da família só terminaram com o conúbio dos dois jovens. Agora Duarte e Olívia gozavam os últimos dias do ano numa lua-de-

mel cheia de felicidades, em um hotel da Praia da Rocha, em Portimão, a poucos quilómetros da sua terra natal. A imaginação da juventude não tem limites. E Duarte, no enlevo destes dias de grande felicidade, pensava num futuro promissor, feliz e glorioso que, com certeza, conquistaria em Niterói. Essa era sua grande ambição.

O tempo arrefecera. O mar estava revolto e os últimos cinco dias passados na praia não compensavam porque as primeiras chuvas do outono chegaram. E caiam em abundância, não deixando aos noivos nada que os prendesse àquele lugar agora inóspito, mas que fora bonito e alegre no verão passado. Os dias tornavam-se agora os primeiros da nova estação e, de certo modo, eram frios, tristes e lúgubres, tornando-lhes a vida pesarosa e contrita. Mormente a Duarte que ficava a maior parte do tempo deitado entre os alvos lençóis de linho, no quarto do hotel, vendo com languidez a chuva cair pela janela envidraçada do apartamento. Enquanto pensava no tempo precioso perdido em preguiças, sua linda esposa tomava uma ducha na luxuosa casa de banho. Quando Olívia saiu do banho, ele perguntou:

– Ó, Olívia, você não acha que deveríamos ir embora para Messines? Afinal, o que é que nós estamos aqui a fazer com esta chuva? O tempo está fechado e estamos aqui a gastar o nosso dinheiro sem tirarmos proveito. Acho que o melhor era irmos embora! O que é que você acha?

– Não sei, Duarte, tu é que sabes! Para onde me levares, vou contigo, nem que seja para o fim do mundo! Se quiseres, podemos ir tomar o pequeno almoço e em seguida vamos para Messines porque de fato não estamos aqui a aproveitar nada disto!

– Ah, então está bem. Se você não se importa, vou tomar um banho rápido, ponho aí uma roupa qualquer, e vamos agora mesmo, tá bem?

– Já disse, como queiras!

– Pois bem, mãos à obra! –, exclamou o rapaz e, batendo com as mãos uma na outra, pôs calça e camisa e, com um agasalho pelos ombros, calçou os sapatos. Tomaram café e voltaram imediatamente para sua terra natal.

Foi uma grande festa quando D. Hortência viu o casal portas adentro, alegres e sorridentes. Olívia, abraçando a mãe e pendurada ao seu pescoço com ternura, dizia:

– Mãe, sou a mulher mais feliz do mundo! – E ria de contentamento, pois o seu coração, amolecido por um amor quase indescritível, não saberia narrar emoções fortes e indeléveis e que os tempos jamais apagariam. Nunca, a mãe ou o pai entenderia o bastante para avaliar o que se passava naquele coraçãozinho de ouro que agora começava a despontar para a vida.

Duarte, ante aquele quadro romântico, ficara absorto e extasiado, de olho cavo naquelas duas mulheres simples e cheias de sentimentos amorosos que talvez fossem maiores do que a realidade. Ainda sob aquele enlevo, eis que surge o Francisco Cabrita, que vinha da sua fábrica almoçar em casa, e deu de cara, sem esperar, com a filha e o genro. Logo abraçou os dois efusivamente:

– Mas vocês não iam ficar quinze dias na Praia da Rocha? Por que anteciparam o regresso?

E Olívia, adiantando-se ao marido, beijando o pai no rosto, exclamou:

– Ai, papá, o tempo estava tão frio e chovia tanto que resolvemos regressar mais cedo. Não valia a pena ficarmos lá na praia gastando o nosso dinheiro no hotel, sem aproveitarmos nada da praia, o senhor entende, não?

– Ah, sim! Se o tempo estava de chuva, o melhor é ficarem aqui em casa conosco! Pelo menos vocês não têm despesas e estamos juntos! Acho bem.

Como a se recordar de algo que trazia na mente e precisava falar, o pai indagou:

– Duarte, eu precisava falar contigo em particular, mas como estamos aqui só os três, quero propor um negócio a vocês, posso?

– Oh, senhor Francisco, não sei o que o senhor nos quer propor, mas certamente não será nada que nos prejudique. Então que venha a proposta!, não achas, Olívia?

– Não sei, Duarte! Se o papá te quer propor alguma coisa, de certo não será coisa ruim!

– Não, não é coisa ruim, jamais iria propor algo a minha filha que não fosse para os ver felizes ou para o seu bem! Você não acha?

– Bem, vamos ao que interessa! –, continuou o pai: – O que tenho para lhes propor é o seguinte: vocês irão viajar para o Brasil e não sei quando os verei. Então, lembrei-me de lhes oferecer um dinheiro que tenho no banco e que não me faz falta no momento! O que vocês acham?

Novamente, Olívia se pendurou ao pescoço do pai e deu-lhe um longo beijo ruidoso na face morena e com uma lágrima nos olhos, disse:

– Muito obrigado, papá! Muito obrigado, pois se o papá tem esse dinheiro que não lhe faz falta, claro que eu e o Duarte aceitamos e agradecemos! Não é verdade, meu amor?

Estupefato com aquela proposta do sogro, assim de repente, Duarte fazia que sim com a cabeça, com um risinho amarelo e suave, remexendo o dinheiro e as chaves que trazia na algibeira da calça.

– Bem, o dinheiro está à vossa ordem no Banco Nacional Ultramarino, em Silves. O cheque está aqui. É só ir lá levantá-lo. É o meu presente de casamento! Está bem?

Se os noivos estavam felizes somente com o amor que os envolvia, agora, com todo aquele dinheiro que o pai lhes oferecia, ainda mais felizes ficaram. De tal modo que ambos abalaram a contar à mãe de Duarte aquela sua alegria. Foi mais um motivo de celebração para toda a família aquela bolada de dinheiro que Olívia ganhava do pai!

Leonor não poderia ficar indiferente a esta felicidade dos noivos porque as passagens para o Brasil custavam uma nota alta. E ela não tinha tanto dinheiro assim que desse para todas as passagens, de modo que vinha mesmo a calhar para fazer frente a todas as despesas que ela provavelmente contrairia até se ir embora para o Brasil.

17

Leonor, apesar das más línguas da sua terra que a criticaram tanto logo à sua chegada, sentia-se neste momento uma vencedora. Seu principal objetivo de vir a Portugal fora conquistado, isto é, a cura do seu único filho. Mas isso não era tudo o que mais a deixava satisfeita consigo mesma. A sua maior vitória residia em ver o filho ser aplaudido por quase toda a comunidade messinense.

O êxito que ele conseguira entre toda aquela gente desconfiada "a princípio do que a mãe propalava a respeito do seu filho, como homem e advogado" tinha ali um sabor especial de triunfo e glória. Provara serem verdadeiras as virtudes que atribuía ao filho. E não era apenas ela que demonstrava o elevado valor de Duarte: ele próprio revelava a todo instante seus vastíssimos conhecimentos que tinha não apenas em matéria de Direito como também em outros assuntos.

Leonor sentia-se feliz, segura e digna do bom nome de sua família. Podia andar de cabeça erguida em toda a parte, muito em especial por toda a freguesia, porque tanto seus ascendentes como seus descendentes não a envergonhavam em sítio algum. Também poderia regressar ao Brasil sem o receio de que alguém ficasse mordendo por detrás na sua pele porque seu nome estava plantado em bons alicerces, difíceis de derrubar

Ao regressar da casa onde o filho morava agora com Olívia, Leonor andava pelas ruas enlevada por pensamentos de consolidação de sua amizade com a comunidade messinense. No trajeto, surgiu à sua frente, na Rua da Mina, a parteira Maria Alvina, mulher do tio José Carlos, o manco, pai da Augusta, que era casada com o José Diogo, o agulheiro da estação do caminho de ferro, que morava perto. Maria Alvina, em grande bebedeira, mal se sustinha de pé, olhando para Leonor com a mão na testa para se proteger do sol.

A bêbada desacatou Leonor porque o Luís Mendonça "um neto do seu homem e filho do José Diogo e da Augusta" quisera se suicidar porque estava apaixonado pela Olívia. A parteira, bêbeda que nem um cacho, pôs-se a xingar Leonor com todos os nomes do seu ultrajante vernáculo, quando esta se dirigia para casa do Mário. Isso apenas porque o neto do José Carlos se apaixonara pela encantadora mulher agora já casada com Duarte.

Ora, esta ofensa extemporânea deixou Leonor, a princípio, confusa e boquiaberta. Naturalmente, Maria Alvina talvez tivesse lá as suas razões, mas a verdade é que Leonor não tinha nenhuma culpa de o filho casar-se com a Olívia. Chegou a esta conclusão em solilóquio e ficou perplexa. Que culpa tinha ela do neto do José Carlos se apaixonar por uma rapariga que sequer sabia dessa sua paixão? E que culpa tinha Leonor de seu filho se casar com Olívia, meu Deus! Por que ser enxovalhada por uma velha bêbada e descabelada no meio da rua? Logo agora que estava a pensar em reconciliar-se com a comunidade de sua terra, vinha alguém pôr lenha na fogueira. Vinha para que as coisas tomassem um rumo diferente daquele que pensara seguir, que era esquecer todos os maus bocados passados desde os tempos em que chegou à terra. Assim, com estes pensamentos refratários, pegou uma blusa que levava dobrada no braço, pô-la pelos ombros, e foi diretamente para casa do irmão, com a sensação de frustração.

Ao chegar, mostrava-se totalmente encolerizada e triste. Toda a família ali presente percebeu. Mas foi Teresa quem interpelou com impaciência a cunhada:

– E por que a mana não foi logo ao regedor dar parte da Maria Alvina? Pois, se tivesse ido à regedoria, ela iria ver o que é enxovalhar uma pessoa em plena rua, sem mais nem menos. Ah, se fosse comigo, isso não lhe ficaria barato, não! Ora essa... – Quando ia prosseguindo com ameaça de convocar a autoridade, o marido Mário desembuchou:

– Cala-te porque se fosse tu, ficavas era embasbacada e também não fazias nada. Assim como estás de fora, vens agora com essa valentia toda, só conversa mole...

– Ah, pois sim! –, acrescentou Teresa – então não te lembras o que eu disse àquele estafermo, o manco do Sacramento, quando ele inventou aquelas coisas do senhor Dr. Cabrita? Pois, disse-lhe boas e belas e ele ficou quietinho quando o ameacei de ir ao regedor, para que ele maldissesse o Dr. Cabrita.

Leonor assistira a esta discussão entre o irmão e a mulher sem entrar no meio. Mas vendo que a conversa fora provocada por sua causa, entrou no assunto:

– Sabe, mano Mário, eu provoquei essa exasperação entre vocês. Reconheço que Teresa tem razão quando diz que eu deveria ir atrás da minha defesa e honra, de meus diretos. Porém, de outro lado, não quero levar da minha terra uma imagem negativa, distorcida e irreal! Agora que estou quase de partida para o Brasil, ainda quero acreditar que a melhor terra do mundo é Messines. Por isso, não quero atritos com ninguém nem levar mágoas ou molestar quem quer que seja. – E continuou:

– Sei também que, em Messines como em qualquer outro lugar do mundo, existem pessoas deseducadas, invejosas, ruins. Sei que há pessoas que não valem a água que bebem, mas essas, no contexto de toda a sociedade, pouco ou nada representam, não são mais que meia dúzia. Não quero levar daqui aquela impressão de terra de ninguém. Quero levar a imagem que sempre tive, de bem querer e de gratidão, enquanto estiver no estrangeiro. Quero acreditar que a nossa terra é uma mãe e não uma madrasta. Por isso, não fui ao regedor. Quero mesmo é esquecer todos esses maus momentos e dissabores que aqui passei nos primeiros dias! É apenas isso, nada mais!

Depois deste pequeno discurso, como não conseguisse segurar as lágrimas, correu para seu quarto e desatou a chorar. A cunhada Teresa, também com as pestanas molhadas, entrou no quarto e, vendo Leonor de bruços estendida em cima da colcha, sentou-se a seu lado na borda da cama e, com a mão direita, afagava-lhe os cabelos revoltos, acariciando-lhe a cabeça:

– Deixe lá, mana! Não se rale com essas coisas, afinal não se perdeu nada. A vida é assim mesmo e, por enquanto, ainda não houve morte nenhuma, a vida são dois dias, não vale a pena a mana se ralar!... Esqueça isso, esqueça o passado porque neste mundo dos homens, por mais que façamos, ninguém reconhece totalmente o nosso valor. – E, abraçando-se à Leonor, consolava-a e a estimulava. Arrastou-a para a cozinha, onde ambas poderiam conversar mais demoradamente, enquanto lavavam a louça e arrumavam as coisas.

Para distrair e tirar a cunhada daquela tensão torpe, Teresa resolveu contar-lhe o caso do Manuel Lúcio que, tempos atrás, entrara, a altas horas da noite, em casa da Maria Inácio, filha do honrado Joaquim Inácio. Com Maria, Manuel teve um caso de amor fortuito, roubando-a ao Arsênio, marido honesto e trabalhador, e levando-a para a cidade de Faro. Agora os dois viviam em condição de amásios, numa pensão daquelas baratas da capital do Algarve, sem garantias e sem futuro.

– Veja só, mana, como essas mulheres casadas e mães de família se deixam arrastar para uma vida precária e desonesta? Como vão atrás de um malandrão qualquer, viciado em jogatinas, cigarros e petiscadas e outros vícios que não conhecemos? Que diabo de futuro tem uma mulher dessas? E, muitas vezes, são essas infelizes que falam mal das pessoas honradas que, não raro, levam uma vida de sacrifícios, lutas e trabalho honesto e regular, nos padrões da ética e da decência, como nós outras!

Leonor, sentada à mesa com as mãos apoiando o rosto, agora mais serena e lúcida, pensava sobre o que a cunhada havia dito. Teresa disse apenas que, no mundo lá fora, havia muito mais pessoas infelizes e com maiores razões para reclamar do que elas. Pois apesar de suas queixas e infortúnios, não teria Leonor razões de sobra para ser feliz? Claro que tinha!... E lembrou:

A felicidade são momentos fugazes,
quando pulsa um coração romântico!...

Mas o relógio da torre da matriz dava as doze badaladas do meio dia. E o irmão deveria estar a chegar para o almoço. Não era conveniente ele encontrá-la assim com os olhos inchados do choro. Correu ao banheiro a lavar os olhos e um turbilhão de ideias e apreensões a assaltou naquele momento desconfortável. Só por causa de uma velha maluca, caduca e bêbeda que a interpelou no meio da rua, com baixarias e desaforos, por conta de uma paixão recolhida de um parvalhão, neto do seu homem.

Depois do almoço, desceu a Rua do Arco com a cunhada em direção ao Café do Romeu. Ao fundo da sala do café, rente à parede, estavam aquelas senhoras que costumavam também lá ir para jogar conversa fiada fora. Teresa, preocupada, avisou a cunhada para ter cuidado com a língua porque poderiam dizer alguma coisa que pudesse atingir aquelas senhoras. Não queria criar mais algum atrito com aquela gente esnobe, mas nem tanto, que ali se reunia para saber de intrigas e mexericos de Messines.

Sentadas, a primeira coisa que notaram foi a movimentação dos cochichos de uma e outra. Todas a olhar fixamente em Leonor, que chamou a atenção de Teresa para os risinhos e galhofas das senhoras da dita alta sociedade messinense. Estas se divertiam às custas das duas, que ignoravam os motivos das manifestações de escárnio. Teresa, desconfiada, voltou-se para Leonor:

– O melhor é irmos embora porque isto não me cheira bem! O que é que a mana acha?

– Vamos porque já não é sem tempo –, concluiu a cunhada. Pagaram o café e saíram apressadamente sem darem importância às madames da elite da terra.

Quando chegaram em casa, lá estava o casal de noivos. Aborrecidos de estarem fechados na casa dos pais de Olívia, foram dar uma volta pela vila e ver a tia Teresa que não viam desde a sua saída para a Praia da Rocha. Estavam com saudades da tia querida e de sua casa simples e aconchegante, de gente pobre, mas boa e feliz, e onde reinava alegria e havia ternura para dar e vender.

Ao ver a tia, Duarte regozijou-se, deixando expresso no seu semblante a alegria. Beijou no rosto aquela que, sendo parente apenas por afinidade, lhe queria muitíssimo. Com alegrias e confraternizações, uma bonita festa começava novamente naquela tarde, na casa de Mário Teixeira. Festa essa que o pai da noiva tinha proporcionado ao casal, para gastarem um pouco do dinheiro com que os presenteara pelo casamento. Os noivos faziam questão de dizer ao povo de Messines da sua felicidade, ao se despedirem das pessoas nesses últimos dias na vila.

Mas se uns são bafejados com acontecimentos que lhes trazem alegrias, outros não. Assim foi o caso de uma família da vila que, naquele momento, chorava a morte de um seu ente querido. Sem saber disso, Leonor achou esquisito os sinos da matriz repenicarem a manhã inteira:

– Por que diabos estão os sinos da igreja a repenicar toda esta manhã?

– Então vocês não sabem? –, adiantou Duarte.

– Não sabem o quê? –, indagou Teresa, surpresa.

– Sim, não sabem que mataram o José Jóia?

– O José Jóia, aquele que foi regedor?

– Por acaso tem mais algum José Jóia aqui em Messines?

– Mas como foi que mataram o homem? Foi por tiro ou apunhalado?

– Dizem que foi com uma facada de um tal David da Faveira, conhecem-no? –, perguntou Duarte.

– Ah, sim, tenho ouvido falar muito desse tipo, dizem que não é boa peça! E, quando foi isso?

– Parece que foi ontem à noite, lá na venda do Manuel Pedro. A tia sabe onde fica essa venda?

– Ah!, sei sim. É ali perto da mercearia do José Candido Guerreiro, no largo onde fica a fábrica de moagem! – E lamentou: – *Ai*, coitada da família! A Belinha, a filha dele..., uma rapariga tão jeitosa ficar sem o pai nesta altura, coitada!

– Ora, deixe lá mana –, interveio Leonor – Ela fica aí e sempre há de encontrar alguém que a ampare. O pior foi o pai que encontrou a morte nas mãos sujas de um bandido qualquer! Posso muito bem avaliar quanto custa matar um ente querido de nossa família!

Com a face chamejante por causa da morte do antigo regedor, em lamentações sobre a desgraça que se abatera sobre a vila, Leonor se benzia, indagando com sentimento religioso:

– Então, a que horas é o funeral do homem, hein, Duarte?

– Ah, isso não sei! Naturalmente deverá ser lá pelas cinco horas da tarde, por quê?

– Porque gostaria de ir ao funeral desse homem, pois o conheci ainda quando morava aqui antes de viajar para o Brasil!

– Vou num instante lá à igreja saber a que horas é o enterro do homem, está bem, mãe?

– Se não te importas, vai lá, faz favor, meu filho!

Duarte, pegando o braço de Olívia, foi até a igreja. De fato, o enterro foi mesmo às cinco horas e Leonor, com o filho e a nora, fora ao funeral do José Jóia. O acompanhamento do corpo do antigo regedor foi grande, quase toda a vila estava ali em pé, triste. Não porque ele fosse boa pessoa, mas por respeito à família que era de boa gente. E também porque o ato tinha sido violento e covarde e as pessoas do lugar não estavam habituadas a este tipo de crime. Além disso, José Jóia, autoridade durante muitos anos, impôs o respeito e a ordem na vila. Isso era mais do que suficiente para que as pessoas se comovessem pelo passamento do homem.

Leonor agora recolhia-se à casa do irmão, com um nó na garganta, pensando, com tristeza, como seria o seu regresso ao Brasil. As últimas cenas do funeral do regedor faziam-lhe lembrar, com amargura, do trauma da perda de seu mui amado Fernando. Seu marido também tombara pelas mãos torpes e sórdidas de um truculento e perverso assassino, em Niterói. Durante todo seu período de viuvez, carregava o sofrimento de que fora vítima seu esposo.

18

Novembro chegara frio e enfarruscado. Estávamos no outono e o tempo esfriara com tal rigor que nem os cães aguentavam as geladas noites e madrugadas messinenses. Contudo, a estadia de Leonor na velha Messines estava por dias. Os papéis e o passaporte de Olívia, em razão de ela ser menor de idade, eram agora o entrave que se impunha para que a pequena família não pudesse viajar. Até que, no dia 27 desse mês, ficaram prontos os documentos, papéis e as passagens do avião que os levaria ao Brasil.

Duarte ansiava por esta viagem havia muito tempo. Antes de viajar, porém, compôs algumas estrofes ao sabor da sua imaginação, mas sem aquele elevado sentido poético, como fizera o seu conterrâneo João de Deus, nos tempos recuados do século XIX. Contudo, sentia no ar a poesia do antigo vate messinense e, elevando o espírito, saíram-lhe estas estrofes:

Se de ti nada espero,
Que só almejas grandezas,
Na minha modéstia quero
Dizer: só me dás tristezas.
Tristezas, lágrimas, dores,
Que muitas vezes escondo,
Para não denunciar amores
Que me parecem hediondos!...

Logo pediu para que fossem publicadas estas duas estrofes num semanário de Paderne, uma pequena aldeia a uns 10 quilómetros de Messines. Os versos foram uma espécie de despedida porque logo partiria este filho da terra para novos voos em velhas terras, para além do mar salgado.

Na azáfama do dia a dia, a família Teixeira Guedes se preparava para volver novamente ao Brasil. Cumpriria mais uma vez o destino dos emigrantes, como já o fizera Leonor e seu filho Duarte havia quase 22 anos, quando ambos deixaram a sua terra natal e partiram para se juntarem ao chefe da família.

Leonor, revirando sua memória, pensava naquela luta sem glória e determinada durante sua primeira viagem no navio Juan de Garay, de carga e passageiros, de bandeira Argentina, que os levara de Lisboa para o Rio de Janeiro. Os tempos agora eram outros, as pessoas também.

Os três tornariam a pisar novamente o chão da cidade maravilhosa do Rio de Janeiro. Dessa vez, muitos messinenses se deslocaram à capital dos portugueses para se despedirem dos Guedes no Aeroporto da Portela de Sacavém. Agora com grande euforia e regozijo, diferentemente da vez anterior, quando partiram para o Brasil sem despedidas e nem um adeus.

Passados apenas oito meses do regresso ao país natal, vem quase metade da Vila de Messines se despedir deles, como se fossem de famílias das mais ilustres e ricas da freguesia. Ora, estas atenções davam que cismar a Leonor porque não estava habituada àquelas amabilidades e reverências. No mínimo lhe pareciam um tanto exageradas.

Aliás, as personagens messinenses que agora faziam parte deste cenário se não eram outras, pelos menos mudaram muito, principalmente em relação a Duarte, que passara a ser a figura mais importante dali. Na sala de embarque, aquela gente provocou algum tumulto, pois todos queriam abraçar Duarte e a família que se retirava para o Brasil. A sala de

embarque estava repleta de passageiros com destino ao Rio de Janeiro e São Paulo.

A viagem foi feita de noite. A avião só chegaria ao Rio por volta das sete horas e quinze minutos do dia seguinte. Quando puseram os pés em chão brasileiro, Duarte tomou a dianteira de tudo. Como no Aeroporto do Galeão não tivesse ninguém a esperá-los, o filho de Leonor buscou um táxi para trazer a família para o outro lado da Baía de Guanabara, na cidade de Niterói.

Os primeiros dias foram de dificuldades, como não poderia deixar de ser. Hospedaram-se num hotelzinho barato e simples que havia na Praça do Rink, no centro da cidade. Niterói continuava a mesma. Em relação ao Rio, parecia mais uma cidade do interior do que um satélite da Grande-Rio. Para Duarte, era como se tivesse chegado em casa. Ali, tinha sido criado, fora ali naquela praça que muitas vezes se divertira com seus colegas de escola primária. Ali muito brincara e conhecia como a palma de sua mão algumas daquelas ruas que acabavam na avenida da praia, como a José Clemente; a Aureliano Leal; a Quinze de Novembro; a São Sebastião; a Andrade Neves; a Rio Branco e muitas outras que terminavam na Avenida Nossa Senhora da Conceição. Naqueles cantos, passara toda a sua meninice e adolescência e também a sua mocidade.

Voltava às suas origens. Estava na sua terra de adoção, onde fora criado. Inclusive, o dono do hotel em que se hospedara com a família, naqueles primeiros dias, já era seu amigo. O dono do hotel sabia muito bem do drama da perda do seu pai e da tragédia que se abateu sobre a sua mãe.

Leonor observava o tino e a agilidade que o filho tinha para lidar, com segurança, com as questões do lar e sua voluntariedade para tudo resolver. Mesmo porque era ele, naquele momento, quem tinha o dinheiro "que o sogro lhe havia oferecido como dote de casamento". Como chefe de família exemplar e bom administrador, sua primeira preocupação a fim de proteger o seu patrimônio, juntamente como o da esposa, foi abrir uma conta bancária. Assim o fez num daqueles bancos da Avenida Amaral Peixoto.

Iniciava-se um novo sistema de vida para toda a família. Olívia, ainda muito nova, não queria interferir em nada que o marido fizesse e muito menos tomar qualquer atitude contrária à dele. Até porque ela não conhecia nada sobre os costumes e leis brasileiras. Era novidade tudo o que acontecia ao redor dela.

Os dias corriam velozes, cada vez mais calorentos e longos. E todo aquele litoral do Estado do Rio de Janeiro, com suas belas e encantadoras praias, deixava Olívia extasiada. Ficava maravilhada ao passar pelas praias de Icaraí, do Saco de São Francisco, da Boa Viagem, de Cabo Frio, Araruama, Saquarema etc. Já o hotel em que se hospedaram, além de não ter o conforto desejado, também não condizia com o encanto das paisagens que conhecia, quando de pequenas viagens com o marido e com a sogra.

Durante uma visita a Saquarema, Duarte consultou a mãe e a mulher para saber se não queriam morar num apartamento no centro de Niterói. Dizia que, além de ficar mais econômico, seria mais confortável. Naturalmente Leonor anuiu logo de saída com a ideia do filho porque entendia que ele tinha razão em procurar o melhor e mais conveniente para a família.

Depois de cinco dias, já estavam de mudança para um apartamento antigo, mas grande e confortável. Ali Duarte poderia morar e também montar um escritório de advocacia. Poderia assim começar a trabalhar na sua profissão, como advogado, e iniciar uma nova vida.

Logo na tarde da mudança e da inauguração do apartamento, houve festa rija, com muito vinho, trazido em garrafões de Portugal, alheiras, chouriços e presuntos e muita música. Com samba e tamborins que alguns amigos lhe ofereciam como homenagem pelo regresso.

Duarte não poupou esforços para mostrar a sua alegria em retornar ao Brasil e aquela reunião assim o demonstrava. As velhas amizades de seus pais ali estavam para o confirmar, como o amigo Germinal; a D. Júlia; os Silveiras, com toda a sua família; o Dr. Coelho, a esposa e seus sete filhos; a D. Amália, com o senhor Bento e as filhas etc. Enfim, estavam aquelas pessoas que com quem conviveram por largos anos logo após a sua chegada ao Brasil.

A Dona Ruth, diretora do colégio onde Duarte estudara as suas primeiras letras, agora já muito velhinha, foi uma das convidadas de Leonor. A amizade perdurava durante tantos anos. Vieram outros doutores e professores de Duarte. Exibindo todo seu entusiasmo, o filho de Leonor não se cansava de mostrar o largo apartamento a seus amigos e convidados, explicando-lhes detalhadamente o que pretendia fazer:

– Bem, estes dois quartos aqui da frente vão ser nossos dormitórios. A sala, vou mobiliá-la e servirá de sala de estar para receber as visitas e também os clientes do escritório de advocacia que pretendo montar ali naquele quarto enorme, da parte dos fundos. – Germinal, acercando-se de Duarte, palpitou:

– Oh, Duarte, não seria melhor você fazer seu escritório de advocacia na parte da frente do apartamento? Sabe por quê? É que na parte da frente você poderia colocar ali uma placa. Atrevo-me a dizer isto porque um pouco de propaganda não faz mal a ninguém e você está começando, homem! A propaganda é a alma do negócio, ou não é?

Duarte ficou pensativo, chacoalhando o molho de chaves e algumas moedas soltas no bolso da calça. Depois de alguma reflexão, esclareceu:

– O amigo Germinal tem razão, todavia penso de outra forma. Se eu montar o escritório na parte de trás, não preciso fazer obras. Mas se o fizer na frente, tenho de fazê-las! Ou não tenho? E depois, eu é que sei das minhas parcas possibilidades financeiras. De mais a mais, sei que sou um advogado respeitável, mas como administrador tenho de dar provas de virtude. É nesse campo que estou apostando minhas fichas e tentando pôr em prática minha inteligência para saber se saio bem ou mal desta empreitada. O tempo se encarregará de provar se estou certo ou não!

– Bem, lá diz o velho ditado: Quem percebe da tenda é o tendeiro, o resto são conversas. Não é verdade? –, respondeu Germinal.

– É isso aí, caro amigo, é isso aí!

Se calhar, ambos tinham razão. Mas quem paga as contas é quem sabe o que pode ou não gastar para que a coisa fique funcional. Com efeito, para uma pessoa responsável como Duarte, que tinha de pagar suas contas em dia, seria importante separar o gasto supérfluo do necessário.

Naquele momento, Duarte punha as fraldas da camisa para dentro das calças, que saíram para fora quando se abaixara para apanhar um pedaço de papel velho que alguém displicentemente jogara ao chão. De resto, a conversa girava em torno do aproveitamento máximo do espaço do apartamento, com menos gastos possíveis. Neste sentido, Duarte tinha levado alguns dias a pensar em soluções razoáveis e perenes.

Naturalmente, ele ali estava para receber, por suas atitudes, aplausos e críticas de seus amigos e colegas mais velhos e experientes, como o Germinal. Este, com franqueza, expunha o seu ponto de vista, ao desenterrar recordações com propriedade e alguma sabedoria. Duarte aproveitou uma deixa:

– Pois vejam os senhores quais não são as minhas preocupações sociais! Tenho de começar uma nova vida, após sofrer uma interrupção de dois anos, que me tirou do ar, por causa de um acidente de percurso que abalou minhas estruturas intelectuais e morais, assim como a toda a minha família! Felizmente, encontro-me muito bem de saúde, graças à ajuda de minha mãe e de algumas pessoas que me são muito caras. – Com desejo ardente de entrar bem no mundo dos negócios e da política brasileira, dizia:

– Com os amigos que consegui recrutar hoje aqui em casa, com certeza serei bem-sucedido! É só trabalhar bastante que os frutos virão. Tenho muita fé em mim e nos meus colegas que ora aqui me acompanham.

Os amigos e a assistência em geral, após ouvirem estas palavras de Duarte, deram, emocionados, uma salva de palmas e uma viva a Duarte! A família Teixeira Guedes dava os primeiros e sinuosos passos para uma vida futura.

19

A cidade de Niterói é, sem dúvida, uma das mais quentes da orla da Baía de Guanabara. Tanto Leonor como o filho (para não citar Olívia) estranharam sobremaneira aquele calor escaldante quando ali chegaram, mesmo já conhecendo a cidade. Leonor pensava em ir morar no Rio, mas Duarte não:

– Mãe! As coisas no Rio são mais caras. A cidade é maior, as dificuldades também. A senhora sabe que aqui tenho as minhas raízes, aqui aprendi as primeiras letras, e meus melhores amigos são daqui. Aqui que tive a primeira experiência como advogado. Mais que isso, aqui tenho o meu pai sempre presente em espírito e eu o evoco sempre que preciso de uma força. Não sei se a mãe me compreende, mas aqui é o meu lugar, a minha terra, o meu povo. Tudo o que preciso e quero encontro é aqui.

– Filho, eu disse que gostaria de morar no Rio de Janeiro porque é um lugar rico e próspero, com mais movimento. Achava que tu gostarias de morar no Rio. Pensava em ti, só isso! Agora, quem sou eu para te obrigar a morar num lugar onde quero? Porque tu e tua mulher sois quem deve escolher o lugar onde querem morar! Jamais pensei em interferir nos assuntos de vocês, não é de minha índole! –, exclamou Leonor um tanto sem graça.

Niterói era uma cidade provinciana, mas sua comparação com o Rio nada tinha a ver. A defesa enfática de Niterói feita por Duarte era motivada pelo vínculo que tinha com os amigos que ali deixara, como o Lourival, da Vila Capitão-Mor; o Dr. Valdir Coelho, médico humanista como poucos; o jornalista João Neves, do diário *O Fluminense*; os grandes amigos e protetores de seu pai, como o Célio, o Germinal e o senhor Bento e a D. Amália, dos quais jamais poderia esquecer. Até o Flávio, da delegacia, era outro que tantos favores lhe prestara. Principalmente quando prendeu o Nenê, filho de D. Lurdes, o assassino de seu pai.

Tudo isso ele evocara para demonstrar à mãe que a sua terra no Brasil era Niterói. Esta era a terra do Colégio José Clemente, onde estudara, do Zizinho, jogador de futebol, que morava ali bem perto. Havia ainda mais motivos para amar aquela terra fluminense, onde ele tinha sentido as primeiras emoções das praias alegres, de areias brancas e finas, onde por tantos anos tomou banhos de mar. E mais, aprendera a nadar brincando nas praias de Icaraí, das Charitas, da Boa Viagem. Atravessara milhares de vezes as águas azuis e tépidas da larga Baía da Guanabara, para ir ao Rio de Janeiro estudar na Faculdade de Direito.

Ia com frequência à Biblioteca Nacional, a mais antiga do país, fundada por Dom João VI, em 1810. Apreciava, com fervor, algumas das mais de nove milhões de obras do acervo, incluindo raros exemplares trazidos de Portugal, como a Bíblia Sagrada, impressa em 1416. Esta obra encontrava-se fechada num cofre forte da Biblioteca Nacional, só podendo ser manuseada com luvas próprias, para não se deteriorar. Além desta obra de inestimável valor, outras de teor igual estão nesta biblioteca. Tudo isto foi evocado para fazer sentir à mãe que jamais esqueceria esses lugares veneráveis. Sim, para ele esses lugares eram sagrados. Depois de citá-los, um a um, deu um suspiro e disse:

– Aqui só me importuna este calor insuportável! No mais, tudo é tão natural e alegre como nos primeiros anos de minha vida, na Vila Capitão-Mor, no sopé do Morro do Estado.

Vila que tantas vezes lhe serviu de cenário imaginário, quando a mãe lhe vestia uma roupinha branca de marinheiro, que ele jamais se esquecera, desde os tempos de moleque até a adolescência cheia de traquinagens, passadas junto com o Nenê, filho de D. Lurdes.

De repente, o menino que recordava todas estas facetas de sua vida em criança, incubou-se brusca e refletidamente. Interpunha-se entre a reflexão e o raciocínio uma espécie de bloqueio, paralisando-lhe os sentidos, quando duas lágrimas lhe umedeceram as pupilas. Recordava com emoção os dias da tragédia da morte do pai. Não foi mais que um minuto de pesar e dor neste dia de sol, de raios luminosos e quentes, do mês de dezembro.

Todavia, a sua imaginação, agora de homem adulto, e confiante em sua capacidade de discernir entre o bem e o mal, imediatamente se recompôs. E seus pensamentos esvoaçavam para o lado positivo e ligeiramente se inclinaram para o lado empreendedor. Maneando a cabeça, murmurou consigo mesmo: "Vamos lá, Duarte, vamos em frente que o tempo é curto e urge. Afinal, já o perdeste muito e insta-se, portanto, que trabalhes teimosamente para abrir, sulcar e fender os caminhos que te levarão à glória".

Quando a mãe e esposa vieram ter com ele, já completamente restabelecido, ambas se entreolharam e exclamaram, simultaneamente:

– Aconteceu alguma coisa contigo, Duarte?

– Não, nada aconteceu, apenas uns minutos de emoção, nada mais.

Entreabrindo a porta que dava para a sala de espera, anunciava que tinha um compromisso no escritório do seu colega de profissão. Ia tratar de uma ação, em que esse colega lhe pedia ajuda, para resolver um caso de sequestro, ocorrido na Comarca de São Gonçalo. Duarte dirigiu-se para o quarto do casal e, tirando uma gravata vermelha do guarda roupa, lançou-a ao colarinho. Colocou um casaco pelos ombros e saiu com extremada pressa para os lados do fórum, que ficava entre a Avenida Amaral Peixoto e a Rua da Conceição.

Seu colega chamava-se Walter Viana, um homem de meia idade, já um pouco grisalho, com corcunda enorme. Segundo ele, adquirira a corcunda nos bancos escolares da Faculdade de Direito de Niterói, onde se formou, e que ficava na Rua Tiradentes, perto do Palácio do Governo, lá para os lados da Praia do Ingá.

O Doutor Viana era um velho conhecido de Duarte, dos tempos em que era estudante da Faculdade Federal de Direito do Rio de Janeiro. Tinham travado um bom relacionamento jurídico desde o julgamento de Nenê. De lá para cá, acompanhou a vida de Duarte, mesmo quando este esteve doente e até em Portugal. Os dois advogados ficaram amigos. Em razão disso, assim que Duarte regressou ao Brasil, foi um dos primeiros contatos do jovem causídico.

Duarte recorrera a Viana com a finalidade de arrumar serviço na advocacia, em Niterói. Assim começava Duarte novamente a carreira que tanto adorava e pretendia. Se não houvesse nada contra, este seria o primeiro caso do novo advogado.

O Dr. Viana, velho militante do Fórum de Niterói, não tinha disposição para advogar fora da capital fluminense. Como o colega Duarte precisava ingressar novamente na vida jurídica, eis aí a oportunidade que se lhe oferecia para recomeçar. Embora se tratasse de uma ação de muito trabalho e pouco dinheiro, para começar já era alguma coisa.

Duarte recebeu uma procuração das mãos do Dr. Viana, passada pela senhora cujo marido tinha sido sequestrado na Avenida Benjamim Constant. Foi para o escritório a fim de fazer os primeiros contatos com a polícia. Nada conseguiu, ninguém soube dar-lhe informações a respeito do homem desaparecido. Como era novato na advocacia, os policias nem estavam aí para ajudá-lo.

Depois do almoço, foi à Delegacia de Polícia de São Gonçalo para saber em que pé estava o caso do sequestro do comerciante José Azeredo de Sousa. O delegado informou-lhe que a ocorrência estava nas mãos da equipe especializada em sequestros e ainda não tinha nenhuma informação apurada. Duarte, não satisfeito com o andamento do inquérito, tentou falar com os policiais civis da delegacia, já que havia sido constituído como advogado do caso. Debalde, ninguém soube informar nada a respeito.

Voltou para casa desiludido com o primeiro trabalho. E pensava consigo mesmo como era difícil advogar no Brasil, especialmente quando se começava numa comarca onde não era conhecido. Porém, não desistiria. Telefonou para o Dr. Viana, perquirindo se ele tinha alguma pista sobre o tal sequestro. O Dr. Viana não sabia de nada para ajudá-lo, mas lhe perguntou:

– Você já falou com a esposa do homem que foi sequestrado?

– Eu não! Você entregou-me a procuração já preenchida e tudo. Apenas fui ao cartório reconhecer a minha assinatura e agora ando que nem barata tonta atrás disto. Nem tampouco conheço a mulher que me prepôs como advogado. Como você me pergunta se já falei com a mulher?

– Oh, homem, me esqueci de lhe dizer para ir falar com ela, que mora em São Gonçalo, para se inteirar de como foi o caso. Depois vá à delegacia onde foi apresentada a queixa.

– Ora bolas, na delegacia já fui e não me souberam dizer nada a respeito do crime, se você quer saber!

Duarte começava a perder a paciência com tanta desorganização. No entanto, lembrou-se de ir à velha delegacia onde ele tinha sido agredido pelo Rubens Gonzáles. Embora não gostasse daquele lugar, lá antigamente trabalhara seu grande amigo Flávio e talvez pudesse encontrá-lo. Não deu outra, ao pisar na delegacia, lá estava o Flávio, de cigarro entre os dentes, pronto para o ajudar.

Assim que Duarte lhe disse o que ia fazer, imediatamente Flávio pegou o telefone e entrou em contato com a delegacia onde fora apresentada a queixa-crime. Lá estava a queixa que serviria de base para o delegado elaborar o inquérito policial. Flávio, retornando a Duarte, dizia em que pé estava a queixa-crime, e dava-lhe todas as dicas e todos os dados nela contidos.

Para confirmar as informações dadas por Flávio, Duarte foi procurar a esposa do indivíduo sequestrado, visando obter mais esclarecimentos sobre como e onde teria ocorrido o crime. Foi aí, junto à esposa do paciente, que Duarte ficou sabendo mais sobre o caso. Disse-lhe a esposa que o marido era português e tinha uma padaria perto de onde moravam, na Avenida Benjamim Constant. De noite, em torno das 23h00, quando o marido fechava as portas do estabelecimento, na presença de dois empregados, três assaltantes de pistola em punho, anunciaram o assalto e mandaram o José pôr as mãos acima da cabeça. E levaram o seu marido num carro preto, saindo a toda a velocidade lá para os lados de Tribobó.

Ao escutar a mulher do comerciante, Duarte mantivera-se calado. Enquanto ela lhe dava a explicação, indagou:

– Nenhum dos empregados reconheceu algum daqueles marginais?

A mulher tinha dois filhinhos pequenos, um de colo, e outro, um pouco maior, agarrado à saia chorando. Ela pedia para os filhos se calarem, que ali estava o senhor que iria trazer o pai de volta. Mas as crianças não entendiam por que a mãe conversava com um estranho, e rebentaram num berreiro estridente. Duarte pacientemente dizia para a mãe acalmar as crianças e que ele não tinha pressa, por isso poderia esperar os menores se acalmarem!

Saiu da casa da mulher já no final do dia. Agora, tinha todas as informações que necessitava para resolver o caso. Primeiro, teria de saber onde estaria o homem sequestrado, em poder dos bandidos, para depois tentar surpreendê-los e pô-los atrás das grades, o que era mais difícil.

A polícia vasculhava, ou dizia que vasculhava, todos os morros de Niterói, de São Gonçalo, lá para os lados do Cubango, o Fonseca, do Morro do Estado. Já varrera quase todos os lugares possíveis e não conseguira encontrar o rastro dos meliantes. Passaram-se as festas do Natal, do Ano Novo, já correra mais de um mês e nada do homem aparecer.

Enquanto isso, Duarte já pegara mais alguns casos. Porém, todos de pequeno valor e sem importância. Na maioria, casos de despejo por falta de pagamento de aluguel, duas ações de divórcio de gente pobre, que nem ao menos tinham casa para morar, uma falência fraudulenta, um caso de assalto à mão armada. Enfim só tranqueira, coisas simples e de pouco valor. Tudo somado não dava nem para pagar o aluguel do apartamento onde morava.

O que lhe valia era o sogro, que lhe tinha dado um bom dinheiro quando se casou com a Olívia. Assim, a família ia vivendo mais ou menos. Estava difícil conciliar despesas e receitas. Naquele ínterim, abriram-se vagas para candidatos a advogado na prefeitura. Observando que o dinheiro que o sogro o presenteara se ia esgotando, e sem retorno, Duarte começou a se preocupar. Era necessário procurar algo sólido, com o qual ganhasse algum dinheiro porque, na advocacia, estava difícil. Só apareciam migalhas que não satisfaziam suas ambições.

O ano se iniciava e, como se abriu aquele concurso na prefeitura, naturalmente, Duarte com a sua vasta e sólida cultura jurídica, inscreveu-se para a vaga. Passou em primeiro lugar. Contudo, tinha de aguardar a chamada, que ocorreria só dali a uns seis meses.

Janeiro já findara. Às vezes, sentado na sua cadeira giratória no escritório, sem fazer nada, suspirava aborrecido com aquela desolação. Ainda por cima, aquele calorão do verão de Niterói dava-lhe uma sonolência. E começava a bater cabeça..., porém, o tédio era ainda pior que a estupidez de ficar ali inerte.

Levantou-se e foi à cozinha tomar um copo de água fresca da geladeira. O telefone repenicou no escritório, correu para atender. Uma voz de mulher do outro lado da linha perguntou:

– É do escritório do Dr. Duarte Guedes?

– É sim, quem deseja falar?

– É da prefeitura, gostaria de falar com o senhor doutor!

– Pois não, é ele que está ao telefone. Pode falar!

– Dr. Duarte! O senhor Dr. Francisco Fragoso, prefeito de Niterói, gostaria de dar-lhe uma palavrinha! Pode ser?

– Estou às ordens do digníssimo prefeito! –, respondeu o advogado

– Um minutinho, por favor! – Daí a uns segundos os dois homens estavam a conversar ao telefone. O prefeito dizia da sua alegria de falar com o advogado Dr. Duarte, ao mesmo tempo em que o cumprimentava por ter concorrido à chamada da prefeitura. Por se ter classificado em primeiro lugar no concurso, telefonara-lhe para o convidar a assumir a vaga que disputara. Os serviços de advocacia da autarquia estavam atrasados e o prefeito precisava com urgência de um bom advogado para o ajudar nas lides jurídicas. Perplexo com o convite, Duarte balbuciou, depois do telefonema:

– E esta agora! Meu Deus! É a Providência Divina que hoje ronda a minha porta. As coisas estão mudando, a sorte me bafeja. –, e correu logo a dar a boa notícia à mãe e à esposa, ambas arrumando e limpando o apartamento.

20

Depois de uma noite mal dormida por causa da empolgação do dia anterior, Duarte levantou-se, tomou um banho frio, arrumou-se, tomou café e foi à prefeitura conversar com o prefeito. Às 10h35min, ambos se encontraram no gabinete do prefeito. Francisco Fragoso pensou que iria encontrar um advogado de certa idade, já maduro e alquebrado, mas eis que lhe aparece um jovem elegante, alegre e bem disposto, pronto a ajudar o prefeito nas lides jurídicas do Estado fluminense.

Quando conversaram, Duarte demonstrou ser um jovem com fundos conhecimentos jurídicos e boa disposição para o trabalho, o que deixou o prefeito admirado com seu desembaraço. A autoridade municipal disse-lhe que sua nomeação para o cargo sairia no outro dia, no Diário Oficial do Município.

Depois da entrevista, Duarte seguiu a pé a caminho de casa, mergulhado na sua subjetividade e absorto. Coçando a cabeça pensava: "Como as coisas às vezes são fáceis para os senhores do poder". Todavia, reconhecia que para chegar ao poder não era assim tão fácil. A estrada era longa, sinuosa e ardilosa, porém, reconhecia que o rumo por ele traçado estava certo. Os caminhos começavam agora a se definir com alguma clareza. Não tinha ele encontrado o Dr. Francisco Fragoso, que lhe acenava e lhe entregava assim de mão beijada os assuntos jurídicos e forenses da prefeitura? Claro que sim! Levantando a cabeça, com algum alvoroço, murmurava: "Afinal tenho talento, alguns amigos e muitos conhecidos para começar!... Então, o que esperamos? É apenas meter mãos à obra que o resto virá fácil, caramba!"

Convenhamos que esta certeza de galgar os caminhos do sucesso (como ele pensava) não estava assim ao alcance de toda gente. Mas também não estava tão distante que não a pudesse atingir. No entanto, era preciso persistência, paciência e muita disposição! Caminhando sozinho pelas ruas da cidade, Duarte sorria daquela ambição ascética, conjeturando com seus botões sobre os louros da glória que um dia haveria de conquistar...

Ao chegar ao apartamento e entrar em seu escritório, havia em cima da sua escrivaninha de trabalho um recado da esposa para ele telefonar para o Dr. Walter Viana. Telefonou, mas ninguém atendeu. Provavelmente o colega saíra e, como não tinha secretária, o telefone tocou, tocou sem que alguém o atendesse. Meditando sobre o porquê de o colega lhe telefonar, enterrando-se numa poltrona da sala, relembrou o caso do sequestro do português da padaria. Levantou-se e telefonou de novo para saber se o Dr. Viana já tinha chegado. Debalde, novamente ninguém atendeu.

Sentindo-se sozinho em casa, de repente lhe veio um apetite enorme de almoçar. Tinha a impressão de que já havia mais de quinze dias que não comia. Mas eis que a porta do apartamento se abriu e apareceu Olívia, com sua mãe ao lado, que vinham do mercado onde foram comprar os ingredientes para o almoço. Com esta sensação de estômago vazio e levado por uma rajada quente de pensamentos, chegava à conclusão de que o Dr. Viana, provavelmente, teria alguma solução para o caso do sequestro de São Gonçalo.

O telefone repenicou outra vez. Atendeu. Era o Dr. Viana que lhe dava a boa nova, a polícia tinha encontrado o homem sequestrado. Estava prisioneiro num velho ergástulo, lá para os lados da Engenhoca, num daqueles morros ali existentes. O homem estava em más condições de saúde por causa dos maus tratos que sofrera nas mãos dos bandidos. Mas estava vivo e isso era o que mais interessava à família.

– A mulher dele já sabia que a polícia encontrou o marido? –, perquiriu Duarte, com alvoroço.

– Sabe, sabe! Pois foi ela quem me telefonou a dar-me a notícia! Como não havia de saber?

– E por que não telefonou ela para mim?

– Ah, não sei dizer por que ela não telefonou para o colega!

– Bem, o homem já está livre, vivo e bem. É o que basta e interessa! Não é verdade?

– Telefonei para o colega tomar ciência do fato. Se tiver algo a acertar com a família, é só procurá-los, entendeu?

– Isso é o que menos importa. O homem estando vivo e salvo, a questão do numerário vem depois... Eu lhe informarei oportunamente.

Despedindo-se do velho colega, dizia com alguma graça ao amigo de ofício:

– Estou com uma fome de rachar! Está servido a almoçar comigo, caro amigo?

– Não, muito obrigado. Imagina se o colega, morrendo de fome, iria esperar até eu chegar aí? Vá, vá almoçar antes que morra.

Despediram-se calorosamente. O emprego na prefeitura estava consolidado. Duarte considerava agora meter as mãos à obra e trabalhar, que o resto viria com facilidade. Mas no dia seguinte, sábado, faria dois meses desde que chegara de Portugal e tinha ido pouco às belas praias de Niterói. Convidou a esposa e a mãe a irem à Praia da Boa-Viagem naquele sábado ensolarado do verão da capital fluminense. Foram.

Assim que chegara ao Brasil, o advogado havia adquirido um carrinho Volkswagen, já muito rodado, mas em bom estado de conservação. Saíram cedo, em torno das 08h00. A praia não era longe de modo que, às 8h30min, estavam já molhando os pés nas águas mansas e mornas da Boa Viagem. O sol viera quente e branco, como era de prever, e o dia prometia ser agradável para banho de mar. Não demorou para que a brisa e as areias finas convidassem os banhistas a se deitar na fresquidão matinal, a fim de relaxar os nervos e músculos das tensões nervosas dos dias de trabalho intenso da semana.

Mal se tinham os três estendidos na areia, quando rebentou um grande alarido, a uns 50 metros de onde os três estavam estirados na areia. Era uma criança que, se desvencilhado das mãos da própria mãe, correu em direção ao mar. Uma grande onda, que se avolumava ainda mais na rebentação, arrastou a criança para onde o mar já não dava pé. A mãe, muito aflita, chorando e gritando, pedia socorro desesperadamente para que lhe salvassem o filho, que se estava afogando.

Vendo a aflição da pobre mãe, Duarte não pensou duas vezes e atirou-se ao mar, nadando o mais que podia. Já nas águas fundas e com ondas perigosas, alcançou a criança. Trouxe-a com um braço, com o outro remando e vencendo as águas. À beira da praia, massageou-lhe o tórax e viu que a criança respirava. Estava salva.

Outra vez, falara mais alto o instinto de socorrer os necessitados, os que se encontram em dificuldades. Como outrora acontecia a seu pai, quando deixava tudo para ajudar tanta gente, salvando-lhes suas preciosas vidas, muitas vezes presas por um fio a este mundo cão. A mãe da criança, aos soluços, arrebatadamente agarrava e beijava às mãos de Duarte, repetindo:

– Ai, meu senhor! Ai, meu nobre senhor! Que Deus o guarde no Céu! Que Deus o abençoe! Que Deus lhe dê muita saúde a si e à sua família... Não sei como lhe agradecer pela sua coragem de salvar o meu menino, o meu Victor!...

Perturbado, rodeado por uma multidão de pessoas na areia, Duarte minimizava seu feito:

– Fiz o que qualquer pessoa normal faria diante de uma infeliz criança a afogar-se. Não há nisto nenhum ato de heroísmo, nem há aqui algum herói. Há, isto sim, um ato de solidariedade humana que hoje se esquecem de praticar! É só... – Em poucos segundos tudo se acabou. A mãe da criança, ainda muito emocionada, deixou a praia e naturalmente refugiou-se no seu lar sob forte abalo. Mas na família de Duarte, esses casos de salvamento se repetiam misteriosamente desde a juventude de seu pai.

E Duarte, como encarou este fato? Ainda um pouco atônito, pensava e dizia para consigo mesmo: "Como, neste mundo dos sentimentos e das emoções humanas, se adquirem e se consagram dedicações gratuitamente!..." Pois quem não salvaria uma criança nas condições em que ele salvou? É impossível pensar que outro homem que ali estivesse não fizesse o que Duarte fez... Ah!, como é fácil agradar o povo com um pequeno e simples gesto de solidariedade! Não é, pois, plausível ser notável com gente cordial como esta? Claro que é!... Ah, como é fácil ser presidente da República com um povo destes! E, para mais, ser um presidente das massas populares...

A volta da praia no velho Volkswagen foi lenta e silenciosa. O programa traçado pela família era para ser mais extenso, todavia, depois daquele episódio, o passeio perdeu muito do seu encanto e o retorno foi monótono. A tarde passou sem maiores problemas. De noite, a família Guedes foi dar um pequeno passeio até a Praia de Icaraí. A noite estava morna e aprazível, mas umas nuvens escuras e carregadas prenunciavam uma tempestade de verão para as próximas horas.

De fato, não tardou para um colossal vendaval se desencadear em toda a orla da Baía da Guanabara. Só deu tempo de a família pegar o velho carrinho e chegar em casa, escapando daquela chuvarada toda, que alagou as ruas da capital fluminense. O resto do domingo foi só relâmpagos, trovões e muita água.

A família, em silêncio, ainda rememorava as cenas da praia, quando a campainha retiniu exasperadamente. Olívia correu à porta para saber quem apertara a campainha com tanta força. Deparou-se com o amigo Germinal, que tinha encontrado os Guedes apenas logo após a chegada deles de Portugal. Vinha-lhes fazer uma visita porque estava com saudades de saber notícias da terra. Depois de fazerem um belo lanche, a conversa sobre os velhos amigos messinenses se estendeu até altas horas.

Na manhã de segunda feira, muito cedo, Duarte encaminhou-se para a prefeitura, que ficava a poucos passos do seu apartamento. Queira conversar com o prefeito Francisco Fragoso sobre o início de seus trabalhos de advocacia na autarquia. Porém, o prefeito ainda não chegara. À porta da antessala do gabinete de Sua Excelência, sentou-se num sofá de um só lugar e fumou um cigarro.

A espera demorou bastante. Às 9h30, o prefeito apareceu apressado, suando por todos os poros, com o casaco dobrado no braço. Mal viu o advogado, dirigiu-se a ele com a mão estendida, cumprimentando-o:

– Oh, desculpe por fazê-lo esperar, mas só chego à prefeitura mais ou menos a esta hora. – Duarte, muito vermelho por causa do calor e também por causar constrangimento ao prefeito, atalhou, com a mão espalmada no peito:

– Vossa Excelência manda e eu obedeço, senhor prefeito!...

Os dois homens entraram no gabinete repleto de requintados móveis de pau-preto. Entre os quais, sobressaíam-se uma escrivaninha, com os pés torneados e o tampo de vidro muito limpo; uma cadeira giratória, com encosto de veludo verde-escuro, sobre um tapete persa, verde e retangular, com desenhos das pirâmides do Egito; uma estante envidraçada, onde se podiam notar alguns belos exemplares de livros raros, como uma coleção dos *Lusíadas*; a *Grande Enciclopédia Portuguesa Brasileira*, com 52 volumes; duas coleções literárias completas, uma do brasileiro Machado de Assis; outra do português Eça de Queiros; e mais algumas obras avulsas de outros autores da literatura nacional e internacional. Duarte vinha saber em qual dia poderia começar suas atividades na prefeitura.

– Quando o amigo assim o desejar. A primeira vaga é sua! –, respondeu o Dr. Francisco Fragoso, com os olhos coruscantes.

– Bem, sendo assim, posso começar amanhã mesmo, não é verdade, Dr. Fragoso?

– Já disse, meu amigo, quando quiser, está bem?

– Nesse caso, amanhã estarei aqui às nove horas, não é verdade?

– Sim, às nove...

Estendendo a mão ao prefeito, Duarte desejava-lhe um bom trabalho e despedia-se até ao outro dia. Ao sair do gabinete e depois deixar o edifício da prefeitura, o advogado, seguindo pela calçada, de cabeça baixa, taciturno, escutou um psiu-psiu, vindo do outro lado da rua. Ao voltar-se, viu o Dr. Viana, que lhe acenava para lhe dizer alguma coisa. Ao aproximarem-se mais um do outro, Dr. Viana dava-lhe uma notícia que talvez interessasse ao advogado: é que tinha falecido, naquele dia, uma figura muito importante da comunidade portuguesa da cidade de Niterói. Talvez ele estivesse interessado em fazer o inventário da família do ricaço. Duarte, meio confuso e perplexo, indagava:

– Mas quem é essa família? Porque, afinal de contas, talvez eu não esteja interessado em trabalhar para tal gente! Não é verdade? Sim, porque existem algumas pessoas ou famílias nesta terra para as quais jamais trabalharia, o senhor compreende, não é, Dr. Viana! –, explicava o advogado, acrescentando: – Mesmo que estivesse morrendo de fome, recusaria prestar os meus serviços profissionais para certas pessoas.

– Não, a família é boa e honesta! Ponho as minhas mãos no fogo por eles! É gente fina, decente, em quem o colega pode confiar! –, retrucou o Dr. Viana.

– Mas de quem se trata, Dr. Viana? –, insistiu o Duarte, agora se mostrando interessado.

– A família é aquela gente dos Videiras, do Supermercado Central, do Chave de Ouro, e umas fazendas de cana-de-açúcar e arroz espalhadas pelo Estado do Rio. Uma família decente, pode acreditar, mesmo porque não lhe iria apresentar alguém que não fosse honesto, vamos e venhamos, ó Dr. Duarte! –, respondeu, agastado com tantas dúvidas e indagações do seu colega.

– Bem, nesse caso, podemos conversar porque arrumei um emprego na prefeitura. Não posso deixar um emprego certo para pegar um abacaxi e depois não receber! O senhor entende o meu problema, não é, Dr. Viana?

– Ah, o amigo obteve emprego na prefeitura... Ó, diabo! Essa é uma boa novidade! Parabéns, homem, meus efusivos parabéns. –, saudou Viana, abraçando o colega.

Bem depois, encaminharam-se para um bar, perto da prefeitura, e foram tomar um café. O Dr. Viana, com a xícara de café na boca e o cigarro entre os dedos amarelados do fumo, dizia:

– Meu amigo, se você pegasse aquele inventário dos Videiras, estava arrumado. Por uns cinco a dez anos, ficaria sem precisar de trabalhar em mais nada!

– Como é, Dr. Viana? Como é essa história de que se eu pegasse esse inventário, não precisava trabalhar durante uns dez anos? Como é isso, explique-se melhor, homem!

– É isso aí, homem! É muito dinheiro que está em jogo. O amigo nem calcula quanto pode dar o inventário dessa família! São milhões de cruzeiros! Milhões de cruzeiros, viu? –, finalizou o causídico, tirando uma grande baforada do cigarro.

Eram quase 12h00. Os dois advogados dirigiram-se para almoçar em um restaurante, ali na rua da praia, onde se costumavam se reunir

alguns colegas de profissão e também alguns policiais que prestavam serviços nas delegacias do centro.

Quando os dois advogados chegaram, já estava abancada numa mesa uma dezena de pessoas. O Dr. Viana, cumprimentando um a um, ia declinando a Duarte os nomes de cada um dos circunstantes. De repente, pronunciou:

– Este aqui é Rubens Gonzáles, policial que agora trabalha na delegacia central de Niterói. – Duarte, ao ouvir o nome do policial, estacou. Olhou e, em vez de o cumprimentar, apenas disse:

– Esse policial aí eu o conheço muito bem! E ele também me conhece. –, recusando-se a lhe estender a mão. O Rubens, também com o mesmo gesto, não fez questão de lhe dar a mão. Neste momento reciprocamente embaraçoso, o Dr. Viana indagou, colocando a sua mão em concha e segredando ao ouvido do colega:

– Afinal, de onde você conhece esse policial, hein, Dr. Duarte?

– Ah! Isso aí é uma questão muito antiga, que remonta aos tempos em que andávamos no colégio. Deixa pra lá, depois lhe conto com mais detalhes esse caso, está bem!

Sentaram-se à mesa para almoçar. O almoço transcorria animado, quando o policial Rubens se levantou da mesa e disse em alto e bom som!

– Recuso-me a sentar à mesa com comunistas e bandidos, é só! – Pegou seu casaco, que estava pendurado nas costas da cadeira, e saiu enfurecido.

Duarte sabia que aquilo se endereçava a ele, mas fez que não entendeu para não causar mais alvoroço entre os outros participantes do almoço. Viana, outra vez ao ouvido do colega, disse:

– Mas afinal, o que é que se passou entre vocês dois, hein, nobre colega?

– Olhe, Dr. Viana, se alguém não se deveria sentar nesta mesa, esse alguém deveria ser eu! Porque esse sujeito aí me agrediu covardemente quando fui preso de forma injusta e aviltante. Eu estava algemado e sem poder reagir e a agressão desse sujeito me deu cabo à saúde, fiquei fora do ar por uns 15 meses sem saber onde estava. Felizmente, estou vivo hoje graças à minha mãe que me levou a Portugal para me curar das agressões desse canalha. Então, se alguém tem razões de sobra para não conviver com uma besta dessas sou eu.

O relógio da Igreja de São João acabava de bater as duas horas da tarde e todos se levantaram dos seus lugares para irem para suas casas. Duarte e seu amigo Dr. Viana, com aquele seu andar bovino, enfiaram-se pela Rua Visconde do Rio Branco, conversando:

– O colega um dia me contará como foi esse caso do policial que o agrediu fisicamente, certo?

– Qualquer dia lhe contarei tim-tim por tim-tim... –, estendendo a mão ao Viana, Duarte seguiu o caminho de casa, que ficava por ali perto.

21

Duarte ficou com a questão da família Videira em seu pensamento durante a noite inteira até o café daquela manhã. Deu-lhe vontade de telefonar para o Dr. Viana sobre o tal inventário dos Videiras, cujo nome lhe parecia familiar. E como estivesse em jogo tanto dinheiro assim, por que não saber se havia alguma chance dele pegar o inventário da família? Então, lembrou-se de indagar da sua mãe se ela conhecia essa tal família. Leonor, muito alvoroçadamente, respondeu:

– Ora, se conheço! Conheço e muito bem! Então, não te lembras de quando, nas festas de Natal e de Ano Novo, íamos passar esses dias na casa de D. Júlia, a mãe do Germinal? Vê se te recordas de lá estar. Havia o senhor Barros (e a esposa), que era gerente de uma das casas dessa família, o armazém Chave de Ouro, que ficava ali na Avenida Visconde do Rio Branco, no centro da cidade. Não te lembras, não?

– Ah, sim, agora me lembro. Mas que tem a ver uma coisa com outra. A família Videira era dona do armazém, e depois?

– Depois, bem, depois é que o senhor Barros, que ia na casa de D. Júlia, nós o conhecíamos por senhor José. Ele tinha muita influência junto a essa tal família Videira!

– O senhor José, aquele que era muito amigo do Germinal e também do meu pai, tem muita influência com essa família? A senhora ainda tem amizade com o senhor Barros, mãe? Sabe onde ele mora? Talvez precisemos falar com ele! Entretanto, vou primeiro perguntar ao

Dr. Viana, a fim de saber quando foi o funeral do chefe desse clã dos Videiras!

Pegou o telefone: – Ó, Dr. Viana, quando foi o passamento daquele ricaço do inventário que o amigo me falou?

– Não sei bem ao certo, mas parece-me que é hoje ou foi ontem, não tenho a certeza. Mas se o amigo quiser saber lhe telefonarei daqui a pouco informando quando será o funeral!

– Está bem, estou esperando a sua informação, e muito obrigado! Até já! –, agradeceu Duarte!

Não eram passados 10 minutos e já o Dr. Viana retornava com as informações. O funeral seria naquele dia, às 18h00, e sairia da Igreja de São João, após missa de corpo presente, para ser enterrado no cemitério do Maruí-Grande.

– Nesse caso vou acompanhar o féretro, Dr. Viana. O amigo quer ir também, cabemos no meu carrinho, se quiser estou às ordens, está bom?

– Muito bem, estarei aí daqui a poucos minutos no salão de espera do seu prédio, certo?

– Tudo certinho, estou esperando o amigo. – Despedindo-se do colega Viana com um até logo, desceu no elevador para o salão de festas. Meia hora após o telefonema, os dois advogados seguiam a caminho da necrópole onde seria sepultado Joaquim Videira, chefe do clã dos Videiras.

O acompanhamento do corpo do defunto era enorme, havia gente de quase todos os municípios do Estado do Rio de Janeiro. E, é claro, lá estava também José Barros, acompanhado da sua esposa. Mas Duarte ficou na dúvida se aquele homem alto e forte, vestindo um terno azul escuro e de gravata preta, era o senhor José, como o conhecera na casa da D. Júlia. Por causa da sua doença, algumas reminiscências haviam-lhe escapado. Ficou indeciso, mas a quem perguntar se aquele era mesmo o senhor José Barros? Todavia, logo perto do senhor de terno azul, estava o Germinal. Nada melhor para tirar as suas dúvidas que perguntar ao Germinal!

– Sim, sim, é o José Barros. A esposa é a senhora que está a seu lado, a D. Ilda! –, exclamou Germinal, limpando o bigode, com um lenço de linho branco que tirou do bolso interno do casaco. Duarte, ajustando a gravata ao colarinho, agradeceu-lhe pela gentileza e foi confabular com o Dr. Viana:

– Dizem que esse homem aí tem muita influência com a família Videira. O que é que o colega me diz se eu for conversar com ele sobre o inventário?

– Oh, homem, aqui não é lugar para essas coisas. Se o colega tem intimidade com ele, e este lhe pode ajudar a tentar fazer o inventário da família, vá à casa dele. Aí, sim, talvez seja oportuno o colega lhe pedir alguma ajuda, entendeu?

– Sim, sim, era isso que estava pensando. Eu e minha família costumávamos nos encontrar com esse senhor na casa do Germinal. Isso durante vários anos. Provavelmente ele me poderá ajudar nesse serviço que nós dois poderemos prestar à família Videira, entendido?

– Com certeza –, respondeu o Dr. Viana, alegremente esfregando as mãos uma na outra, com um sorriso de orelha a orelha. Depois do funeral, ambos saíram da necrópole conversando descontraidamente até onde estava o carrinho de Duarte. Foram depois cada um para suas residências.

No outro dia logo pela manhã, Duarte foi procurar o José Barros, que morava na Praia de Icaraí, num prédio antigo da Rua Álvares de Azevedo, no quarto andar, apartamento 401. Em lá chegando, tocou a campainha. Quem atendeu foi a esposa do gerente. Assim que viu o Duarte, ela logo se lembrou dele, e então começaram a conversar. Porém, a esposa lhe informou que o José Barros não estava. Tinha ido trabalhar e só voltaria à noite, lá pelas 20h00.

Pensativo, com a mão direita no bolso, Duarte remexia as chaves do seu carrinho quando lhe veio à mente que à noite traria com ele o Dr. Viana. Queria que ambos conversassem com o senhor Barros a respeito do tal inventário dos Videiras.

Quando voltava para casa, aborrecido por ainda não ter resolvido o assunto, se lembrou que deveria passar pela prefeitura, a fim de falar com o prefeito Francisco Fragoso. Eram quase 10h00 e o prefeito tinha acabado de chegar. Estava despachando. O chefe do gabinete do prefeito lhe informou sobre as ocupações de Sua Excelência. Duarte, para não perder a viagem, indagou:

– Será que o senhor Dr. Francisco não me permitiria uma palavrinha, para eu tirar umas dúvidas sobre um emprego que estou pleiteando aqui na prefeitura?

– O senhor quer falar com ele? –, indagou o chefe do gabinete?

– Se for possível, queria –, respondeu o advogado.

– Deixa-me perguntar a ele se pode atendê-lo. – O chefe do gabinete pegou no interfone e perguntou ao prefeito se ele atendia um advogado que estava ali para esclarecer um assunto sobre um emprego.

– É o Dr. Duarte Teixeira Guedes que está aí, hein?

– Acho que sim!

– Então, mande-o entrar. – Duarte entrou. O prefeito pedia ao oficial de gabinete que lhe trouxesse dois cafés. O advogado deu um sorvo lento ao café e, pondo a xícara sobre a escrivaninha, escutava o prefeito indagar:

– Pensava que o amigo já estava de posse da sua pasta e trabalhando. Afinal, pelo que me parece, ainda não começou a sua mais recente atividade, não é verdade?

– De fato, era para iniciar hoje as minhas funções, mas há aí um negócio que gostaria de comentar com V. Excelência! Posso?

– Mas há algum fato novo ou são apenas novas formalidades?

– Bem! O assunto é o seguinte: V. Excelência sabe que tenho um escritório de advocacia na praça de Niterói. Também tenho algumas amizades, como é óbvio. A um destes amigos advogados lhe apareceu um inventário muito importante. E eu estava cogitando em pegar esse trabalho como seu sócio. Se tudo desse certo, o escritório pegaria este trabalho que nos renderia um bom dinheiro! V. Excelência compreende, não? – Explicava Duarte para chegar ao que queria saber:

– De modo que vinha eu pedir a V. Excelência que me esclarecesse se "sendo eu funcionário da prefeitura" não haveria algum impedimento para que pegasse aquele serviço tão significativo para nossa vida profissional e estabilidade financeira. Principalmente neste momento um tanto complicado, como é do conhecimento de V. Excelência.

– Ó, homem, sendo você funcionário da prefeitura, naturalmente estará impedido de trabalhar na sua profissão, fora da prefeitura. Mas se tem um sócio no seu escritório, nada impede que o escritório pegue esse serviço em nome do seu sócio. Entende você como são essas coisas no serviço público, não é verdade?

– Sim, sim, era justamente isso que vinha indagar de V. Excelência.

Pelo que lhe dissera o prefeito, Duarte só poderia ajudar nas questões em que não precisasse entrar com a sua assinatura de advogado. De resto, poderia dar opiniões e pareceres sobre tudo que se reportasse à matéria factual.

– É lógico que jamais eu poderia assinar petições ou quaisquer matérias substantivas, como é obvio!

– É isso aí, meu caro, nada que o comprometa, nada que o incrimine sobre o seu trabalho na prefeitura –, esclarecia o prefeito, com um largo sorriso, deixando aparecer uns dentes brancos bem tratados e certinhos, debaixo de uma vasta bigodeira já um pouco amarelada por causa da fumaça do cigarro. Duarte, agora mais tranquilo sobre suas inquietações de conciliar o emprego com o promissor inventário, despediu-se de Sua Excelência com um efusivo aperto de mão, retirando- se para casa.

Ao entrar no apartamento, a mãe o viera receber à porta. Disse-lhe que o Dr. Viana telefonara a saber se ele tinha ido à casa do senhor José Barros.

– Oh, sim, mãe, fui lá mas ele não estava. Fiquei de retornar à noite, quando o Barros chegar do trabalho. Mas preciso falar com o Dr. Viana, a senhora sabe se ele está no escritório dele?

– Não sei e nem ele me disse onde estava –, respondeu a mãe, de certa maneira preocupada.

– Então vou telefonar imediatamente porque preciso saber como vamos fazer para conciliar o meu emprego na prefeitura com a questão do inventário.

Pegando no telefone, discou para o Dr. Viana. O outro atendeu, e Duarte pôs Viana ao par de como lhe tinham corrido as coisas naquela manhã. Dizia ele que estivera na casa do Senhor Barros, mas como este não estava em casa, não lhe podia adiantar nada. Porém, tinha outro assunto mais grave a tratar com ele. Uma situação nova se apresentava e ambos precisavam estudá-la com certa urgência.

– Mas que assunto é esse que não se pode tratar por telefone? –, ironizou Viana.

– Bem, estive conversando com o senhor prefeito sobre aquele emprego na prefeitura. Ele me disse que não poderei exercer advocacia particular, uma vez que também a exerço como funcionário público. A menos que eu seja sócio no seu escritório, porém não posso assinar petições e nem representar pessoas jurídicas ou físicas, o colega está entendendo, não?

– Ah, sim, naturalmente! –, confirmou Viana explicando: – Mas nesse caso, temos de pensar melhor sobre como resolver esta situação, você não acha?

– Certamente. Temos de pensar melhor como conciliar essa questão. – Depois de discutirem o assunto mais profundamente, Duarte desligou o telefone.

Assim que almoçou, foi para o seu escritório consultar algures sobre a advocacia pública. Não encontrou nada que lhe servisse de embasamento para tal matéria. Os seus livros eram poucos e, na busca, não encontrou nada que revelasse algo sobre o tema. Desistiu de pesquisar sobre as leis que lhe interessavam porque, na verdade, a matéria era complexa e ele não se lembrava de ter alguma literatura sobre o assunto.

Pareceu a Duarte que alguma coisa se escondia por trás daquela sua indolência na procura de uma saída para a conciliação entre o seu emprego e o inventário. Imerso nestes pensamentos confusos e nebulosos, eis que a mãe, muito sutilmente, chegou por trás e perguntou:

– Não queres tu um café fresquinho que acabei de coar?

– Ai, mãe, estou tão enrolado e confuso que me parece que vou perder novamente a memória. Não sei o que diabo está acontecendo comigo! – E, abraçando a mãe, deu-lhe um beijo carinhoso na testa. Foram os dois abraçados para a cozinha tomar o café fresquinho de Leonor.

22

Aquela noite quente e abafada de Niterói foi difícil de passar porque uma ansiedade pairava no peito de Duarte. Pois não tinha explicação para tanta aflição quando acordou pela manhã. Olívia, muito faceira e dengosa, veio de mansinho dizer-lhe que precisava muito falar com ele:

– É um assunto muito importante para nós, querido! –, afirmou Olívia, simuladamente séria.

– O que é? –, surpreendeu-se Duarte.

– Tinha uma novidade estupenda para lhe contar.

– Que novidade é essa?

– Uma coisa muito boa!

– Olívia, por favor, tenho um dia cheio hoje. Diga logo do que se trata!

– Vamos ter um filho!

– Um filho? Vamos ter um filho agora? –, repetiu Duarte com algum ceticismo na voz e muita admiração.

– Não, agora não! Só daqui a uns oito meses, se tudo correr bem e...

– Como ficaste sabendo isso? –, atalhou ele.

– Ora, como fiquei sabendo! Não vieram as regras e isso é sinal que alguma coisa aconteceu. Só isso!

Subitamente Duarte deu um pulo da cama e foi ao quarto da mãe (ainda deitada), bateu com os nós dos dedos na porta, muito agitado e ansioso:

– Mãe, mãe, levante-se de pressa que tenho uma grande novidade para lhe dar. – Leonor, ainda mal acordada, perguntava:

– Mas que é que te deu para me acordares aí aos gritos? O que foi que aconteceu?

– Oh, mãe, a Olívia está grávida! Eu queria ser o primeiro a dar-lhe esta boa noticia, entendeu!

– O quê? A Olívia está grávida?

– Sim, sim, está grávida. Levante-se e venha festejar conosco, mãe! Venha depressa.

Leonor deu um pulo da cama e, ainda em camisola de dormir, veio até o quarto do casal dar um abraço em ambos pela alegria da notícia do seu primeiro neto. Foi um dia de muitos acenos, festas e congratulações.

À noite, o jovem casal oferecia um jantar num restaurante, na Praia de Icaraí, em homenagem ao primeiro rebento da união dos dois. A generosidade do casal espalhou-se pelos amigos mais íntimos e chegados, aqueles dos tempos das antigas festas da casa de D. Júlia. Neste ajuntamento, gentilmente oferecido pelos pais do pimpolho, lá estava o Dr. Coelho e a D. Dora e toda a filharada dos dois; o Germinal e a mãe; o senhor Bento e D. Amália e as duas filhas; o Dr. Viana e a esposa D. Ema e um filho de uns 18 anos; o senhor Barros e a esposa D. Ilda; além de outros amigos mais íntimos da família Teixeira Guedes.

Nesta oportunidade, Duarte viu uma brecha para dialogar com o senhor Barros e a esposa. Coadjuvado pelo Dr. Viana, fizeram um apelo ao distinto casal se, com sua influência sobre a família Videira, não era possível darem um pequeno empurrãozinho para que o escritório de ambos conseguisse pegar o trabalho jurídico do inventário da família.

Mas o senhor Barros, pego assim de surpresa, não podia dizer nem que sim nem que não, tudo era uma questão de saber em que pé estavam os negócios da família Videira. Não poderia dar uma resposta naquele momento, mas, no outro dia, tudo faria para que o escritório dos amigos pegasse a causa. O caso ficaria em suspense até o dia seguinte.

Quando já estavam todos em redor de uma mesa enorme, começaram a entrar no restaurante mais de uma dezena de homens, uns engravatados, outros vestidos esportivamente. Foram se ajeitando numa mesa quase ao lado da de onde estava a família Teixeira Guedes. Entre estes últimos, estava o inimigo figadal de Duarte, o policial Rubens González. Os dois inimigos, num primeiro momento, trocaram apenas uns olhares intumescidos de um ódio visceral, mormente por parte de González. Só foram os olhares, nada além disso.

O jantar dos Guedes transcorria animado porque era um banquete festivo e alegre. Estavam comemorando a gestação de um bebê e, por isso, não havia motivos para discursos ou discussões sobre política, trabalho, empregos ou outras quaisquer circunstâncias. O ambiente era de grande confraternização pelo novo fruto do casamento, que estava a caminho do mundo dos cidadãos brasileiros. O clã dos Guedes dava sequência assim a novas gerações que fariam o futuro do País.

Mas a presença de Rubens González ali, tão perto de Duarte, causava-lhe um mal-estar abominável. Estranhamente se apoderara de Duarte uma repugnância e um incontrolável horror. Era tão forte a sensação que resolveu dizer a seus convidados que ali, muito próximo de si, se encontrava o homem que, em certa altura da sua vida, lhe tinha causado horrível sofrimento. E que jamais poderia esquecer, nem que tivesse de viver mais cem anos. Não esqueceria as angústias dos males que aquele elemento lhe provocara.

Era como se o tempo retroagisse e Duarte voltasse aos seus nove ou dez anos, aos bancos escolares, e observasse a torpeza do seu ex-colega de escola a chamar-lhe de português burro. Nessa ocasião, Duarte, num revide impensado, lhe deu uns fortes e duros tabefes pelas trombas. A professora, em defesa daquele seu desafeto, incriminou Duarte por ter ofendido o indivíduo e convocou sua mãe. Queria uma reunião na escola, pretendendo com isso expulsar Duarte. Valeu-lhe, naquele exato momento, a senhora diretora de escola, a D. Rute. Depois de apuradas as verdadeiras causas, quem foi castigado foi o Rubens. Porque a D. Rute, mais experiente e hábil, soube conduzir e apurar os fatos como se deram e, por isso, puniu o Rubens, que sempre foi, desde criança, um poço de ignorância.

Duarte tomava as devidas cautelas em avisar os amigos e familiares que estava presente naquele recinto um elemento deletério, um seu desafeto que a qualquer altura podia querer arrumar confusão. Por isso, tomava a liberdade de confabular com alguns amigos sobre aquela inconveniência. De um momento para outro, ficou pesaroso porque, àquela lembrança da infância, somou-se outra, a da agressão que sofrera do mesmo Rubens na prisão.

Todos aqueles que ficaram sabendo o que tinha acontecido a Duarte naquela masmorra, onde fora covardemente agredido, ficaram preocupados. O agressor estava ali presente. Ficaram apreensivos porque, a qualquer momento, poderia desencadear-se uma briga ou grande confrontação. Todavia, Duarte avisava logo que, da parte dele, jamais partiria qualquer tipo de agressão e, como diz o ditado: "Quando um não quer, dois não brigam!". Os companheiros e amigos do advogado ficaram mais tranquilos quanto a haver qualquer desacato no chique restaurante da Praia de Icaraí.

A festa continuou até altas horas da madrugada, sem que houvesse desentendimentos e brigas! Depois do faustoso jantar regado a bom vinho Casal Garcia, todos os convidados foram para suas casas, sendo que cada um levou uma pequena lembrança daquela memorável noite de regozijo e confraternização dos Guedes.

No outro dia, Duarte foi direto para a prefeitura disposto a iniciar suas novas funções como advogado da autarquia. Eram nove horas em ponto, quando chegou ao gabinete que o prefeito Francisco Fragoso lhe havia reservado. Perguntou a um rapaz que lhe parecia ser funcionário, pois estava fardado com uma roupa com um distintivo da autarquia, se o prefeito já tinha chegado. O rapaz, franzino e tímido, falando muito baixo, quase não se o escutava, balbuciou:

– Não sei lhe dizer, mas parece que ainda não, pelo menos não o vi entrar.

– Muito obrigado. –, agradeceu Duarte e foi direto para o seu gabinete, uma pequena sala acarpetada. Havia nesta uma escrivaninha com tampo de vidro transparente, uma cadeira giratória com assento de espuma de náilon, duas cadeiras de assento duro de madeira compensada, uma estante com duas portas de vidro transparente, cheia de livros de Direito e, em destaque, o *Dicionário Brasileiro Contemporâneo.* Mais uns poucos apetrechos que faziam parte do acervo cultural da prefeitura e era tudo o que continha aquele gabinete do novo advogado.

Duarte nem se sentou na sua cadeira giratória, foi diretamente à estante que estava ao lado da escrivaninha. Tirou um livro de Direito Administrativo e começou a folheá-lo. O prefeito, que acabara de chegar, soubera, através de um servidor, que estava ali um senhor que dissera ser o novo funcionário do Departamento Jurídico. Ao saber que Duarte estava em seu gabinete, o prefeito veio cumprimentar, com uma palavra de incentivo, o novo membro daquele departamento. Congratulou-se com ele, e deu-lhe e boas vindas. Depois, o prefeito e o advogado dirigiram até a cantina da prefeitura para tomar um café e fumar um cigarro, dirigindo-se, em seguida, cada um para o seu gabinete.

O Carnaval seria na próxima semana. O prefeito decretava feriado municipal para os festejos ao Rei Momo. A folia se propagaria por toda a cidade de Niterói. Estava prevista para este ano uma grande festa, com desfile na Avenida Amaral Peixoto. O desfile começaria já na próxima sexta-feira e se perlongaria até a terça-feira da semana seguinte. A avenida já estava toda enfeitada, com bandeirolas e enfeites carnavalescos por todos os lados, a fim de receber os foliões da capital fluminense.

Na hora do almoço, foi para casa almoçar. O melhor era almoçar com a família mesmo porque ficava mais barato. Além disso, a comida caseira feita pela mãe era mais gostosa e asseada e caia-lhe melhor no estômago que, ultimamente, andava um pouco agastado por causa dos fortes temperos dos restaurantes da cidade. Mal se sentara à mesa para almoçar, o telefone tocou. Quem atendeu foi Leonor que, com o fone em suspense, disse:

– É o senhor Barros, o marido da D. Ilda. Quer falar contigo. – Esticando o fio do aparelho, entregou-o a Duarte.

– Então, como vai, senhor Barros, tudo bem?

– Tudo bem, senhor doutor. E o amigo, como vai, tudo em ordem?

– Tudo bem, felizmente. E, que temos novidades? Boas ou ruins?

– Olhe, senhor doutor, as novidades não são muitas, mas como lhe fiquei de telefonar sobre aquele negócio do inventário, quero-lhe dizer que acabei de conversar com o procurador da família Videira. Parece que ele está conversando com outro escritório. Achava melhor o senhor falar diretamente com o procurador porque as pessoas interessadas, às vezes têm preferência. Assim também o amigo ficaria ciente de alguns detalhes que não conheço, entende-me, não é verdade?

– Oh, sim, sim. E onde posso encontrar esse senhor procurador? O senhor por acaso tem o endereço?

– Ai, senhor doutor, infelizmente não tenho. Sei apenas o seu nome e o telefone, nada mais!

– Dê-me, então, o telefone e o nome do homem para eu entrar em contacto com ele, se faz favor!

– Olhe, o nome é José Gonçalves, mas é conhecido por Zé Português! E o telefone é 3234- 5417. O amigo telefona-lhe e conversem a respeito desse assunto, está certo?

– Muito obrigado, senhor Barros. Minhas recomendações à D. Ilda, um grande abraço!

Acabava de almoçar e entrou em contato com o Dr. Viana, a dizer-lhe que estivera conversando com o senhor Barros ao telefone e, este lhe recomendara conversar com o procurador da família Videira. Deveria ir o mais depressa possível falar com o procurador, que era quem tratava dos documentos e inventários. Além do que já havia um advogado indicado para começar a avaliar os bens e iniciar o processo. Por isso, urgia que falassem com o tal Zé Português.

Despediu-se da esposa e da mãe e foi para a prefeitura. No caminho entre a sua casa e a prefeitura, encontrou um velho conhecido que havia muito tempo não se viam. Era o Célio Fernandes, aquele mesmo que o tinha apresentado no antigo Centro Democrático, da Rua Marechal Deodoro. O encontro foi alegre e festivo. Um forte abraço e as lágrimas encheram os olhos de ambos os amigos. Mas foi Célio que inquiriu:

– Homem! Por onde tem você andado que nunca mais te encontrei! Tenho procurado por você por todos os lugares que conheço e jamais te encontrei! Onde se meteu você?

– Ai, meu amigo Célio, não queira saber o quanto tenho sofrido nestes últimos tempos! Até em Portugal fui parar. Mas, graças a Deus, foi lá que me curei, mas isso é história que leva muito tempo p'ra te contar. Numa ocasião com mais tempo, contar-te-ei tudo o que me aconteceu depois da prisão em que ambos estivemos no Rio de janeiro.

– Muito bem! –, disse Célio. – E neste momento, como andam as coisas?

– Felizmente, hoje não me posso queixar muito da vida, mas sabe como é, não? A princípio é tudo muito difícil, você sabe, não é?...

– Mas você está iniciando agora a sua vida? E onde tem você passado este tempo todo?

– Não lhe falei que até em Portugal eu fui parar! É pra você ver as voltas que tenho dado neste mundão de Deus! Infelizmente, hoje não tenho tempo para conversarmos bastante. Mas prometo-lhe que um dia lhe vou contar tudo! Estou começando hoje a trabalhar na prefeitura. Se quiser, pode aparecer por lá e procurar-me no Departamento Jurídico. Estarei lá, de braços abertos, para te receber e fazer-te uma narrativa completa do que tem sido a minha vida nos últimos tempos. Tá certo?

– Muito bem! –, respondeu Célio, prometendo a Duarte que lhe iria fazer muito em breve uma visita. Despediram-se e ambos se arredaram com uma duvidosa sombra importuna sobre suas vidas...

A primeira coisa que Duarte fez ao chegar ao gabinete na prefeitura foi telefonar para o senhor José Gonçalves, o Zé português. Mas como o procurador não o conhecia nem sabia de seu interesse pelo inventário, Duarte foi logo adiantando que também era português e tinha acabado de desembarcar de Portugal e gostaria de falar com ele sobre o espólio dos Videiras.

O Zé Português, intrigado com assunto ainda tão fresco na cidade, primeiramente perguntou a Duarte como é que ele tinha ficado sabendo do inventário da família Videira. Duarte explicou-lhe tudo, reafirmando que conhecia a família Videira, era muito amigo do senhor Barros e que mantinha bom relacionamento com toda aquela gente. A conversa foi convincente o suficiente para que o procurador se convencesse de que, de fato, havia estima e sintonia entre as duas famílias. Convidou, de imediato, Duarte a ir conversar com ele no seu escritório, na Rua José Clemente, 280, no centro de Niterói.

O primeiro passo estava dado. Faltava agora uma boa conversa com o procurador para o advogado pegar o sonhado inventário. Mais um empurrãozinho e o escritório dos advogados Viana e Duarte estaria de posse de uma ação que lhes renderia belos resultados financeiros por largos anos. Não havia dúvida de que os negócios jurídicos de ambos começavam a fluir com grande desenvoltura, apontando para um futuro promissor.

Duarte pensava no tempo perdido enquanto esteve doente, em razão daquele acidente ocorrido durante sua prisão em Niterói. Todavia, isso pertencia ao passado e o melhor que tinha a fazer era esquecer tudo e seguir em frente. Mas, coxeando por causa dos sapatos novos que estreara naqueles dias, praguejava contra uma dor aguda e forte no calcanhar do pé direito. Sentado num dos bancos do jardim da prefeitura, levemente desacorçoado, dizia consigo: "Raios me partam se quando chegar em casa não jogar estes sapatos diretamente na caixa do lixo. Arre!..."

Entrou no apartamento. Estava tudo calmo. Olívia, um pouco agastada por causa da gravidez, que a fatigava muito, queixava-se de dores no ventre. A mãe costurava o enxoval do futuro neto, em uma máquina numa salinha adaptada em sala de costura.

Duarte entrara furibundo, por causa dos sapatos novos, e o telefone repenicava incessantemente. Estancou na sala sem saber se primeiro descalçava os sapatos ou se atendia ao telefone. Optou pelo telefone. Era o Dr. Viana a saber notícias sobre o inventário. Duarte, impaciente por causa da dor no calcanhar, exclamou:

– Oh, Dr. Viana! Espere um instantinho que daqui a pouco ligarei para o amigo e dar-lhe-ei todas as informações que tenho!... – E foi correndo descalçar os sapatos novos e jogá-los no lixo.

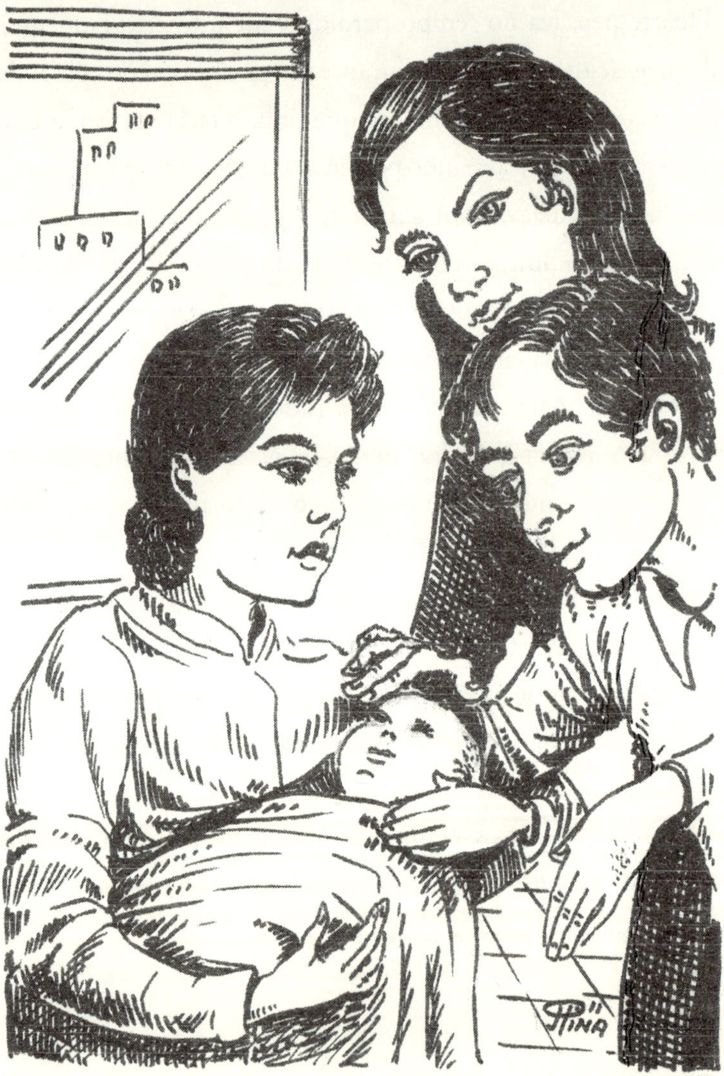

23

Os meses fluíam bem. O emprego na prefeitura estava garantido e as questões da sociedade com o Dr. Viana transcorriam otimamente. Afinal, o inventário dos Videiras havia sido entregue ao escritório de ambos os advogados. Estávamos já no final de setembro e, num fim de tarde, quase noite, quando Duarte costumava passar pelo escritório, recebeu um telefonema da mãe a dizer-lhe para ir a casa correndo. Olívia estava passando mal e precisava ir para o hospital urgente.

Largou tudo que estava estudando no escritório, pegou o carrinho velho e foi para casa. Era um aviso de que os trabalhos de parto estavam para começar. Olívia pegou uma bolsa cheia de roupinhas do neném, entrou no carro e Duarte correu o mais de pressa que pode para o Hospital António Pedro. De fato, as contrações sinalizavam que a criança estava para nascer. Nessa noite, pelas 23h00 do dia 28 de setembro, veio ao mundo um rapagão de três quilos e setecentos gramas, muito saudável.

Duarte regozijava-se pelo nascimento do filho. A avó Leonor, ainda mais eufórica, não cabia em si de contentamento pelo primeiro neto. Enfim, depois de tantos anos de traumas e tristezas, vinham agora algumas alegrias àquela família para compensar as adversidades e sofrimentos... E Duarte pensava nos versos do poeta Fernando Pessoa:

"Navegar é preciso,
Viver não é preciso!"

Pensava nas narrativas, profecias e mitos da sociedade portuguesa, legados pelos poetas lusitanos, carregados de pessimismos e desventuras, e que o povo cantava em seu ideário.

O homem chega ao mundo preparado para enfrentar todas as contrariedades, reais e imaginárias. Pretende, a princípio, por cobro a todas as facilidades, desejos e satisfações que o mundo lhe oferece. Entretanto, embalado nesta filosofia, imagina ele que seus desejos lhe devem ser creditados segundo sua vontade. Insiste no erro de que está à frente das todas as instituições erguidas antes dele cá chegar. Nada mais errado, pois a sua vontade, ao desenvolver-se, deve cingir-se no, máximo, à circunstância das suas capacidades. E Duarte, como jurista, não podia concordar com essa filosofia do "querer é poder!".

Ia fazer um ano que os Guedes tinham regressado de novo às terras do Brasil. Nesta altura, o Brasil tinha modificado totalmente a política interna, passando da ditadura para a democracia pluripartidária. Apesar de terem encontrado um país pacificado politicamente, mais evoluído, não era por isso que a sociedade vivia melhores dias. A corrupção "o mal de sempre no Brasil, principalmente a partir da implantação da República" campeava por todos os sectores e instituições, em todas as esferas nacionais.

Tanto o poder político como o judiciário e o administrativo eram quase todos corruptos. E acerca disso, nada tinha melhorado. Mesmo com algumas figuras levantando hipóteses e escrevendo algures que o governo democrático era menos corrupto que o da ditadura, nada demonstrava isso, muito pelo contrário. A corrupção grassava por toda a sociedade, com todos os agentes do governo se locupletando de fortunas, apropriando-se de todas as maneiras e feitios do Erário Nacional.

No entanto, as populações carentes atravessavam uma das maiores exclusões de todos os tempos, naquela época. A sociedade brasileira chegava a um patamar histórico recorde de exclusão social, com 55 milhões de seres humanos vivendo abaixo da linha da pobreza, o equivalente a um terço da sua população total.

A Duarte causava-lhe espanto que, num país tão rico como o Brasil, com uma população tão grande e aumentando cada vez mais, existisse tanta pobreza e miséria. Isto para ele era algo de muito grave. Muita roubalheira estaria ocorrendo para que o Brasil não se tornasse uma potência mundial. Para ele, era só tapar o buraco por onde passava o dinheiro subtraído aos cofres do Estado, que logo o País entraria nos eixos. A nação passaria a evoluir com mais rapidez, evitando assim a miséria em que se encontravam aqueles milhões de brasileiros excluídos.

Pensou, mais uma vez, em entrar na política. Todavia, na política sadia e honesta, na política humana, sem aqueles conchavos sujos dos políticos nacionais e profissionais. Na política que permitisse uma melhor distribuição da riqueza nacional, sem o clientelismo de outrora, sem o encabrestamento de um passado recente. Queria praticar um modelo de fazer política de acordo com a nova realidade do país, uma política para todos, onde os valores nacionais convergissem para engrandecimento e a riqueza da nação como um todo.

Para que isto acontecesse, porém, havia um longo caminho a percorrer. Não era assim tão fácil mudar tudo, do dia para a noite, e destronar os antigos caciques do poder para incluir novas e modernas formas de fazer política, com novos conceitos. Não era fácil fazer com que os velhos caciques se despissem da roupagem usual e adotassem nova maneira para fazer da política nacional um instrumento para conduzir a nação nos caminhos da modernidade e da moralidade

Duarte pensava e pensava. Quanto mais pensava, mais difícil lhe parecia encontrar o caminho dessa liberdade nacional. Havia de tentar, com todas as suas forças, encontrar esses atalhos tão difíceis de percorrer. Tentaria, ainda que não fosse agora...

Estava ainda sob esse turbilhão de pensamentos quando se

encaminhava para a prefeitura. Ao atravessar a Avenida da Conceição, num espaço destinado aos pedestres, encontrou surpreso um grande amigo do seu pai, o Lourival. Aquele mesmo que, no dia do seu ingresso na Faculdade Federal de Direito do Rio de Janeiro, o carregara nos braços em recepção calorosa que lhe fizeram. Nesta ocasião, o calouro discursara de improviso e o Lourival chegara-se ao pai de Duarte para dizer: – Fernando, parabéns!

Duarte nunca mais esqueceu este gesto de amizade e carinho do amigo de seu pai. Comoveu-se ao cumprimentar Lourival e, não resistindo ao encontro, duas lágrimas lhe rolaram pela face. Foram apenas dez segundos de comoção e Duarte, limpando os olhos, se refez, conquanto ainda estivesse abraçado ao grande amigo de seu pai. Incontinente, convidou-o para irem até a prefeitura.

Foi uma tarde cheia de recordações, confidências, entendimentos e muitos minutos de emoção. Duarte, numa conversa de amigo para amigo, segredou a Lourival a sua vontade de entrar outra vez na política. Mas o amigo, encarando Duarte, aconselhou-o:

– Ó, Dr. Duarte! O amigo há poucos momentos me confidenciou que está ganhando bem o seu dinheirinho, que tem um filhinho, que ama muito a sua esposa e agora me diz-me que quer entrar novamente na política? O amigo já se esqueceu dos momentos de angústia por que passou, junto com a senhora sua mãe, por causa dessa maldita política? O amigo já esqueceu, hein?... Acho melhor esquecer esse monstro triturador que é a política! Fique no seu cantinho sossegado, que é melhor para si e para a sua família, homem!

Depois de escutar o amigo de seu pai e agora, sem dúvida, também seu, Duarte ponderou:

– Quer saber a verdade, amigo? A verdade é que a política é um vírus tão danado e contagiante que, depois de você ser infectado, jamais se vê livre dele! Ainda que você se machuque com ela, se não a praticar parece que tem um vazio dentro de si. Se você não se mete nela, não sossega, não fica satisfeito consigo próprio! É o diabo, Lourival, é o diabo! –, disse Duarte, sentindo-se impotente para resistir a entrar de novo na política. Os dois amigos, cabisbaixos, abraçaram-se outra vez. Mas Lourival se adiantou, levantando-se da cadeira:

– Bem, Dr. Duarte! A minha opinião sobre a política o amigo já sabe. No entanto, se o amigo pretender entrar nesse negócio e se eu lhe for útil nalguma coisa, pode contar com meu apoio total. É só me comunicar que estarei às suas ordens, está combinado? Aqui tem o meu cartão. É só chamar e venho pronto para ajudar naquilo que for preciso e estiver ao meu alcance, entendido?

Despedindo-se do amigo, Lourival foi tratar da sua vida, enquanto o advogado, em seu gabinete na prefeitura, pensava nas velhas amizades do seu pai, que ainda hoje eram as melhores que tinha em Niterói, onde fora criado e educado. Foi uma feliz coincidência encontrar Lourival.

A noite veio morna e fatigante. Aquela conversa com o amigo fez-lhe lembrar os velhos tempos. Na verdade, não esquecera todo aquele imbróglio da sua rixa com o Rubens Gonzáles. Todavia, ele queria esquecer esses tempos escuros e nebulosos do seu passado não muito distante. Queria esquecer sua estada em Portugal e seu sofrimento com a sua doença, motivada pela política. Enfim, o tempo é o melhor conselheiro: o tempo conduz o homem de bem à sua paz interior, ao esquecimento das coisas ruins e desagradáveis.

Na verdade, durante quase toda a vida de Duarte, poucos foram os momentos de alegria. Ele e toda a sua família sempre tiveram reveses e os poucos dias de alguma felicidade sempre foram carregados de sacrifícios e lutas contra as adversidades da vida. E por que só com eles aconteciam os entraves, as injustiças, as humilhações?

O diabo é que sempre foi assim! Como ocorreu com seu pai que, depois de tantos sacrifícios, quando começava a caminhar na vida, veio

Pina

um bandido e ceifou-lha! E com sua mãe, depois que o pai faleceu, não foram só sofrimentos e desgraças? E ele então? Não lhe aconteceram tantas desgraças e infortúnios sem conta, antes de encontrar Olívia, a sua esposa? Sim, só depois que encontrou essa moça tão especial é que sua vida começou a mudar! Ela sempre foi meiga e carinhosa com ele e com sua mãe, de quem fora sempre sua confidente, ainda mesmo antes de se conhecerem melhor...

Será que há mesmo aquela força do destino a reger a vida das pessoas e a aproximá-las, para o bem e para o mal? Ele não queria acreditar que houvesse. Todavia, sua vida se modificara, sem dúvida, depois de conhecer e se casar com Olívia. E agora, depois dela lhe ter dado um filhinho, parecia-lhe ainda ter mais afinidades com a esposa. A felicidade fazia os dias, meses e anos passarem num turbilhão que nem os sentiu passar. Na verdade, a sua alma "quase sempre atormentada por causa de dificuldades de toda ordem" agora, notava ele, havia mudado bastante, e para melhor!...

O filho já estava com cinco anos e ele nem dera pela passagem de todo esse tempo. E já estava com 32 anos. Num domingo abrasador de meados de janeiro, Duarte acordou espreguiçando-se. Sentou-se à mesa a tomar o café que Olívia havia servido e lembrou-se, com um sorriso:

– Oh, Olívia, você não gostaria de ir hoje à praia? Está um domingo bonito e cheio de sol! Levarias o nosso filho para brincar na areia. Falas com a minha mãe para saber se ela quer ir também à Praia da Boa-Viagem. Achas bom um passeiozinho logo pela manhã, ou não queres ir?

– Ai, vamos, sim, Duarte. Puxa vida, com estas praias tão bonitas e perto de casa, eu fico aqui tão branca, sem apanhar um pouco de sol! Vamos, sim, para eu tomar alguma cor!

Leonor, que vinha saindo da sala para a cozinha, escutando ainda uma nesga dessa conversa, e com o neto ao colo, muito alegre dizia ao menino:

– Olha, meu querido, vamos brincar na praia, tu queres? – A criança ainda não entendia bem o que a avó dizia, mas com cara amuada, falou:

– Ó, vovó, nós vamos brincar na praia? Onde é a praia?

– Ai, filhinho, tu não te lembras quando nós fomos o ano passado num lugar que tinha muita água e areia e muita gente? Não te lembras, não?

– Ah, vovó, naquele lugar onde tinha ondas muito grandonas, é lá que é a praia?

– É lá mesmo, meu querido, queres ir?

– Quero, sim, vovó, você me leva?

Quando eram dez horas da manhã, toda a família, em roupa de banho, chegava à Boa-Viagem, no novo Chevrolet Opala, amarelo mostarda. Duarte adquirira-o, no começo do ano, dando seu velho carrinho mais uma volumosa quantia em dinheiro. Foi uma manhã muito agradável e merecida e em que o petiz Fernando se esbaldou nas areias e águas mornas da Boa-Viagem. Os pais também se refrescaram nas águas límpidas da Baía da Guanabara daqueles tempos...

24

Nesse fim de semana, depois da conversa que tivera com Lourival e da divertida mas cansativa manhã na praia, Duarte se arrastava em casa numa lassidão da breca. Não se sentia bem consigo mesmo e, desconsolado, pegando num livro e depois noutro, folheava-os com uma lentidão incômoda que nem sabia o que lhe ia na alma. Nada o interessava, nada satisfazia as suas fantasias políticas e, muito menos, os seus interesses pessoais.

Daí ir até a uma estante de livros em seu escritório e pegar *O Espírito das Leis*, um calhamaço do francês Montesquieu. Abriu-o no capítulo onde o famoso jurista e filósofo descreveu o interessante trabalho *"Das leis que formam a liberdade política quanto à sua relação com a Constituição."*

Começando sua leitura em *O que é a Liberdade,* Duarte se admirou com o seguinte excerto:

"É verdade que nas democracias o povo parece fazer aquilo que se quer; mas a liberdade política não consiste em fazer aquilo que se quer... Em um Estado, isto é, em uma sociedade onde existem leis, a liberdade não pode consistir senão em poder fazer o que se deve querer, e em não ser constrangido a fazer o que não se deve desejar... Deve-se sempre ter em vista o que é independência e o que é liberdade. Essa última é o direito de fazer tudo aquilo que as leis facultam; se um cidadão pudesse fazer tudo o que elas proíbem, não teria mais liberdade, uma vez que os outros teriam também esse poder".

Ora, esta lição sobre o que era a liberdade, ele havia estudado ainda quando na faculdade cursava Direito Constitucional, matéria que esquecera no apagão de sua memória. A lição despertara nele interesse pelo assunto e também o desejo de participação na política nacional.

Mas Duarte estava acabrunhado e elegíaco. Lembrou do velho pai, da sua antiga namorada, a Clara Marquezann, e do senhor André Marquezann. E rememorou uma conversa sobre política que tivera certa noite, quando Clara o levara para apresentá-lo à família. Ficou cismando se aquela família ainda existiria e se o velho André estaria vivo. Naturalmente que, se estivesse vivo, gostaria de trocar impressões com ele sobre essa matéria, a política. Essa agonia não o deixou sossegar durante a noite inteira. Não lhe saiu o pensamento de se encontrar com o senhor André.

No dia seguinte, uma segunda-feira, Duarte telefonou para o escritório de advocacia para falar com o Dr. Viana. Precisava conversar com ele sobre o assunto que a noite inteira matutou. Era muito cedo e a recepcionista informou-lhe que o Dr. Viana ainda não tinha chegado, mas assim que chegasse telefonaria de volta. Todavia, a espera pelo Dr. Viana já se alongava demais e, impaciente, Duarte ligou outra vez. Eram quase 10h00 quando Dr. Viana retornou o telefonema:

– Então, temos novidades?

– Sabe o ilustre colega que esta noite acordei às três horas da manhã e nunca mais preguei o olho! Sabe por quê?

– Por quê? –, indagou Viana.

– Porque fiquei cismando a noite inteira com o raio da política, você já viu uma coisa destas?

– Com a política?

– Sim, com a política! Por que tanta admiração?

– Ora essa, não é caso pra admirar! É?

– É que estou pensando em concorrer a um cargo de vereador nas eleições que vamos ter daqui a um ano. O que é que o amigo acha?

– Bem, se as eleições são para o ano que vem, é lógico o amigo se ir preparando para isso!

– Mas sabe por que esta minha agonia a noite inteira?

– Não, nem imagino!

– É que tempos atrás, conheci um antigo deputado federal "pai de uma colega de faculdade e namorada minha" com o qual conversava muito sobre política. E gostaria de encontrá-lo para bater um papo sobre a política, você entende?...

– Ah, agora entendi o porquê dessa sua perda de sono! Mas em que posso ajudá-lo?

– Oh, Dr. Viana, o colega conhece bem o Rio, não é verdade? Por isso, bem que poderia ver se ainda existe a família desse deputado federal chamado André Marquezann, lá na Praça Saens Peña, na Tijuca! O amigo é capaz de fazer esse favor para mim?

– Naturalmente, caro colega! Mas o que é que o meu preclaro amigo quer dessa pessoa? É algo que possa agendar para você?

– Não, preciso conversar com o senhor André sobre assuntos da política! É só isso.

– Então pode ficar tranquilo que ainda esta semana irei procurar esse senhor e marcarei um dia pra vocês conversarem, está bem?

– Oh, Dr. Viana, muito obrigado, amigo! Muito grato mesmo! – Em seguida, Duarte despedia-se do seu sócio e amigo.

Durante o restante da tarde, Duarte ficou pensando no assunto que iria conversar com André Marquezann, lá no Rio de Janeiro. Remoeu a ingrata certeza de que teria de ouvir muitas e boas por só se lembrar do deputado movido por seus interesses. Por mais paradoxal, o político só vai atrás das coisas que lhe favoreçam e que lhe convém. Jamais, algum político corre atrás de algo que não seja de seu interesse político ou pessoal. Duarte não fugia à regra. Por isso, refletindo sobre esse assunto, muito à vontade, deu de ombros e reconheceu que ele não era diferente dos outros. Se quisesse ser político, tinha de ler pela mesma cartilha deles e seguir os mesmos princípios. Mas, quando admitiu entrar na política, foi com a intenção de ser o mais honesto possível, e de ajudar os milhões de excluídos que viviam à margem da sociedade brasileira, daquela altura. Pensou em ser diferente daquelas velhas raposas metidas na política desde os tempos antigos.

Pensou também que o encontro com o velho político André Marquezann não influenciaria seus princípios de honestidade. E, de mais a mais, conversa é conversa, não são atos. Pretendia apenas dialogar com uma pessoa que considerava uma raposa da velha política brasileira. Naturalmente, iria apenas confabular como se fosse tomar lições dessa matéria tão pegajosa. Desde sempre, a política estivera entranhada em si, mas agora começava a despertar-lhe um profundo interesse. O ex-deputado Marquezann era talvez uma das peças principais no tabuleiro de xadrez em que Duarte se iria iniciar. E como em todas as atividades, os neófitos devem pagar o alto preço da iniciação.

Duarte entendia que se tivesse alguém para lhe ensinar o caminho mais curto e menos tortuoso do aprendizado, talvez poupasse certos equívocos que os principiantes normalmente cometem, enganos sem conta. E quem, mais que o antigo deputado, lhe poderia valer neste início de carreira na política? Quem melhor do que o valhacouto do Marquezann? Ninguém! Ou quase ninguém "entre seus conhecidos de Niterói" poderia conduzi-lo a um lugar de maior ou igual sucesso como aquele homem que já teria talvez ultrapassado a casa das setenta primaveras.

Mas estes pensamentos, tecidos na sua lenta e ardilosa memória, não se coadunavam com as suas primeiras intenções. Era o diabo!, pensava ele, era o diabo! Entrar honestamente na política das mãos limpas, na política de ajudar aqueles milhões de descamisados, desfavorecidos e excluídos, com certeza, Marquezann jamais lhe indicaria algures neste sentido. Porque não era da índole do velho político carioca, não era do seu feitio!

Todavia, mesmo sabendo dessas inclinações daquele que pensava em usar como seu mestre, arvorar-se-ia sobre a sua natureza proba, para poder melhor observar o que resultaria daquela conversa. Os dias se passaram e o Dr. Viana, para além de conseguir encontrar o homem da Praça Saens Peña, marcou um encontro entre ambos, lá mesmo na praça onde o velho político residia.

O homem estava acamado e, como sempre fora magro, agora parecia doente, aliás caquético. Mas enfim, como se tratava de um rapaz que conhecera quando a sua filha andava na faculdade e ele intercedera, no caso da prisão de Duarte, aceitou o sacrifício de ir a um restaurante ali mesmo da praça, para um almoço e um encontro de amigos.

Foi com regozijo que ambos os amigos de outrora, que tiveram afinidades políticas, voltaram a se encontrar, depois de muitos anos, para discutir o mesmo assunto de antanho, a política nacional. A conversa transcorreu animada e até certo ponto jovial, apesar da idade avançada de Marquezann. A recordação de assuntos antigos "especialmente da revolução de 1964 e suas consequências" trouxe à baila cicatrizes difíceis de sarar e que custaram a Duarte dissabores que marcaram sobremaneira sua juventude.

Nesse momento, com certa emoção, Duarte narrou ao amigo suas vicissitudes e sofrimentos durante aquele período. Mas agora, já refeito desses traumas, estava casado e feliz, com uma família constituída, um filhinho de cinco anos, que amava muito, e a esposa que lhe dera toda essa felicidade. Falou-lhe também de uma série de outros acontecimentos agradáveis neste percurso de sua vida. A vida agora lhe corria bem, tinha um bom emprego, tinha o escritório de advocacia em sociedade com o Dr. Viana. As coisas marchavam dentro de uma ordem mais ou menos animadora. De repente, Duarte lembrou-se da filha do deputado, a Clara, que fora sua namorada, e indagou ao político:

– E como vai a Clara, hein, deputado?

Entretanto, o velho político, como sempre esbanjando grandeza e empáfia, disse, egocêntrico:

– Ó, a Clara sempre foi uma menina muito ajuizada, competente. Prestou concurso para Juiz, passou e agora é titular da 8ª Vara da Família do Tribunal do Rio de Janeiro. Está muito bem, graças a Deus! –, disse, refocilando-se todo na cadeira estofada do restaurante.

A conversa continuou. Todavia, aquilo que Duarte pensava em arrancar do finório político, jamais conseguiu extrair, sequer uma coisa de útil para se iniciar no tal noviciado político. A não ser a escolha do partido em que Duarte se deveria filiar, para poder concorrer às eleições, que recaiu no PMDB. Contudo, essa escolha já Duarte tinha ajustado com o prefeito Francisco Fragoso, numa das muitas conversas que tivera com o alcaide. Depois, bem depois, os dois advogados, após o encontro com o político, voltaram para Niterói, chegando à cidade já quase de noite.

Assim, Duarte começava mal suas pesquisas sobre a política. A sua alma altiva, pura e honesta talvez não se coadunasse com as safadezas e as mentiras ditas e praticadas pelos políticos corruptos. Naturalmente, nem todos eram corruptos, mas a grande maioria era. E ele não concordava com essa corja de safados e malandros, que vivem enganando a boa fé da gente trabalhadora, com promessas de campanha. Queriam-lhe os votos, mas passadas as eleições, nada faziam para minimizar o sofrimento e a fome dessa gente. Isso deixava Duarte triste e impaciente!

O seu intuito em ser político envolvia uma série de projetos para melhorar a vida desses indefesos que ele, todos os dias, via perambular pelas redondezas da sede da administração municipal, no afã de conseguir algum serviço. Queriam qualquer trabalho, que pelo menos desse para dar o sustento às famílias que estavam em casa passando fome.

Era somente este o objetivo de entrar para a política, pois, desde criança, Duarte sempre pensou em abraçar esta causa. Tentou, ainda muito novo, no governo de João Goulart, aproximar-se da política de ajuda aos mais necessitados. Dera-se mal, bem caro pagou por essa sua decisão intempestiva, cujas consequências nós já as conhecemos. Mas agora, com mais preparo e experiência de vida, poderia ter algum êxito. Iria tentar mais uma vez, se por acaso desse com os burros na água, paciência, pelos menos tentara. Isto é, não ficara parado vendo o tempo e a banda passar. Não é verdade?

Foi nestas conjunturas que, numa tarde do mês de março, comunicou a todos os seus amigos que se candidataria ao cargo de vereador, pelo PMDB, da Câmara Municipal de Niterói. O seu primeiro ato, depois desta decisão, foi o de se exonerar do cargo de advogado da Prefeitura do Município de Niterói, para poder concorrer na eleição.

25

Antes de iniciar a sua campanha à vereança, Duarte quis fazer uma viagem à sua terra natal. Queria mostrar ao seu filho as suas origens, as raízes de seus os avós, para que um dia, se fosse preciso, o filho ter orgulho ou não de quem descendia. Raízes da pequena mas vibrante e altaneira Vila de São Bartolomeu de Messines. Como tinha muito que fazer, pediu ao seu sócio e amigo Dr. Viana que lhe comprasse quatro passagens para Portugal, para o dia primeiro de maio.

A família Guedes "Duarte, seu filho Fernando, a mãe Leonor e a esposa Olívia" embarcou no Aeroporto do Galeão, no Rio de Janeiro, com destino ao Aeroporto da Portela de Sacavém, em Lisboa. Desta vez, contudo, esperava-os, no saguão do aeroporto de Lisboa, o tio Mário Teixeira e sua tia Teresa; e os sogros de Duarte, os pais de Olívia, ansiosos para conhecerem o neto.

A família viera a Portugal apenas para visitar os parentes e amigos e não, felizmente dessa vez, para mendigar nada. Não carecia de incomodar ninguém, careciam, isto sim, de carinho e amor. Vieram, acima de tudo, resgatar a memória de seu pai e o bom nome de sua mãe (não houve falatórios nem regateirisses).

Foram trinta dias de felicidade e alegria. Viajaram de carro ora para Lisboa, ora para Faro, Évora, Coimbra, Porto, Caldas da Rainha, Figueira da Foz, Tomar, enfim... pelas estradas de Portugal. Pouco pararam

VOTE
DUARTE
VOTE
DUARTE

em Messines e quando o fizeram era apenas para dormir e descansar ou ir à Praia da Rocha.

Leonor, sentindo-se muito feliz com toda a sua prole reunida, dizia que estes eram os dias mais felizes da sua vida. Mas lamentava que Fernando não estivesse vivo para gozar desta alegria de viajar por Portugal com a família.

As férias acabaram-se. Mas, em Niterói, tudo estava encaminhado para o advogado Duarte, assim que chegasse de viagem, seguir na sua campanha por uma vaga à vereança da cidade. O regresso ao trabalho começou com mais ardor e denodo. A campanha prometia ser dura e difícil. Duarte contatava com os amigos em todos os lugares, no centro de Niterói, na Praia de Icaraí, no Saco de São Francisco, na Alameda São Boa-Ventura, no Fonseca, no Barreto. Enfim, onde ele soubesse que morava algum daqueles seus conhecidos, lá estava ele à procura do voto.

Foi tarefa dificílima, mas valeu a pena. Foi eleito com uma bela votação. Não foi o mais votado, mas um dos mais votados. No dia da posse, estava orgulhoso e confiante. Lourival, como tinha dito, mesmo não gostando da política, por ver o sofrimento do amigo quando entrara nela, pôs-se à disposição de Duarte. Em tempo integral, Lourival dedicar-se-ia à causa do filho do seu grande amigo Fernando Guedes, companheiro de trabalho na fábrica de vidros, em Neves:

– Que Deus tenha! –, gritava com felicidade e exuberância Lourival. – Alvíssaras! A Duarte Guedes, pela sua vitória nas eleições municipais. – E balançava, de um lado para outro, uma bandeira altissonante que representava vitória do vereador, inflamando o público que o aplaudia e vibrava. As ruas e avenidas, cheias de papéis de propaganda dos candidatos, demonstravam bem como o pleito fora renhido. Afinal, foram eleitos os candidatos em que o povo depositava mais confiança e credibilidade.

No entanto, pouco ou nada mudara nos últimos anos. O número de favelas em Niterói, assim como no Rio de Janeiro, aumentara vertiginosamente. Ora, isto, por si só, demonstrava que as eleições ocorridas antes, ainda que contassem, na sua maioria, com candidatos honestos e competentes, deixavam muito a desejar. Havia se instalado o caos. Os bandidos disputavam com a polícia os melhores pontos de venda de drogas. O armamento nos morros do Rio e de Niterói era controlado pelos poderes paralelos, que competiam com os policiais corruptos. Enfim, os habitantes de destas cidades, mesmo fechados em casa, não tinham sossego.

Um mês depois do pleito, realizou-se a diplomação tanto do prefeito como dos vereadores. O mandato era de quatro anos e Duarte, com a sua família presente à cerimônia da entrega do diploma de outorga do mandato, foi ovacionado pelos presentes.

No dia seguinte à diplomação, lá estava Duarte nos bairros mais pobres de Niterói, visitando os moradores de manhã e de tarde. Os primeiros bairros a serem visitados pelo novo vereador foram Cubango, Fonseca, Engenhoca. Depois, ia para a Câmara Municipal, onde apresentava seus projetos prioritários, dedicados às pessoas mais carentes. Na Praia das Charitas, começou a funcionar um centro de triagem para drogados e alcoólatras, ao qual Duarte se dedicava de corpo e alma. E também pediu que asfaltassem uma estrada esburacada de um bairro próximo ao Forte de Santa Cruz, que fica em cima de um rochedo enorme que guarda a entrada da Baía de Guanabara.

Os moradores diziam que os prefeitos e os vereadores só apareciam lá para pegar votos das comunidades, quando asfaltavam às pressas ruas e estradas da região. Água encanada, saneamento básico e até mesmo luz elétrica quase não existiam em lugar nenhum, era uma calamidade. A mortalidade infantil grassava por quase todos os bairros da região, em visível descaso das autoridades. Em todos estes bairros mais pobres de Niterói, colheu queixas e demandas dos moradores, sempre esquecidos pelas autoridades municipais, estaduais e federais.

Ao se inteirar das graves falhas da gestão pública, o vereador Duarte discursava, esbravejava e apontava os erros e as mazelas da administração, porém sem êxito e nem resultados positivos ou práticos, que minimizassem a ausência do Estado. Era uma luta desigual, sem tréguas e muito conturbada, neste afã de bem servir o povo que o elegera. Pensava com os seus botões que o mal de todo o descalabro e relaxamento, por vezes, não era da administração e sim da corrupção. Todavia, não era assim tão fácil acabar com este vício da própria sociedade. O mal estava enraizado desde há muito na cúspide da hierarquia dos poderes constituídos, vinha de cima. Por conseguinte, não era ele quem poderia, de um dia para outro, cortar o mal pela raiz!

Ora, esta faceta da corrupção custava-lhe muito porque prometera, durante as eleições, tudo fazer para acabar com as mamatas e propinas que beneficiavam este ou aquele cidadão em detrimento de toda a sociedade. Porém, o tempo ia passando, as coisas acontecendo e ele não conseguia mudar quase nada do que prometera. Tudo ficou como dantes, como no quartel de Abrantes.

Para acabar com estes problemas, alugou uma casa velha na Rua Andrade Neves, 172. Ali colocou um escritório para atender as queixas dos munícipes porque, no seu escritório de advocacia, não conseguia atender a tantas reclamações das pessoas que se sentiam prejudicadas. Tinha de lidar ora com as empresas, ora com pessoas que avançavam nos direitos dos outros munícipes, enfim, era um mar de reivindicações. Estava diante dele aquela gente que via ser espoliada todos os dias, quer pelos poderosos e abastados, quer pelos inescrupulosos, quer pelos políticos desonestos e indecentes que campeavam por toda a parte do Brasil, já na última metade do século XX.

Duarte, coitado de boa fé, se rendia à fatal lei do acréscimo que, como a todos, o levava à anciã da fama e da glória para, depois, conduzi-lo à área da política, com P maiúsculo. Mas não se dava conta de que, para entrar pela porta que se abria, tinha de atravessar a cloaca da nefasta e miserável política suja (a do é dando que se recebe), como a maioria dos políticos que ele bem conhecia fazia, fizera e faz.

A consciência do dever cumprido bem poucos a tinha. Essa consciência que nos é dada por Deus, na verdade, começa em casa e Duarte a tinha aprendido com os pais, a família e a escola. Ele tinha sido educado nessa escola, nessa sociedade em que estava inserido. Por isso, via com tristeza e amargor a falta de pudor, ética e lealdade da grande maioria dos seus colegas do legislativo fluminense, que só olhava para seus interesses, pondo a sociedade e a comunidade em segundo ou terceiro lugar.

Os quatro anos passaram como um foguete e pensando em melhorar esta situação, Duarte cogitou concorrer ao cargo de prefeito. Francisco Fragoso estava impedido de concorrer, o que abria espaço para ele concorrer. Afinal eram do mesmo partido e Duarte poderia ter êxito com o apoio do prefeito em fim de mandato, mesmo este não tendo feito uma boa administração.

No entanto, ainda era muito cedo para lançar a sua candidatura. Era necessário que reforçasse mais a sua amizade com o futuro ex-prefeito para solidificar essa amizade e conquistar mais confiança do ainda alcaide. Francisco Fragoso, incentivando-o, dizia todos os dias que, para ganhar as eleições, precisava alargar mais seu eleitorado e levantar mais alto a sua bandeira por todo o município:

– Vá, homem, vá aos bairros mais populosos, mostre-se mais, arrume correligionários em todos esses bairros, não tenha medo, você vai dar um bom prefeito. É só ser mais atrevido e confiante em si mesmo, é preciso fazer mais barulho!

Mas os dias rolavam e, no espírito de Duarte, agora, mais confiante e sereno, amargurava ser forçado a intimidades que não se coadunavam com a sua personalidade, como ter de sorrir quando o caso era para chorar, ter de engolir a seco e calar quando ansiava dizer a verdade! Enfim, teria de ter cuidado com o seu nome pela conveniência de ganhar a eleição. Dizer amém às coisas mais sórdidas e abjetas, que iam contra à sua altivez e princípios morais, só para ser eleito? Por isso, muitas vezes revoltava-se, mas emudecia em seguida porque o que interessa na política é ganhar as eleições! Era muito sacrifício e abnegação para tão pobre e pequeno encargo.

Nestas conjecturas, já maldizia ter pensado em tal candidatura, pois se era verdade que o vírus da política outrora o picara, neste momento, entendia que fora tudo uma ilusão. Pois há espíritos que só olham para o seu interior e, uma vez seu ego satisfeito, tudo se acomoda, todo o resto do mundo à sua volta não tem valor! Seu espírito não era desta têmpera, mas humano, solidário, incapaz de não sentir nada com o sofrimento alheio. Assim, sofria com os desvalidos que muitas vezes não tinham em casa um tostão para comprar um pão!

No começo de junho, já no inverno fluminense, apareciam nas primeiras páginas dos jornais da pacata Niterói, em especial no diário *O Fluminense*, o nome do vereador Duarte T. Guedes em letras garrafais, como sendo um provável candidato a prefeito da cidade. Embalado por esses incentivos e pelo entusiasmo de ajudar aquele povo humilde e sofrido, pendurados lá do morro, Duarte lançou para valer a sua candidatura.

O candidato depositava extraordinária confiança nas suas ideias e propósitos de ajudar os mais pobres. Todavia, desconfiava se os poderes que estavam acima dele o deixariam fazer o que seus pensamentos e seu coração determinavam. Mais uma vez, teria de jogar com a sorte, tanto para ganhar as eleições como para cumprir o que iria prometer a seus eleitores. Caso não conseguisse satisfazer as suas promessas, estaria liquidado para a política porque o seu caráter não lhe permitiria dizer uma coisa e não realizá-la.

26

No afã do cotidiano, ele vira passar, num piscar de olhos, os quatro anos do seu mandato de vereador. Seus amigos mais leais e atentos à realidade, como o Germinal, o Lourival, o Célio e o Fábio, escrivão de policia, acompanhavam de perto o amigo. Sentiam-no cada vez mais distante daquele seu entusiasmo inicial pela política, quando começou havia quatro anos.

Certo dia, remexendo sua estante de livros, Duarte deparou-se com aquele pequeno infólio, escrito por um seu conterrâneo messinense, onde estava aquela quadra que sua mãe tanto gostou e achou engraçada.

Deu-lhe saudades da sua terra, porém essas recordações estavam longe de satisfazer seu ego e interesses. Isso porque também sentia que a sua terra de adoção lhe oferecia mais oportunidades e melhores chances de construir um futuro sólido e promissor, para si a para a sua família, do que no velho Portugal, Ainda mais agora como candidato à prefeitura de Niterói.

Nestes delírios e pensamentos nebulosos, sentia que poderia construir nesta sua terra de adoção o que jamais conseguiria na sua terra natal! Pensou no filho, na esposa, na mãe que jamais esquecera o seu torrão natal. Positivamente, estava dividido, muito dividido. Poder-se-ia dizer que estava inseguro daquilo que queria para si e para os seus... Mesmo diante dessas incertezas e dúvidas, Duarte lançou a sua candidatura na sede do partido a que pertencia, o PMDB de Niterói, numa quinta-feira à tarde, no centro da cidade fluminense.

Presentes estavam a esposa, a mãe e o filho, que agora contava já com dez anos. Estava também o Francisco Fragoso, que, num discurso inflamado e repleto de patriotismo, dizia aos presentes sobre as virtudes e qualidades do candidato que o substituiria.

O advogado, hirto e impávido ao pé do seu futuro antecessor, revolvia pensamentos de que, dali para frente, teria que se habituar porque uma vida superior o esperava. Elevava-se como se fosse forte e dotado de forças misteriosas que o impulsionavam para além das suas possibilidades, para onde reluziam dias faustosos e fecundos. Entrevia uma caminhada na qual seu coração soberbamente iria gozar de felicidade e alegria. Trilharia caminhos que reverenciariam seu gosto de viver e de compartilhar bem-estar. Tudo lhe apontava para uma vida pujante e de sonhos doirados!...

Lembrava-se, outrossim, que os quatro anos como prefeito de Niterói passassem num piscar de olhos e que, nessa altura, o seu filho já contaria com 15 anos. Entretanto, nesse interregno, pensara e conseguira comprar um apartamento na Praia de Icaraí. O apartamento alugado no centro da cidade já tinha um ranço de coisa velha e usada, que não o satisfazia e não lhe dava o *estatus* de residência da autoridade maior da cidade, acaso ganhasse as eleições a prefeito.

A luta eleitoral teve início depois de dois meses. Luta titânica, cheia de altos e baixos, de muitas alegrias e algumas frustrações. Graças à ajuda de muitos amigos e de alguns correligionários, como fora sua intenção, acabou tudo dando certo. Foi eleito prefeito. O apartamento da Praia de Icaraí agora ficava sempre iluminado e cheio de holofotes, afinal era a residência da autoridade máxima do executivo da cidade. Duarte tudo fazia para merecer a escolha dos seus eleitores. Por isso, deu logo de início um colorido todo especial à cidade.

Niterói deixou de ser uma cidade suja para virar símbolo de urbe limpa, asseada e civilizada. Os ônibus, que eram umas carroças velhas, foram substituídos por uma nova e higiênica frota. Trafegavam pelas avenidas agora iluminadas, arrumadas e asfaltadas, oferecendo aos munícipes e usuários uma nova visão da cidade, cuja sujeira deixara de existir. Os bondes velhos e sujos deixaram de trafegar. A cidade estava sendo toda remodelada, com o saneamento básico em reconstrução e uma série de medidas determinadas pelo prefeito recém-eleito. Na verdade, o novo prefeito até parecia mais feliz. A mãe e a esposa também pareciam felizes com a ascensão de Duarte. Fernando, o filho, frequentava agora um dos melhores colégios de Niterói, o José Clemente, que o pai também o tinha frequentado. As coisas tinham de certo modo corrido a gosto de toda a família. Mas um fato novo veio perturbar não só a Duarte, mas também a Leonor assim como a esposa Olívia.

É que o filho Fernando foi pego a telefonar para uma sua namoradinha da escola. A princípio, isso não era preocupante, mas à medida que as coisas foram evoluindo, começaram a preocupar. Em todo o caso, como o rapaz era ainda muito novo, nem os pais nem a avó ligaram para o caso, eram apenas brincadeiras de crianças. Certo dia, em que os três estavam reunidos a jantar em casa, o pai perguntou a Olívia se sabia como estava o caso de Fernando com a namorada:

– Que eu saiba, continuam namorando! Ele não me diz nada e também não lhe perguntei mais. Então, acho que está tudo na mesma!

– Mas você não lhe perguntou ao menos quem é a moça? Se é de boas famílias, onde moram, quem é o pai, quem é mãe, nada disso você sabe?

– Não, não lhe perguntei e ele também nada me disse! Mas mesmo que lhe perguntasse quem são os pais da moça, o que é que isso iria adiantar! O que adianta ele me dizer quem são os pais da moça, se eu não os conheço?

Na realidade pouco adiantaria a mãe perguntar. O melhor seria o pai perguntar ao filho. Seria mais prático porque Duarte conhecia quase todo o mundo na cidade. Mas o assunto morreu ali. Na correria vertiginosa da vida, Duarte via passar os dias quase sem dar-se conta pelo tempo, que voava. Lembrava-se de que o filho já estava quase homem. Por isso, tinha de ter liberdade e independência para conduzir a sua vida, em uma época diferente da dele, Duarte. A família deveria orientar o adolescente nos casos mais agudos das crises da mocidade sonhadora e afoita a enfrentar os problemas, por vezes até graves. Neste silêncio que se alargou entre o filho, o pai e a avó, todos sentiam que havia uma falta de calor humano dentro da família.

Estava muito próximo do Natal. Duarte se lembrou do filho ainda criança quando ele lhe comprava os brinquedos e se vestia de Papai Noel de noite. Quando o filho já estava dormindo, ele chegava e colocava os brinquedos no sapatinho que o filho punha em volta da árvore de Natal armada no centro da sala. Lembrou-se com tristeza daqueles tempos em que eram apenas uma família remediada de um advogado mais ou menos bem-sucedido. Mas havia muito amor dento daquela família simples e humilde, com a qual ele agora nem tinha tempo para almoçar e nem jantar no dia de Natal.

Estava em seu gabinete trabalhando quando se lembrou de todos estes tempos alegres da criança que fora seu filho Fernando Guedes Neto. Pegou o paletó e foi correndo para casa encontrar-se com a família, principalmente com o filho. Porém, ao chegar em casa o seu Fernando não estava. Disse à mãe, que ia almoçar com a namorada e depois iriam ao cinema. Ficou surpreendido. O filho não estava em casa? Como assim? Então, vira que as coisas tinham evoluído e que o seu menino não era mais uma criança. Era um jovem adolescente, crescera, namorava e logo, logo talvez casasse e ele não tinha aproveitado nada da meninice do seu único filho.

O trabalho roubara-lhe todo o tempo e era tarde para se arrepender de não ficar mais em casa com a família. Mas lembrou que Olívia falou que o filho foi ao cinema com a namorada! E quem seria essa namorada da qual o filho não desgrudava? Será que seria boa moça, filha de boa família? Precisava averiguar.

Automaticamente, tomou o caminho do escritório que tinha instalado no apartamento novo. Lá instalado e remexendo uns papéis que estavam numa caixa de madeira, começou a remoer por onde deveria iniciar a pesquisa sobre a namorada do filho. Ah, sim, lembrara-se de um funcionário da prefeitura que era investigador e que poderia iniciar os trabalhos de investigação para ele, para saber quem era a moça que o filho namorava.

Porém, tinha de saber primeiro o nome da garota. Batiam as 23h00 no relógio do corredor, quando ele deu pelo tempo passado ali no escritório. O filho com certeza deveria estar para chegar. Esperaria mais alguns minutos. O relógio bateu as 23h30 e as 24h00 e nada do filho chegar. Foi se deitar. No outro dia conversaria com o filho sobre seus planos.

No dia seguinte, como de costume, acordou às seis horas da manhã. O sol viera radiante, entrando sorrateiro e alegre em seu quarto. Levantou-se, cortou a barba, lavou os dentes, tomou um banho e depois foi tomar o café. Olívia já tinha tudo pronto na mesa da cozinha e também já estava tomando o seu café. Duarte deu-lhe um beijo e perguntou:

– E o Fernando, você sabe a que horas ele chegou ontem à noite?

– Acho que por volta das três horas da manhã! Por quê?

– É porque fiquei esperando-o chegar para lhe perguntar um assunto e já passava da meia-noite e ele não havia chegado!

– E o que era que lhe queria perguntar, hein, Duarte?

– Bem, queria saber quem é essa moça que ele está de namorico, entendeu?

– De namorico? Então, você acha que aquilo é só um namorico? Ele fica até altas horas da noite com ela! Aquilo é muito mais que namoro, Duarte! A mim me parece que é paixão e agora eu entendo que é muito tarde para você ir atrás...

– Muito tarde por quê?

– Porque se tinha de acontecer alguma coisa mais que um simples namoro, já aconteceu! Ou queres que eu seja mais clara! Não te parece, homem?

– Está bem, está bem! Errei, deveria ter averiguado mais cedo, está certo, mas isso não impede de eu ir atrás para saber quem é a família da moça, impede?

– Sim, é fora de tempo, mas é melhor que ficar em casa esperando que as coisas aconteçam, mas...

– Mas o quê, dize!

– O quê? Pois se tinha de acontecer já aconteceu! É só isso! – disse a mulher.

– Ele está dormindo?

– Acho que sim. Quem chegou às três horas da madrugada, com certeza deve estar com sono! Não achas?

– Então, quando ele acordar, dize-lhe que espere por mim que venho almoçar em casa e preciso falar com ele, está bem?

– Está bem, dar-lhe-ei o recado. Espero que ele aceite falar contigo porque ele tem aula às 13h00 e não sei se ele vai alegar que não dá tempo.

– Dize-lhe que estarei aqui ao meio-dia para almoçarmos juntos, está certo?

– Muito bem, vou dar-lhe o recado –, respondeu a mulher.

O prefeito, pegando o paletó, foi para a prefeitura trabalhar. Porém, sempre com o pensamento de vir almoçar em casa para conversar com o filho acerca da namorada. Em casa, a mãe e a avó avisaram Fernando, quando este se levantou às 10h00, para não sair de casa enquanto o pai não chegasse, porquanto ele queria almoçar com ele e toda a família reunida.

Às 12h00 em ponto, Duarte chegava em casa. Fernando, que já tinha tomado banho, vestiu-se e esperou o pai chegar para almoçarem juntos. Sentados nas cadeiras em volta de uma mesa redonda, que Olívia tinha comprado numa loja de móveis da Rua da Praia, iniciou-se o almoço. Antes, porém, o pai abriu a conversa perguntando ao filho a que horas ele tinha chegado em casa na noite anterior.

– Cheguei às três horas da madrugada –, respondeu Fernando, de cabeça baixa, encabulado pela resposta, sentindo que não tinha idade para chegar em casa àquela hora. Todavia, o pai não o repreendeu e, em seguida, observou:

– Fernando, eu, teu pai, gostaria que, quando você pretender chegar em casa a essas horas da noite, avise a sua mãe para onde e com quem vai para ela saber... E mais, você, segundo a tua mãe me tem falado, tem uma namorada. Nós gostaríamos de saber quem é a família da tua namorada, onde moram os pais dela. Gostaríamos de saber com quem anda o nosso filho.

– Oh, papai, eu não sei nada da família dela, só sei que o pai dela se chama Rubens e a mãe Deolinda, não sei mais nada.

– E onde mora, você não sabe também.

– Sei que moram num edifício que tem ali na Rua São Sebastião, 320, apartamento 312, só isso!...

– E o telefone?

– Ah, o telefone é 3524-5569.

– É quanto basta! Vou mandar um investigador checar quem são os pais e o que fazem para saber se são boa gente!...

Batia uma hora da tarde quando o almoço acabou. A mãe e a esposa de Duarte ficaram mais aliviadas com a conversa dos dois. Pois, quando o rapaz telefonava para a mãe a dizer que ia sair com a namorada, as duas senhoras ficavam muito aflitas e em cuidados porque o rapaz saía e elas nem sabiam com quem. Agora, já tinham uma referência para que, se houvesse qualquer coisa que o comprometesse ou algum imprevisto, poderem entrar em contato. De outro lado, o pai, já naquela tarde, conversara com o investigador da prefeitura, que se chamava Danilo, para averiguar quem era a família da namorada de Fernando.

27

Foi na quinta feira seguinte àquela conversa com Fernando que o detetive Danilo começou a investigar quem era a família da namorada. Entretanto, o mandato do prefeito já se estendia há uns três anos e as coisas na prefeitura não fluíam, não funcionavam como o prefeito desejava ver. Pois, no entender dele, deveriam ser mais ligeiras no que concernia às obras que pensava executar na sua administração. A maior parte delas não tinha se iniciado por falta de verbas que o poder Executivo do Estado e do Governo Federal deixaram remeter à prefeitura. Isso obrigava o prefeito a faltar com a sua palavra empenhada na campanha eleitoral. Vários órgãos do Estado, por dever e por direito, deveriam remeter as verbas ao alcaide de Niterói.

Na verdade, aquelas verbas tinham sido empenhadas e eram devidas por lei. Isso deixava Duarte numa saia justa, nervoso e aborrecido por não poder realizar as obras e dar andamento aos projetos já aprovados. De mau humor com a política local e nacional, o prefeito responsabilizava os órgãos nacionais pela situação caótica que o executivo municipal atravessava. Nestes momentos de penúria, pela falta de verbas para satisfazer os seus compromissos com o povo da sua cidade, maldizia a hora em que se metera outra vez na política.

A falta era dos órgãos estaduais e federais deixavam de remeter ou retiam as verbas que por direito pertenciam à prefeitura. Mas quem ficava malvisto pela população e eleitores era o prefeito. Dentro do seu gabinete de trabalho, o prefeito vociferava contra o descalabro em que se encontravam as finanças do país:

– É uma pouca vergonha, um país tão rico como este, com 8,5 milhões de quilômetros quadrados de extensão, deixar de remeter as verbas votadas pelo Congresso Nacional para uma simples prefeitura! Uma pouca vergonha!

Mas Duarte, com os ombros vergados pelo nervosismo, atabalhoadamente remexia uns papéis espalhados em cima da escrivaninha, arrumando-os numa caixa de madeira. Depois, caminhava pelo gabinete com as mãos no bolso, de um lado para outro, a fim de se recuperar daquelas horas de exasperação. Pediu ao chefe de gabinete que chamasse o seu motorista, pois precisava dar um giro para espiar as obras de recapeamento da Estrada do Saco de São Francisco. As obras estavam muito atrasadas, em decorrência da falta de verbas. Estava empenhado em atender um pedido dos habitantes daquela região de praias paradisíacas da Baía de Guanabara.

Ao se encaminhar para o local, teve de ir por uma estrada repleta de curvas e de buracos e deparou-se com um engarrafamento enorme. Ninguém conseguia andar, nem para trás e nem para frente, e nem sabia o que tinha acontecido. Uns diziam que tinha caído uma barreira, outros que havia ocorrido um desastre, e ainda aqueles que falavam que um rochedo se despencara do morro.

Pela interdição daquela estrada, o prefeito, que se deslocara para fiscalizar as obras, não conseguiu chegar à região que pretendia. No entanto, no outro dia, os jornais davam grande destaque à interrupção da via, informando que havia ocorrido um acidente com uma viatura da polícia civil, numa perseguição a bandidos. O desastre com a viatura resultara na morte de dois policiais e em quatro outros policiais feridos, com escoriações generalizadas, internados no Hospital Antônio Pedro. O jornal *O Fluminense* dava os nomes dos mortos e feridos. Os mortos eram o motorista Antonio Romero e o policial civil Ramiro da Graça. Entre os feridos estavam os policiais José Alves, Dirceu Batista da Costa, Ari da Fonseca e Rubens Gonzáles.

O desastre, dizia *O Fluminense*, fora provocado pelo mau estado de conservação da viatura policial, uma perua velha caindo aos pedaços, e também por falta de conservação da estrada, esburacada e sem condições de tráfego. Para Duarte, que tinha prometido um novo asfalto para aquela estrada (que estava sendo providenciado), foi uma punhalada pelas costas. O jornal faltara com a verdade ao não completar a notícia dizendo que lá estavam os operários a colocar uma nova camada de asfalto.

Ora, isto era uma manobra política da oposição para não esclarecer o que ele estava a fazer. Na verdade, o desastre dera-se, em parte, por falta de atenção e de zelo do motorista, que estava correndo demais numa pista que ainda não tinha sido consertada. Mas a oposição, valendo-se de uma desgraça, veio dizer através do jornal que o prefeito, que tudo prometera para se eleger, não passava de um banana, um desqualificado qualquer que nada fazia para melhorar a vida do povo. E destacavam que dois desgraçados morreram ali naquela estrada cheia de crateras.

Todavia, o prefeito, que não era um banana e nem desqualificado, exigiu de imediato o direito de resposta, com o mesmo espaço, no jornal. Foi atendido e esclareceu aos munícipes que a prefeitura estava realizando, naquele mesmo lugar, o conserto da via, dando o número e os nomes dos operários que trabalhavam naquelas obras.

Este episódio suscitou grande polêmica entre os vereadores da oposição e os da situação, na Câmara Municipal. A polêmica foi tão barulhenta e exacerbada que o prefeito teve de ir ao plenário da Câmara, com fotografias e documentos, a fim de acabar com a baderna que lá se instalara. A oposição só aceitava como verdadeiros fatos documentados e isso deixava o prefeito irritado porque significava que sua palavra nada valia e representava. Além do que a manobra desviava a discussão e escondia que estava acontecendo era o atraso do envio de verbas dos governos estadual e federal. E quem pagava a fatura pela falta de palavra dos outros era o prefeito. Começava a se descortinar a razão pela qual o povo não acreditava no que os políticos diziam.

A cada dia mais, Duarte se desencantava com a política e com os políticos. Ele era homem austero, cumpridor dos seus deveres, às vezes um pouco seco, todavia, honesto na sua posição, um Catão, no sentido da palavra, um servo da sua palavra. Todavia, ninguém confiava mais nele e nem na sua palavra. Precisava levar fotografias e declarações documentadas para seus opositores acreditarem nas suas afirmações. E por quê? Porque nunca condescendeu, acarinhou ou foi subserviente.

A maioria dos outros ele bem conhecia. Sempre foram traidores, violadores das leis, ladrões do erário público, mentirosos, mas gentis e subservientes que comentem crimes. Esses vêm sempre com uma palavra doce no bico, carinhosos e fingidos... Desses, todos gostam e os defendem das más línguas e chegam a dizer: lá vai um bom homem, mesmo sabendo que ele é um prevaricador, um pulha que a todos embrulha.

– Malditos sejam os políticos... –, disse Duarte, aborrecido consigo mesmo por se ter metido na política sórdida e maquiavélica.

Lembrou-se depois de que, entre os feridos daquele desastre, estava o policial que lhe causou tantos sofrimentos. Porém, não lhe desejou mal, mas que Deus o protegesse. Assim prosseguia o prefeito na sua rotina, mas agora pacato e sem entusiasmo, pelas frustrações que lhe trouxera a política. Estava consciente do dever cumprido, porém não se elegera para andar de chapéu na mão a pedir dinheiro ao governo estadual ou ao federal. Ele tinha direito àquela verba por força da lei votada pelo Congresso Nacional, e deveria tê-la à sua disposição no prazo marcado.

Tinha uma família bonita, bem planejada. Era feliz. Contudo, a política tirara-lhe o gosto pela vida. Ele, que sempre foi um vencedor na política, era agora como se fosse um derrotado, um infeliz. Já tentara a política duas vezes e sempre rondavam o seu espírito as mesmas frustrações e desgostos. Por quê? Porque era honesto, incisivo nas suas promessas, um homem honrado.

Naquela tarde quase noite, foi para casa aborrecido. Tanto que a esposa e a mãe sentiram-no profundo e pesaroso. Ambas quiseram saber os motivos de seus aborrecimentos, mas ele não quis dizer. Deu algumas desculpas frágeis, mas depois acabou confessando que o amigo de seu pai, o Lourival, tinha razão quando o aconselhou a não entrar novamente na política. Mas sua insatisfação e arrependimento eram tardios.

– Se arrependimento matasse, a esta hora eu estaria morto! –, dizia. Foi uma noite mal dormida, cheia de sonhos aterradores e fantasmagóricos.

Mas a manhã veio bonita e ensolarada, com um sol muito branco e rutilante. Duarte queixava-se de dores de cabeça por causa da insônia da noite passada. Tomou um banho frio e uma xícara de café bem forte e foi para a prefeitura. Mal se sentou em sua cadeira giratória e seu secretário lhe veio dizer que estava ali o investigador.

– O investigador, que investigador?

– O Danilo, o senhor não lhe recomendou um caso para ele investigar?

– Ó, sim! O Danilo! Sim, sim, mande-o entrar!

Um homenzarrão de uns 120 quilos entrou no gabinete do prefeito, com uma pasta debaixo do braço. Conversando com Duarte, Danilo foi logo adiantando que o chefe da família que o prefeito mandara investigar era um agente policial lotado na Delegacia Central da Polícia de Niterói.

– Um agente policial? O senhor por acaso tem o nome dele?

– Tenho. Tenho o nome e informação sobre toda a sua vida pregressa, inclusive sobre a vida de sua mulher, que também trabalha na polícia.

Abrindo a pasta cheia de documentos, Danilo tirou um envelope grande que continha tudo que se relacionava ao investigado.

– Mas o senhor procurou pessoalmente o endereço ou apenas fez pesquisa documental?

– Tive o cuidado de conferir o endereço que me foi fornecido, com o contrato de locação, para saber se se tratava da mesma pessoa que deveria ser investigada. Estive lá. Pode ter a certeza de que é essa família que mora lá há aproximadamente seis anos.

– Chegou a falar com alguém da família quando lá esteve ou não?

– Falei, sim. Conversei com uma mocinha de uns 15 ou 16 anos, se tanto.

– E o que ela lhe disse? Como ela é fisicamente, feia, bonita, magra...

– É ainda é uma colegial. E só estava ela em casa e de saída para o colégio! Mas conversou rapidamente comigo. O suficiente para me passar a informação mais importante. O chefe de família lá se chama Rubens Gonzáles.

Sim, nem mais nem menos, era aquele policial que muitos anos atrás tinha surrado Duarte. A agressão ocorrera já dentro da delegacia, depois de Duarte ser detido numa noite, na Rua Marechal Deodoro, na oficina de marcenaria do espanhol Agustín Narvaés. Na marcenaria, funcionava o Centro Democrático, fundado por eles durante os anos de chumbo, com o objetivo de combater a ditadura militar que se instalara no Brasil. Gonzáles espancara Duarte tentando dele arrancar informações sobre outros companheiros de militância política.

– Você tem certeza de que a família que mandei investigar tem como cabeça de casal esse policial chamado Rubens González? Está certo disso, ó, Danilo? –, insistiu Duarte.

– Claro que estou certo do meu trabalho. – Enfatizou o investigador.

O prefeito telefonou novamente para sua casa para dizer que lá ia almoçar e perguntava se o filho estaria lá. A mãe informava a Duarte que

Fernando não estaria em casa porque tinha recebido um telefonema da namorada, pedindo-lhe para ele ir com ela ao hospital ver o pai. Pelo que ela dizia, o pai sofrera um acidente, ao que parece com alguma gravidade. Então, o Fernando saíra apressado.

Duarte ficou pensativo, pois as coisas encaixavam-se perfeitamente. Na verdade, entre aqueles policiais acidentados na Estrada do Saco de São Francisco estava o policial Rubens González. Ora, isto o levava a refletir sobre as informações do investigador, que estavam certas: na família da namorada de seu filho estava, acaso infernal, aquele seu agressor de antanho. Uma nova conjectura se antepôs em sua mente, estava diante de mais um abacaxi que, de qualquer forma, teria de descascar.

Telefonou outra vez à mãe, agora para perguntar se ela sabia qual era o hospital em que o filho tinha ido com a namorada. A mãe não tinha certeza, mas provavelmente deveria ser o Hospital António Pedro.

– Está bem, mãe. Vou passar por lá porque me parece que estamos outra vez enrascados com as coincidências da vida –, exclamou, dizendo para não o esperarem para almoçar porque iria ver se encontrava o Fernando. Desligou o telefone e mandou o secretário dizer ao motorista para estar pronto em cinco minutos porque precisava sair imediatamente. Pegou o casaco e saiu a caminho do hospital.

O espanto de Duarte não poderia ser maior quando se deparou com o filho beijando a menina ali à frente de todo o mundo. Tossiu duas vezes, mas Fernando sequer percebeu. Tossiu mais alto, umas três vezes, e o rapaz, que estava de pé com a moça, se deu conta de que o seu pai estava presente. Apesar de a moçada da época estar acostumada a atitudes que, na época de Duarte, seriam consideradas licenciosidades, Fernando fez se vermelho, depois amarelo, de vergonha.

Um embaraçado silêncio pesou sobre o jovem como se o mundo inteiro se abrisse e uma profunda cova engolisse a sua imagem para todo sempre. Seu rosto estava agora bredo e os lábios brancos tremiam-lhe.

Pôs cabeça abaixo e correu para o pai a abraçá-lo, como a querer pedir-lhe perdão por aquele embaraço.

O pai, abraçando-o, afagava-lhe a cabeça, segredando-lhe ao ouvido algo impercebível. Abraçados, o rapaz levou o pai até onde estava a namorada e apresentou-a. Apesar de nova, era desinibida e foi logo dizendo:

– Me chamo Marina e tenho muito prazer em conhecê-lo, senhor Dr. Duarte!

O prefeito, embasbacado com a esperteza e desenvoltura de Marina, confessou, de ombros vergados e humildemente, que vinha ali em primeiro lugar saber da saúde de seu pai. Em segundo, para conhecer a graciosa namorada de seu filho.

– Ai, o senhor me deixa encabulada com tantos elogios! –, disse Marina, com o rosto vermelho.

– Não, não. Os elogios que lhe faço não são exagerados, muito pelo contrário, são do fundo do meu coração. Porém, preciso ir almoçar e conversar com o meu filho. A senhorita está convidada, quer ir também?

– Não, senhor Dr. Duarte, infelizmente hoje temo de ficar aqui com a minha mãe. Outro dia, terei muito gosto em acompanhá-los, mas hoje não dá.

Despedindo-se de Marina e de sua mãe, pegou no braço do filho e foram almoçar num restaurante na Praia de Icaraí, quando já eram 14h00. A conversa que o pai pretendia ter com o filho era uma conversa de amigo conselheiro. Depois de sentados a uma mesa do restaurante, o pai, preocupado, dizia ao filho:

– Fernando, tu sabes o quanto te quero? Tu não ignoras que só quero o teu bem, não é verdade?

– Ora, meu pai, é para me pregar um sermão que me convidou para almoçarmos juntos?

– Não, meu filho, não é para te pregar um sermão. Te convidei para te dizer coisas que tu ignoras! Tu por acaso sabes quem é o pai da tua namorada, sabes?

– Não, não sei quem ele é e não me interessa saber!

– Pois é, não te interessa saber! E se te disser que foi ele quem fez eu e tua avó sofrer tanto na vida, acreditas?

– Se você me está dizendo que foi ele quem o fez sofrer muito na vida, eu, como seu filho, só posso acreditar! –, exclamou Fernando, baixando os olhos.

– É verdade! Você não sabe da história, mas tanto a tua mãe como a tua avó sabem bem sobre esse traumático episódio. Pergunta-lhes e elas te contarão!...

– Por que devo perguntar a minha avó ou a minha mãe? Você não me pode contar?

– Eu até poderia, mas acho que não te devo contar. Mas tu ficarás sabendo...

Calaram-se. O garçom trouxe dois bifes com batatas fritas. O almoço transcorreu em silêncio e, ao final, ambos foram para casa.

28

Fernando estava apenas com 16 anos. Pelo que o pai observara no hospital, não se tratava de um namorico qualquer, a coisa era mais séria do que pensava. No restaurante, Duarte levou a conversa para o lado dos seus antagonismos com o pai da namorada do filho, mas não explicou a este o que teria havido entre ele e o Rubens. Em casa é que Fernando veio a saber dos motivos da forte desavença entre os dois.

Inteirado dos desentendimentos entre seu pai e o pai da sua namorada, Fernando foi procurar o pai para lhe dizer que sofria muito pelo que sua avó lhe contara. E que tudo faria para reparar o erro de ter começado o namoro com Mariana. Mas o pai, generoso, perguntou ao filho:

– Dize, com toda a tua franqueza, Fernando! Tu gostas muito da tua namorada? – Sem titubear, Fernando exclamou:

– Pai, eu adoro a Marina! Estou apaixonado por ela.

– E tu serias capaz de deixar a Marina para ficares ao lado do teu pai, filho?

– Oh, meu pai, seria muito doloroso eu deixar a Marina. Mas pelo meu pai, iria tentar fazer esse sacrifício. Os meus pais são tudo para mim. Não sei o que farei se algum dia os perder! –, disse Fernando com lágrimas nos olhos. Abraçando o filho, Duarte deu-lhe um beijo na testa e disse:

– Não vou exigir de ti esse sacrifício, porém quero avisar-te que aquele pai da tua namorada não vale nada, não vale a água que bebe. A mãe, não sei, não a conheço. Por isso, dela não possa dizer nada, mas o pai eu o conheço desde criança e jamais me esquecerei do que ele me fez. Mas pelo afeto que tu tens pela filha dele, estou pronto a perdoar porque meu coração não deve alimentar o rancor.

Fernando, ainda abraçado ao pai, dizia exultante:

– Meu querido pai, por mim você é capaz de perdoar uma pessoa que lhe fez tanto mal e lhe causou tantos sofrimentos? Para me ver feliz, é capaz de fazer isso? – Outra vez, beijando a testa do filho, Duarte disse:

– Sim, filho, para que tu sejas feliz eu sou capaz de fazer qualquer loucura neste mundo. – Seguiram abraçados pelo corredor do apartamento ao encontro da mãe e da avó de Fernando. Os olhos de Duarte marejavam.

Era noite e o motorista do prefeito esperava-o no estacionamento do prédio. Os quatro membros do clã dos Teixeira Guedes desceram para jantar fora. Foram a um restaurante novo, inaugurado recentemente, em frente ao Jardim São Bento. Laerte, o motorista, abriu as portas do automóvel para a família sair. Mas Duarte confabulou com a esposa pensando em dizer ao motorista para ir jantar com eles. Contudo, Laerte adiantou-se:

– Vou ficar esperando o senhor e sua família jantarem para os levar em casa, está bem?

– Não senhor, não está bem. O senhor vai é jantar conosco! Feche o carro e venha, vamos jantar, vá.

– Oh, não, Dr. Duarte, o meu terno está um pouco surrado, o senhor sabe como é, não?

– Venha, vamos embora, homem, deixe de tretas e venha jantar conosco, você é da família! Venha, deixe lá a estória do terno porque ninguém lhe vai dar outro terno novo, homem!

Deixando o quepe no banco do motorista, Laerte aprontou-se dentro do seu surrado terno azul e seguiu o prefeito até o restaurante.

Sentaram-se todos numa mesa espaçosa e jantaram o melhor prato que a casa preparava para clientes especiais: perna de cabrito assado no forno com batatas miúdas, à moda da casa, com vinho português Casal Garcia. Estava uma delícia, dizia o motorista:

– Nunca comi uma comida tão gostosa que nem esta! E o vinho, então, nem me fale! Para quem está habituado a comer as gororobas que a Lúcia minha mulher faz lá em casa, este jantar é um banquete dos melhores que já comi em toda a minha vida, senhor Dr. Duarte!

De volta para casa, recostado no banco de trás do carro, Duarte revolveu-se em pensamentos sobre sua vida. Era como se uma energia o encaminhasse para lugares distantes. Seu coração, sensibilizado, sentia uma ação fecunda que se elevava para um fantástico gosto de viver, para uma vida de prazeres e regalias que só os abastados desfrutam.

Novamente lhe veio à mente aquela sua indagação que sempre trazia em seu espírito: "Como é que o Brasil, um país tão vasto e tão rico, tinha tantos miseráveis!" Miseráveis mesmo, porque pobreza é uma coisa, mas a miséria é outra muito diferente. Ele entrara na política pensando em mudar este estado de coisas. Contudo, sentia-se impotente para pelo menos minimizar esta situação vexatória dos brasileiros, com tanta miséria espalhada por todo o território nacional, por seus oito milhões, quinhentos e quatorze mil quilômetros quadrados.

Entretanto, Duarte observava alguns erros de avaliação na sua atuação política. Era verdade que os eleitores tinham razão em cobrar-lhe as promessas de campanha. Entretanto, também era verdade que as obras que não se tinham ainda concluído por motivos que fugiam à sua responsabilidade. Ora era o atraso na remessa de verbas, ora a burocracia, ora as licenças ambientais e ora entraves de todas as ordens dos mais variados órgãos estaduais e federais que emperravam as obras que queria entregar. Por isso, deveria ele apresentar essas explicações a seu eleitorado. Mas agora, com aquele problema do filho se enrolar com a filha do seu maior inimigo, não tinha cabeça para se dedicar a essa tarefa que lhe avassalava o espírito.

Na manhã seguinte, barbeou-se, tomou um banho frio, depois o café com a esposa e a mãe, e foi para a prefeitura. Eram sete horas quando lá chegou.

Sentado em sua cadeira giratória, em silêncio melancólico, considerava que ultimamente as coisas não lhe corriam bem. Tinha mais um problema para resolver, o namoro do filho, e que não lhe saía da cabeça. Dando de ombros, ponderou consigo mesmo: "Tudo se há de resolver, vamos em frente. Já enfrentei situações muito piores, não será uma conversa com um meu algoz que me vai tirar o sono". Tirou o paletó, arregaçou as mangas da camisa, iniciou-se com afinco no trabalho.

Mas aquele fogacho de trabalho árduo durou pouco tempo, uma hora se tanto. A sua atenção primeira estava em resolver, o mais depressa possível, o caso do filho. Lembrou-se então de telefonar para casa para saber se Fernando ainda estava lá. Olívia foi ver se o filho estava:

– Ainda está dormindo. Recolheu-se tarde porque sabia que não teria aula hoje e poderia dormir até mais tarde.

– Dize-lhe que quero falar com ele ao telefone –, recomendou Duarte à esposa. – Não te esqueças! Enquanto esperava a esposa acordar o filho para conversar com ele, começou a ler uns contratos de pavimentação, orçados naqueles dias, de uma empreiteira de São Gonçalo. Mas o telefone repenicou duas vezes, Duarte atendeu. Era o Fernando a perguntar o que o pai queria.

– Ouve lá, tu sabes como está passando o pai da tua namorada? Ele melhorou ou está na mesma?

– A Marina me disse pelo telefone que ele melhorou bastante!

– Ah é, ele está melhor... e tu não queres perguntar à Marina se nós o podemos visitar?

– Visitar? Visitá-lo no hospital? É isso que o senhor quer?

– Pois é, esse assunto de tu namorares a filha do Rubens me deixou perplexo, entendes, não é verdade?

– Bem, então vou telefonar para ela para saber se o pai está em condições de recebê-lo. Pode ser que o homem não tenha ainda condições de receber ninguém, entendeu, pai!

– Então trata disso para mim porque nós temos de por um ponto final nesse assunto, está bom?

– Vou agora mesmo tratar desse assunto, pai. Pode ficar tranquilo.

O rapaz telefonou para a namorada, indagando se o pai dela estava em condições de receber a visita do pai dele.

– Oh, naturalmente que sim. Ele está bem melhor e deve ter muito gosto em receber como visita o pai do meu namorado, não achas, Fernando? –, ponderou Marina, demonstrando muita satisfação. Todavia, ela não sabia das ofensas e agressões que o pai dela tinha cometido contra ao pai dele, daí a sua alegria e satisfação.

Corria já o mês de novembro e o calor abafado de Niterói volvia com muita intensidade, num prenúncio de que o verão deste ano viria abrasador. Combinaram de visitar o pai de Marina no domingo. Nesse dia, Laerte foi levar o prefeito, acompanhado do filho, ao hospital. O horário das visitas aos doentes ia das 10h00 até a hora do almoço.

Laerte parou o carro no estacionamento do hospital e os dois dirigiram-se à recepção para saber o número do quarto onde estava o paciente Rubens Gonzáles. Naturalmente, o paciente foi avisado de que o senhor prefeito Duarte Teixeira Guedes lhe vinha fazer uma visita e desejar-lhe melhoras.

Quando foi lhe anunciado o nome de Duarte, Rubens Gonzáles, estirado na cama, mandou dizer aos gritos que não receberia o visitante porque este era seu inimigo. Não queria vê-lo nem pintado na sua frente,

pois, provavelmente, ele viria ali ao hospital talvez com a intenção de o matar. Vociferava contra o prefeito e gritava dizendo que não queria ver tal raça de gente.

A reação do paciente Rubens causou tumulto e furor em todos os funcionários do hospital, inclusive no corpo policial que montava guarda naquela casa de saúde. Duarte, acompanhado do filho, voltou para casa sem que lhe fosse possível fazer a visita e pôr um ponto final naquela inimizade que durava já havia mais de trinta anos.

Marina e a mãe ficaram espantadas ao saber depois do espalhafato que o pai aprontara no hospital com os dois membros da família Teixeira Guedes. Mesmo doente, o pai caíra de pau em cima dele, provocando uma grande celeuma. No entender das mulheres, o prefeito vinha acompanhado do filho, que era o namorado da filha do paciente. Isso deles virem ao hospital para assassiná-lo era uma tolice que não tinha mais tamanho. Desesperada pela conduta do pai, a moça imediatamente telefonou para Fernando pedindo-lhe muitas desculpas. Além disso, Marina tinha uma grande novidade para lhe contar. Mas só lhe poderia dizer o que era pessoalmente.

Fernando ficou intrigado com aquela história. Por isso mesmo, resolveu telefonar de volta à namorada a fim de saber qual era a novidade:

– Afinal, qual é essa novidade que você tem para me dizer e que não me quer revelar pelo telefone, hein, Marina?

– Já disse, só te vou contar o que tenho quando nos encontrarmos pessoalmente! Não adianta insistir porque é um assunto muito grave para estar a falar pelo telefone –, disse Marina, soluçando.

– Bem, já que você não quer falar pelo telefone, vou aí logo mais à noite para conversarmos melhor, está bem?

– Se você não pode vir antes, tudo bem! –, disse Marina ainda soluçando e desligou.

Fernando não podia ir encontrar-se com Marina porque tinha prova de matemática naquele dia. Não iria deixar de fazê-la só porque a namorada insistia para ele largar tudo e ir correndo à casa dela.

Às vinte horas, lá estava Fernando tocando a campainha do apartamento da Marina. Ela mesma veio atender, pois a mãe tinha ido para o hospital visitar o pai e ainda não chegara. Assim que se deparou com Fernando, Marina pôs-se logo a chorar aos berros. Ele, acariciando-lhe a cabeça dizia:

– Calma, calma. Por que você está assim tão nervosa e triste? Morreu alguém? O teu pai está pior? O que aconteceu, meu Deus?

Enxugando as lágrimas com um lencinho branco, muito dobradinho, ela exclamou com tristeza no olhar:

– Ai, Fernando, aconteceu o pior!

– Aconteceu o pior? Mas que é que aconteceu? Vá, dize logo, que já não aguento mais tanto mistério! Explica de uma vez porque já estou ficando nervoso com essa tua ansiedade. Vá, fala de uma vez, dize o que te aflige, mulher!

– Ai, Fernando, parece que estou grávida!

– O quê? Você está grávida? Mas é isso a causa dessa tua aflição, desse mistério todo? Ora, deixa-te de lérias, mulher! Uma coisa tão bonita e natural e você fica aí assustando todo o mundo só porque está grávida? Ora, Marina, tenha paciência!

– E quem foi que disse a você que estou assustando todo o mundo? Só quem sabe deste meu estado é você e ninguém mais, está bom?

– Mas você não falou ainda com a tua mãe a esse respeito?

– Não, não falei com ninguém, nem com a minha mãe, só quem sabe até agora é você! – Beijando a namorada na boca, Fernando dizia contente:

– Que menina bobinha e ingênua. Só porque está grávida, fica aí chorando e amofinando-se. Olha, só tem um problema, o teu pai não quis receber a visita que eu lhe fui fazer com o meu pai. E agora, não sei também como irei falar com o meu pai a esse respeito, entende... De qualquer maneira, tenho de conversar com ele sobre esse assunto porque sou menor de idade e só com o consentimento dele posso eu casar.

– Mas você ficou feliz com a notícia da minha gravidez, Fernando? –, perguntou Marina, já mais calma.

– Claro que fiquei feliz. Por que não deveria ficar? Afinal o nascimento de uma criança é sempre motivo de alegria, não é?

– É motivo de alegria quando é legal. Só que o nosso filho não é legal, não é verdade?

– Se nos casarmos, passa a ser legal, bobinha! –, provocou Fernando, dando um beijo terno em Marina. Seguiram abraçados pelo passeio da Rua São Sebastião e foram comemorar a gravidez de Marina num restaurante na rua da praia.

No outro dia, logo de manhã cedo, Marina acordou e foi ao quarto da mãe a dar-lhe a novidade. Com o noivo estava tudo certo, porém tinha aquele problema entre o pai de Fernando e o seu pai. Então, D. Deolinda, mãe de Marina, disse:

– O teu pai, você conhece, é cabeçudo que nem uma porta. Mas vou ajeitar isso para você. Pode ficar tranquila, está bem?

Marina concordou com a mãe e ficou na expectativa. Depois do almoço, Deolinda partiu para o hospital a visitar o marido. Chegando lá, o marido estava dormindo. Esperou um pouco até ele acordar para conversarem. Com cara de poucos amigos, Deolinda foi logo gritando com o marido por não ter recebido o futuro genro e o seu pai, que vieram lhe fazer uma visita para lhe desejar as melhoras. Ele, com a sua mania de grandeza, não os quis receber.

Agora, como a filha estava grávida do rapaz, não sabia qual seria a reação do pai do moço sobre assunto tão delicado:

– Imagina tu se o homem agora cisma de não querer que o filho case com a Marina, como é que vamos fazer? Como é que vamos descalçar esta bota? –, interrogava Deolinda, louca de raiva com o marido.

Covardemente encolhido na cama, Rubens indagou:

– Mas a Marina está grávida?

– Pois está! Pelo menos foi o que ela me falou hoje de manhã. Felizmente o rapaz tem bom caráter e pensa em se casar com ela! Imagina se ele fosse um casmurro como tu, como é que iríamos resolver assunto tão delicado, hein, Rubens? Como?

Coçando a barba crescida de uns três dias, Rubens tartamudeou timidamente:

– Mas o rapaz disse que casaria com a Marina?

– Pelo menos ela me confidenciou que o Fernando assume toda responsabilidade da gravidez e casará com ela, se ela quiser...

29

A gravidez de Marina também preocupou o pai de Fernando. Mas como tinha muitos problemas a resolver, e pensando que o filho fosse suficientemente responsável, deixou essa tarefa para ele se entender com a namorada. Sentado em sua cadeira em frente à escrivaninha, calculava o tempo que ainda lhe restava do seu mandato, a fim de terminar uma parte das obras que tinha prometido em campanha.

Não lhe restava muito tempo. Todavia, tinha o dever de consciência de entregar às populações da cidade o maior número possível das obras que prometera. Uma questão de honra e de palavra. Não poderia entregar tudo que prometera, mas grande parte não por culpa sua, como o povo da cidade sabia. Por isso, resolveu fazer um comunicado aos seus eleitores informando que a sua carreira política se encerraria depois de concluir seu mandato. Retirar-se-ia para a vida privada, para trabalhar até ao fim dos seus dias como advogado e sócio do Dr. Viana.

Duarte desencantara-se com a política partidária e com os políticos profissionais porque estes, sim, trocavam o caráter, a honradez e a palavra por qualquer cargo, de grande ou pequeno valor. Porém ele não se vergaria aos vexames de ver destruídos sua palavra, brio e sua compostura de homem por qualquer lugar, quer na política, quer em qualquer secretaria ou ministério. Preferia perder qualquer cargo no governo brasileiro do que perder a sua honestidade e moral, herdadas de seus ancestrais. Era uma decisão pensada, consciente e irrevogável e da qual jamais abdicaria.

Numa tarde ensolarada de outubro, Duarte confidenciou à mãe e à esposa que deixaria a vida pública assim que terminasse o mandato de prefeito. Convenhamos que foi com grande espanto que ambas receberam notícia. Mais que isso, as senhoras ficaram intrigadas com tal decisão:

– Mas o que aconteceu para, assim tão de repente, abandonares a vida pública, Duarte? –, disse a mãe, aborrecida.

– Bom, não foi assim tão de repente! Esta decisão eu venho amadurecendo há alguns meses!

– Mas ocorreu algum desentendimento com algum teu correligionário, o que aconteceu?

– Não, não foi nada disso. É que prometi algumas obras aos meus eleitores e os governos não me mandaram as verbas necessárias para as concluir. Me aborreci com o poder público por causa do dinheiro e resolvi abandonar a vida pública, é só isso!

– Ah, só por causa disso você abandona tudo, depois de tanto trabalho e aborrecimento! Deixas a política, abandonas tudo, hein, Duarte? –, disse a esposa, com cara de desiludida.

– Então, que querias tu que eu fizesse? Afinal, empenhei minha palavra e honra e, como os governos não atenderam aos meus pedidos, não me resta alternativa senão a de renunciar a tudo. Acho que estou agindo dentro da minha honestidade! Ou não? –, respondeu Duarte, encolerizado com tantas perguntas e explicações a dar.

Mas renunciar assim a tudo não era tão fácil como pensava, pois, atrás do seu mandato, havia pessoas e compromissos assumidos. Havia também a palavra empenhada com alguns companheiros de partido e uma série de pequenas coisas que teriam de ser resolvidas. Ele não poderia abandonar assim tudo, como um cabelo que se tira da massa. Todavia, esta decisão ainda não tinha ultrapassado os umbrais da porta de sua casa, estava restrita à família. Não era do conhecimento público porque ainda faltava quase um ano para acabar o seu mandato e era prematuro anunciar publicamente o seu desligamento de toda a estrutura construída no seu rastro.

E agora, para seu azar, o filho tinha engravidado a Marina, a filha de seu desafeto. Mais uma dor de cabeça para ele conciliar. Ficou chateado com o imbróglio do filho, uma peça que o destino lhe pregara. Precisava espairecer e serenar. E quem seria, naquele momento, a melhor companhia para uma boa conversa para desanuviar? Ah, o seu sócio e sempre amigo, o Dr. Viana, seu companheiro de horas amargas. Disse a sua secretária para ligar para o sócio:

– Dr. Duarte, o Dr. Viana está ao telefone –, disse a secretária. Pegou o telefone, mostrando-se alegre, depois de cumprimentar o Viana, exclamou:

– Oh, Dr. Viana, gostaria muito de almoçar hoje com o amigo. Tenho uns problemas inculcados que preciso resolver e gostaria da sua opinião, aceita o meu convite?

– Caro colega Duarte, para mim é uma honra almoçar com o amigo. Estou às suas ordens. – E dali a meia hora os dois advogados encontraram-se no restaurante da rua da praia, por volta do meio dia.

Sentaram-se numa mesa pequena a um canto porque Duarte tinha confidências e não queria que alguém as escutasse. Primeiro falou sobre sua decisão de sair da vida pública e ir trabalhar no escritório com ele, Dr. Viana. Depois sobre o caso do filho que tinha engravidado a filha do seu algoz.

– Mas o colega vai consentir que seu filho se case com a filha de um seu desafeto?

– E o que o colega quer que eu faça? Que abandone o meu filho e deixe aquela coitada da Marina ao Deus dará? Que abandone a criança que vai nascer e que, afinal de contas, não tem culpa nenhuma dos malfeitos dos seus ascendentes? É isso que meu preclaro amigo Dr. Viana quer? Não, isso não faço!

– Não, meu amigo Duarte, não quero que o amigo se vingue daqueles que não lhe fizeram mal. Gostaria era que o amigo fizesse algo contra aquele bandido que tanto lhe prejudicou. Era apenas isto que eu queria, você entendeu? –, disse o advogado Viana, como revide à conversa de Duarte.

– Não, meu amigo Viana, não sou pessoa de vinganças, de punições. Ando atrás de conciliações, de harmonia, de amor no coração. Estou farto de perversidades e de iniquidades, sabe meu grande amigo. Estou cheio das tantas misérias e desgraças deste mundo!

Depois destes dois discursos houve um profundo silêncio. Os dois advogados retomaram a conversa da concórdia, quando Viana, com muita perspicuidade, inquiriu:

– Mas o amigo falou aí em abandonar a vida pública para se dedicar ao escritório onde nós somos sócios. O amigo já pensou nisso a sério ou é só um fogacho de opinião por qualquer motivo de somenos importância?

– Não, meu amigo Viana, infelizmente não é um ímpeto, um fogacho, como o amigo imagina. Foi uma decisão difícil de tomar, de muitas horas de meditação e reflexão até entender que a minha condição humana não serve para a política. Nas minhas noites de elucubrações, percebi que a política não se coaduna com o meu temperamento e caráter. Por isso, resolvi abandonar a vida pública.

– Mas, ó amigo Duarte, como é que o fulano, o beltrano e o cicrano (Viana não citou nomes) estão na política há tantos anos e pretendem se candidatar novamente? O que o amigo diz disto?

– Esses políticos que o amigo não quer citar, conheço-os todos. A grande maioria é de corruptos, ladrões e desonestos. Por causa disso, digo que o meu feitio não se coaduna com a vida pública, ou seja, com a política, entendeu o amigo?

Assim os dois amigos acabavam de almoçar e assim Duarte Teixeira Guedes dizia ao seu colega que, terminado o seu mandato de prefeito de Niterói, encerraria a sua carreira política. De fato, quando seu mandato se findou, encerrou suas atividades políticas.

Duarte continuou residindo em Niterói com toda a família. Mas antes de tirar umas merecidas férias, tratou de organizar o casamento do seu filho com a filha de Rubens González. Os dois rivais, depois de acertarem as suas vidas, celebraram um pacto de não agressão para receberem o novo elemento da família, o filho do casal Fernando e Marina.

Nesta altura dos acontecimentos, Duarte era um homem novo e a sua vida, na obscuridade, desenvolvia-se de casa para o escritório, do escritório para o Fórum de Niterói e dali para casa. Essa era praticamente a sua rotina. Nessas andanças pelas ruas da cidade, pensava: "Tudo será inútil enquanto cada um de nós não sentir que, na revolução ou em tempos de paz, as pessoas devem armar-se contra a corrupção e a falsidade, as maiores pragas inimigas da sociedade brasileira"...

Como homem de bem, ligado aos menos favorecidos, Duarte dirigia-se àqueles que comungavam dos mesmos princípios; àqueles que carregavam alguns resquícios de compreensão sobre os nobres ideais que devem pautar a vida pública; e àqueles que se lembravam de que seus deveres devem estar a serviço do melhor destino dos homens, onde quer que eles se encontrem. E convidava-os a examinar mais de perto os seus deveres e obrigações, ocupando ou não cargos importantes.

Duarte desenvolvia agora uma visão mais ampla sobre o papel do homem neste mundo. Se lhe afigurava sem fronteiras os desafios para tornar as sociedades mais humanas e solidárias. Ao mesmo tempo, esses desafios lhe pareciam uma guerra perdida e obscura, como a de Cristo, que também perdeu a sua guerra por ter ficado do lado dos mais fracos e descamisados.

Vagarosamente, no silêncio e na doçura da noite estrelada de Niterói, Duarte recolhia-se a seu iluminado apartamento da Praia de Icaraí. O borbulhar e o bater das ondas mansas do mar da Baía da Guanabara ressoavam e salpicavam as areias finas, deixando na praia noturna uma evanescente espuma branca.

Fim

São Paulo, 20 de abril de 2011
António Neto Guerreiro

ECOgraf
diagramou e imprimiu

Rua Costa, 35 – Consolação – São Paulo-SP
factash@gmail.com
Fone: (55 11) 3259-1915